Oetinger

REGINE KÖLPIN

TRACES

FINDE MICH

Verlag Friedrich Oetinger

Klimaneutral
Druckprodukt
ClimatePartner.com/53248-2011-1002

Dieses Buch wurde klimaneutral produziert. Dadurch fördern wir anerkannte Nachhaltigkeitsprojekte auf der ganzen Welt. Erfahre mehr über die Projekte, die wir unterstützen, und begleite uns auf unserem Weg unter www.oetinger.de

MIX
Papier | Fördert gute Waldnutzung
FSC® C014496
www.fsc.org

1. Auflage

Umschlaggestaltung: Zero Werbeagentur, München
Bildnachweis: PixxWerk unter Verwendung von Motiven von shutterstock.com
Satz: Satz für Satz, Wangen im Allgäu
Druck und Bindung: GGP Media GmbH,
Karl-Marx-Straße 24, 07381 Pößneck, Deutschland
Printed 2023
ISBN 978-3-7512-0372-2
www.oetinger.de

1

Ich wusste, dass dieser Tag nichts Gutes bringen würde. Schon in der Nacht war der Wind sehr heftig aufgefrischt und hatte eine Schubkarre auf dem Hof umgeworfen. Dazu peitschte heftiger Regen ums Haus und prasselte mit Wucht gegen die Fenster. Der Sturm hatte am Gutshof gerüttelt und zwischenzeitlich so laut geächzt, als müsse er Luft holen, bevor er weiter Fahrt aufnahm und erneut seine Kraft gegen die Mauern spuckte.

Zum Glück hatte der Wind jetzt nachgelassen, denn ich wollte gleich mit Pegasus trainieren. Der nächste Distanzritt stand an – da durfte ich mir auch bei schlechtem Wetter keine Pause gönnen.

Dieses Mal wollte ich weit vorn landen und mich nicht mit einem hinteren Platz zufriedengeben. Ich liebte diese Art des Wettkampfs. Reiten in der Natur, eins mit mir und meinem Pferd. Was konnte es Schöneres geben! Vor allem jetzt, mitten im Herbst.

Ich zog den Kragen meiner dicken Jacke enger am Hals zusammen, als ich vor die Tür trat und quer über unseren Gutshof zum Stall ging.

Pegasus kam an die Gitterstäbe seiner Box und schnaubte, als er meine Schritte hörte. Er erkannte mich immer sofort.

»Na, mein Großer«, flüsterte ich und strich ihm über die weichen Nüstern.

Ich holte ihn aus der Box und bemerkte, dass sein fuchsbraunes Fell sauber und glatt war. Unser Pferdewirt Jonas musste ihn bereits geputzt haben. Ich seufzte. Er wollte mir bestimmt nur eine Freude machen, aber das war genau das Problem. Ich hatte das Gefühl, dass für ihn mehr dahintersteckte, und wusste nicht, wie ich darauf reagieren sollte. Außerdem liebte ich es, mein Pferd zu striegeln und es für den Ritt fertig zu machen – all die routinierten Handgriffe, die friedliche Atmosphäre, bevor es dann gemeinsam ins Gelände ging.

Pegasus war etwas unruhig, der Sturm in der letzten Nacht hatte wohl auch an seinen Nerven gezehrt.

Da ich meine Freundin Mieke nirgendwo entdecken konnte, obwohl wir uns zum Ausritt verabredet hatten, schaute ich zuerst bei ihrem Pferd Tommy nach. Keine Spur von Mieke.

Ich zuckte mit den Schultern. Wahrscheinlich hatte sie verschlafen, ich musste mich wohl allein auf den Weg machen.

Ich sattelte Pegasus und sprach beruhigend auf ihn ein. Beim Auftrensen schlug er mit dem Kopf, aber als ich ihm über das warme Fell strich und seinen Hals klopfte, beruhigte er sich schnell.

Pegasus war wunderschön. Kräftig gebaut, mit langen starken Beinen und einem federnden Gang. Seinen Kopf zierte eine schmale Blesse, die sich zu den Nüstern hin verjüngte. Das war aber auch das einzig Weiße an ihm. Seine Fesseln, alles glänzte in diesem wunderschönen Rostrot. Am liebsten beobachtete ich ihn auf der Weide, wenn er mit stolz erhobenem Kopf über die Wiese trabte.

Mein Pferd und ich – zwischen uns passte kein Blatt. Andere liebten ihren Hund oder ihre Katze, ein Mädchen in meiner Klasse würde für ihre Ratte sterben – und ich eben für Pegasus. Ich war bei seiner Geburt dabei gewesen, ich hatte ihn aufwachsen sehen und ihn eingeritten.

Sein Hufschlag klang laut auf dem Kopfsteinpflaster, als ich ihn auf den Hof führte. Suchend sah ich mich noch einmal nach Mieke um. Falls sie eine Nachricht geschrieben hatte, würde ich es erst später lesen können – mein Handy hatte ich in meinem Zimmer vergessen. Das passierte mir ständig. Ich überlegte kurz, es zu holen, verwarf den Gedanken aber. Pegasus war ohnehin so nervös, ich wollte ihn nicht auch noch allein im Hof stehen lassen und beschloss, schon mal vorzureiten.

Ich schwang mich auf Pegasus' Rücken und fröstelte trotz meiner warmen Kleidung, der eisige Wind schien einfach hindurchzugehen. Wenigstens regnete es nicht mehr, als ich den Trautmannshof verließ. Das Gestüt gehörte seit Generationen meiner Familie, und seit Generationen züchteten wir dort Oldenburger, die robuste, aber zugleich edle Pferderasse, an die wir alle unser Herz verloren hatten.

Ich schaute noch einmal zurück zum roten Backsteingebäude, das von einer roten Mauer umfriedet war. Ich liebte unseren Hof, auch wenn ich nicht alles in Mückemoor mochte.

Aber der Gutshof war mein Zuhause, hier war alles, was mir etwas bedeutete.

Rings um den Hof befanden sich mit Holz eingezäunte Koppeln, auf denen unsere Pferde grasten. Im Augenblick gehörten dreißig Tiere zu unserem Bestand. Darunter fast alle Farben. Rappen und Füchse. Schimmel und Braune. Ein paar Pferde setzten sich in Bewegung, als sie uns entdeckten, und begleiteten uns am Zaun entlang. Pegasus wieherte und wollte das Tempo anziehen.

»Alter Angeber!« Ich lachte und verdrehte die Augen, zügelte ihn aber.

Hinter den Pferdekoppeln begann das Mückemoor. Es hatte unserem Dorf den Namen gegeben, und wenn ich an die vielen Mücken dachte, dann war mir auch klar, woher er kam.

Das Moor übte auf mich seit jeher eine unglaubliche Faszination aus.

Diese unendliche triste Landschaft, die das Dorf vom Rest der Welt abgrenzte und es sich einverleibte. Manchmal hatte man fast das Gefühl, dass von hier keiner einfach so wegkam, was natürlich Quatsch war. Aber jede Straße nach Mückemoor führte durchs Moor. Wer zu Fuß unterwegs war, musste aufpassen, auf den Wegen zu bleiben. Achtgeben, nicht von den zahlreichen Mücken zerstochen zu werden, die nur darauf warteten, dass sich einer zu ihnen verirrte.

Ich beschloss, Miekes und meine liebste Trainingsstrecke zu nehmen. Hier würde sie mich finden, falls sie doch nachkommen sollte. Dazu musste ich das Dorf durchqueren, damit ich den Weg am Fehnkanal erreichte, von wo es rechts ins Moor ging.

Ich hatte keine Angst, denn ich kannte die Gegend seit meiner Kindheit. Ehrlich gesagt amüsierten mich die Schauergeschichten, die sich immer wieder um Moorirrlichter und verschollene Menschen rankten. Ernst nahm ich sie nicht.

Und doch hörte ich im Dorf immer wieder Sprüche wie: »Das Moor spuckt keinen wieder aus!« oder »Wer sich da verläuft, den greift es sich«.

Nirgendwo wurde das so oft gesagt wie in Mückemoor. Es war wie ein Mantra, das nur oft genug wiederholt werden musste, damit es der Wahrheit entsprach.

Trotzdem kannte ich niemanden, der im Mückemoor umgekommen war. Aber es klang an den langen Winterabenden immer schön schaurig, wenn die Männer und Frauen es mit düsterer Stimme erzählten.

Ich ritt an der Dorfkneipe *Linde* vorbei. Das war ein inzwischen total heruntergekommener Schuppen und könnte sich damit rühmen, noch nie renoviert worden zu sein. Die Fensterläden hingen schief in den Angeln des rot geklinkerten Gebäudes. Das Efeu an der Hauswand schrie förmlich danach, gekappt zu werden, es verdeckte die meisten der kleinen weißen Sprossenfenster, weshalb es in der Gaststube immer dunkel war. Aus dem Inneren drang lautes Gelächter, die *Linde* hatte bereits geöffnet.

Ich war schon fast vorbei, als ein klägliches Ächzen erklang und mir eine Gänsehaut die Arme hinaufjagte. Erschrocken riss ich den Kopf herum, nur um zu sehen, wie die Fensterläden sich im Wind in ihren rostigen Angeln bewegten und dabei fast klangen, als riefe jemand mit heiserer Stimme um

Hilfe. Ich grinste. Der Sturm hatte wohl meine Nerven ein bisschen bloßgelegt. Als ob in Mückemoor je etwas Schlimmes passiert wäre!

2

Noch ganz in Gedanken bog ich auf die nächste Straße ab und zuckte zusammen, weil da ein junger Typ herumlief, der nicht nach Mückemoor gehörte.

So etwas fiel in unserem Dorf sofort auf, schließlich kannte hier jeder jeden. Die Mückemoorer bildeten eine eingeschworene Gemeinschaft, die nur dann jemanden neu aufnahm, wenn einer von ihnen heiratete. Aber auch der- oder diejenige wurde von oben bis unten und wieder seitlich und rundum abgecheckt.

Viele junge Leute lebten gar nicht mehr im Dorf, und auch ich würde nächstes Jahr nach dem Abi von hier weggehen. Zwar gab es mir jetzt schon einen Stich, wenn ich daran dachte, Pegasus zurückzulassen, aber in Mückemoor gab es in Zukunft einfach nichts für mich. Und ich würde ihn natürlich bei jeder Gelegenheit besuchen kommen.

Ich näherte mich dem Typen, der zwischen den Backsteinhäusern mit den roten Dächern vollkommen fehl am Platz wirkte.

Er trug einen langen schwarzen Ledermantel und dunkle Jeans. Seine Haare waren schwarz und lockig und fielen ihm etwas verwegen in die Stirn. Ich schätzte ihn etwas älter als mich selbst, ungefähr neunzehn oder zwanzig. Der Typ wirkte gehetzt, obwohl er sich langsam bewegte. Aber er schaute sich ständig um, als würde er verfolgt werden – oder sich beobachtet fühlen.

Als er mich sah, blieb er kurz stehen und strich sich das Haar mit einer lässigen Bewegung zurück. Dann steuerte er auf mich zu, blieb in der Kurve mitten auf der Dorfstraße stehen, stellte den dunkelgrünen Reiserucksack ab und wartete, bis ich ihn erreicht hatte und Pegasus vor ihm zum Stehen brachte.

Mein Pferd scharrte unruhig mit den Hufen, aber das schien den Typen nicht zu beeindrucken. Ganz ruhig legte er die Hand auf seine Nüstern und strich ihm über den Kopf. Pegasus genoss die Berührung sichtlich und schnaubte wohlig. Und dann sah der Junge mich an.

Wow, dachte ich. Schokoaugen. Warme, wunderschöne Schokoaugen. Für einen Moment war mein Gehirn wie leer gefegt.

»Guten Tag.« Sein Lächeln wirkte wider Erwarten unsicher. Die Stimme klang weich und angenehm.

»Moin«, antwortete ich und setzte nach: »Bei uns sagt man Moin.«

Innerlich schlug ich mir gegen die Stirn. Was Dümmeres war mir wohl gerade nicht eingefallen.

»Dann Moin«, kam die Antwort überraschend schnell.

Ich hatte immer noch keine Ahnung, was ich sagen sollte, und fragte mich, warum das so war. Lag es daran, dass hier so selten ein Fremder auftauchte? Am ungewöhnlichen Mantel? An seinen schönen Augen oder dem Blick, der unstet hin und her schweifte und seine aufgesetzte Lässigkeit genauso Lügen strafte wie das oberflächliche Lächeln?

Doch es war nicht nur das. Seine Haltung wirkte lauernd und so, als wäre er auf der Pirsch.

Jetzt wusste ich, was mich so aufwühlte. Er hatte etwas von einer Raubkatze. Der athletische Körperbau. Die elegante und zugleich vorsichtig selbstverständliche Art, sich zu bewegen …

In mir regte sich ein Fluchtinstinkt. Aber meine Neugier siegte.

»Ich bin Leone«, stellte er sich schließlich vor. »Ich suche ein Zimmer.«

»In Mückemoor?«

Ich wusste selbst, wie dämlich die Frage war, aber es war für mich unvorstellbar, dass jemand freiwillig in *diesem* Dorf übernachten wollte. Hier war die Zeit stehen geblieben. Es gab sogar noch eine gelbe Telefonzelle, die die Telekom vermutlich vergessen hatte auszutauschen. Zweimal am Tag rauschte der Schulbus durch den Ort, sog die Schülerinnen und Schüler ein und spuckte sie am Nachmittag wieder aus. Wer den Ort verlassen wollte, konnte mitfahren. Der Einkauf wurde bei Mina im Lädchen erledigt, wer ein Auto hatte, fuhr in die zehn Kilometer entfernte Stadt und brachte den anderen mit, was ihnen fehlte. Gerüchte gab es bei Mina gratis, Tratsch aus dem Nachbarort erhielten die Mückemoorer am Eierwagen. Der kam wöchentlich und verkaufte seine Produkte für eine halbe Stunde am alten Marktplatz. Keiner, der nicht von hier kam, hielt sich länger als nötig in Mückemoor auf. Dorf pur. Ohne Highlights, ohne Abwechslung.

Hinterwald eben. Oder der Arsch der Welt.

Nur laut sagen durfte das niemand in Mückemoor. Hier hielt man zusammen. Immer.

»Ja. Warum?«, riss Leone mich aus meinen Gedanken. »Gibt es in diesem Dorf keine Unterkunft?« Ein leichtes Lächeln umspielte seine Lippen.

Er meinte es echt ernst! Aber was wollte er hier?

Hier blieb man als Fremder nicht. Weil es keinen Grund gab, das zu tun.

Ich versuchte, mich zu sammeln und souverän zu wirken. Nicht wie Elsa »vons Land«, wie die Mückemoorer sagen würden.

»Na ja, wenn du etwas Vernünftiges willst, ist das schon schwierig. Wir haben nur die *Linde,* und da ist es … sehr einfach.«

Es war schwierig, ihm deutlich zu machen, wo genau mein Problem mit seinem Besuch lag. »Hier kommen sonst keine Fremden her. Wenn, schlafen höchstens mal ein paar Gäste nach einer Hochzeitsfeier dort.«

»Kein Problem«, antwortete Leone. »Ich brauch nicht viel. Nur ein Bett und eine Dusche. Und eine Toilette. Lange will ich nicht bleiben.«

»Die haben nur Badewannen und Klos mit Metallstrippe zum Abziehen. Hab ich gehört«, rutschte es mir heraus, weil ich mich tatsächlich für die *Linde* schämte. »Wir sind in Mückemoor«, fügte ich hinzu, als würde das alles erklären.

»Fremdenführerin solltest du jedenfalls nicht werden.« Jetzt zwinkerte er mir tatsächlich zu, und ich merkte, wie ich unweigerlich grinsen musste. Werbung hatte ich wirklich nicht gerade gemacht.

»Wie komme ich dahin?«, fragte Leone, meine Einwände weiter ignorierend. »Zur *Linde*?«

Ich wies mit dem Kopf in die Seitenstraße, wo sich der Gasthof befand. »Da lang. Kannst du nicht verfehlen.«

»Danke. Wie heißt denn du eigentlich?«

Bei der Frage fühlte ich, wie ich rot anlief. Hoffentlich sah man mir das nicht an. »Ich bin Elsa.«

Schließlich konnte ich mir aber eine Frage doch nicht verkneifen. »Was willst du eigentlich hier in diesem … Kaff?«

Pegasus war inzwischen ungeduldig geworden und scharrte mit dem Huf über den Asphalt.

Leone ließ sich auch davon nicht aus der Ruhe bringen. »Ich will hier Urlaub machen. Was sonst soll man in einem Dorf in Norddeutschland tun?«

»Urlaub? Hier? Ende Oktober?«

Ganz ehrlich? Das klang ziemlich verrückt.

»Du spinnst doch!«, rutschte es mir heraus.

Leone zuckte mit den Schultern und nahm den Rucksack wieder auf. »Ich muss dann. Vielleicht laufen wir uns ja noch einmal über den Weg. So klein, wie das hier ist, wird es sich wohl kaum vermeiden lassen.« Er winkte kurz und lief weiter. Geschmeidig, lautlos und leicht gebückt.

Verwirrt sah ich ihm hinterher.

Etwas war faul an der Sache. Kein Mensch machte Urlaub in Mückemoor – und schon gar nicht um diese Zeit, wo sich der Nebel oft tagelang nicht lichtete oder der Sturm es unmöglich machte, vor die Tür zu gehen.

Nachdenklich schaute ich Leone hinterher. Warum ich plötzlich fröstelte, wusste ich auch nicht. Erst Pegasus' nervöses Tänzeln riss mich aus meinen Gedanken. Ich hatte keine Ahnung, wie lange ich noch auf die inzwischen längst wieder menschenleere Dorfstraße gestarrt hatte.

»Du hast ja recht«, murmelte ich und drückte meine Fersen in seine Flanken. »Ab ins Moor!«

3

Ich übergab Pegasus an Jonas, der bei ihm zum Glück in den besten Händen war. Ich kannte kaum jemanden, der Pferde so liebte wie er.

Sein Großvater war ein guter Freund von meinem Opa Kurt, und so war Jonas schon von klein auf regelmäßig bei uns auf dem Hof gewesen. Wir hatten zusammen auf dem Heuboden gespielt und auch stundenlang beim Versorgen der Pferde geholfen. Es war eigentlich selbstverständlich, dass mein alter Kinderfreund Pferdewirt auf dem Trautmannshof geworden war.

»Ihr seht beide kaputt und zufrieden aus«, sagte Jonas und riss mich aus meinen Gedanken. »Lief das Training gut?«

Ich nickte. »Auf jeden Fall – Pegasus war heute in Topform! Danke fürs Übernehmen, ich muss dann auch schon rein, es gibt bald Essen.«

Zwar war noch etwas Zeit, aber ich wollte weiteren Fragen aus dem Weg gehen. Lieber zog ich mich noch ein bisschen auf mein Zimmer zurück. Ich musste die Begegnung mit Leone auch erst mal verarbeiten.

Meine Mutter konnte äußerst ungnädig werden, wenn ich zu spät oder nicht angemessen gekleidet aufkreuzte. Das sonntägliche Essen war ein wichtiges Ritual in unserer Familie, und es galt als ungeschriebenes Gesetz, anwesend zu sein. Für Opa Kurt – er war noch immer die graue Eminenz des Gutshofs, auch wenn offiziell Ralf, der neue Mann meiner Mutter, inzwischen die Leitung innehatte – war das gemeinsame Essen besonders wichtig, zumal er allein in seiner Einliegerwohnung auf dem Hof lebte. Unter der Woche versorgte Opa sich meist selbst, aber der Sonntag galt als Familientag.

Es würde auffallen, wenn ich so in Gedanken versunken wäre. Deshalb zog ich es vor, eine halbe Stunde zu chillen und vielleicht mit Mieke zu chatten, bevor ich mich mit meiner Familie an den Tisch setzte.

Im Laufe der Jahre hatte ich so manche Strategie entwickelt, damit niemand bemerkte, wenn mich etwas beschäftigte, was die anderen nichts anging. Das fand ich überlebenswichtig.

Draußen wehte es noch immer, und ich wurde sofort von einem Blätterreigen umgeben. Es rauschte und knisterte unter meinen Sohlen, als ich mich durch das bunte Meer zur Haustür kämpfte. Morgen würde unser Gärtner alle Hände voll zu tun haben, damit der Gutshof wieder gepflegt aussah.

Darauf wurde bei uns großen Wert gelegt.

Sauberkeit. Manieren. Ordnung.

Typische Mückemoor-Attribute.

Ich schlich in mein Zimmer, die ganze Zeit darauf bedacht, keinem zu begegnen. Mama würde sofort fragen, ob beim Training irgendwas Besonderes passiert war und lauter so Zeugs, das Mütter eben interessierte.

Darauf konnte ich heute getrost verzichten.

Ich schmiss mich aufs Bett und griff zu meinem Handy, das wie vermutet auf dem Nachtschrank lag.

Mieke hatte mir tatsächlich geschrieben.

Hi, hab Halsweh und kann heute nicht kommen. Melde dich doch später, dann können wir kurz quatschen.

Ich antwortete sofort.

Bin grad vom Training zurück. Habe mein Handy wie immer vergessen. Schade, dass du nicht dabei warst!

Bei dem Scheißwetter und Wind hast du's trotzdem durchgezogen?

Ich wollte das jetzt nicht verteidigen, denn dass ich Leone begegnet war, fand ich viel spannender. Mieke würde sich ärgern, das verpasst zu haben. Sie liebte es, jede Neuigkeit als Erste erzählen zu können.

Da glich sie ihrer Mutter, die als schlimmste Tratschtante in Mückemoor galt.

Jap, so schlimm war es nicht. Aber mir ist da was passiert!

Und was?

Plötzlich schämte ich mich doch. Da kam ein fremder Typ ins Dorf, und ich reagierte genauso wie die alten Klatschbasen und hatte nichts Besseres zu tun, als die Neuigkeit sofort weiterzuverbreiten.

Ist ja nur Mieke, dachte ich.

Zu kompliziert als Message.

Klingt spannend. Willst du nachher kurz kommen? Bin neugierig.

Gern. Aber erst gibt es Schweinebraten und Rotkohl.

👍

Ich ging schnell duschen und machte mich fertig, sodass ich pünktlich im Esszimmer war.

»Wie war das Training?«, fragte meine Mutter sofort. Sie stellte die Platte mit dem Braten auf den Tisch, und der Duft von Rotkohl und Soße flutete das Speisezimmer.

Ich ließ mich auf meinen Platz fallen und antwortete ausweichend: »Das Wetter war ungemütlich, sonst okay.«

Eigentlich war es ja super, dass sie sich für mich und meinen Sport interessierte, aber heute brannte ich darauf, endlich Mieke von Leone zu erzählen. Wobei ich mich schon fragte, warum mich der Typ so beschäftigte. Er hatte doch nur nach einer Unterkunft gefragt.

Gut, er hatte auch schöne Augen. Und lange Locken.

»Hauptsache, du konntest Pegasus bewegen. War Mieke mit? Nun lass dir doch nicht alles aus der Nase ziehen!« Mama setzte sich mit einem Seufzen und reichte die Schüssel mit den Klößen herum.

»Pegasus ist wirklich fit«, antwortete ich. »Mieke war nicht da. Sie ist krank. Ich gehe gleich noch zu ihr.«

»Du bist recht einsilbig, min Deern«, sagte Opa Kurt mit dem typischen Schalk in seinen Augen. »Ist dir beim Reiten im Moor ein Geist begegnet?«

Ich schüttelte den Kopf, und weil ich vor meinem Großvater nur wenige Geheimnisse hatte, entfuhr es mir dann doch. »Nein, kein Geist, nur ein junger, fremder Mann.«

Ich tat, als wäre ich sehr damit beschäftigt, ein Stück Fleisch auf meine Gabel zu spießen.

Trotzdem bekam ich genau mit, wie Opa Kurt mich erstaunt anschaute.

»Interessant«, antwortete er. »Er scheint ja ganz schön Eindruck auf dich gemacht zu haben.«

Oje, das ging jetzt voll in die falsche Richtung.

Rasch stopfte ich mir ein Stück vom Kloß in den Mund, um Zeit zu gewinnen.

»Elsa sieht aus, als hätte es sie erwischt«, mischte sich jetzt auch Ralf ein.

Der sollte sich bitte vollkommen aus meinem Leben raushalten. Auf seine Sprüche hatte ich nun wirklich keine Lust.

Ich schluckte das Stück Kloß runter. Fast blieb mir der Brei im Hals stecken, aber es war mir wichtig, das sofort richtigzustellen.

»Quatsch, ich kenne den doch gar nicht.«

So, nun war es raus. Aber mir glaubte keiner, dass Leone mich nicht interessierte.

Opa Kurt zog belustigt die Brauen hoch. »Hat er dir in der kurzen Zeit schon den Kopf verdreht? Es mutet doch sehr mysteriös an, wenn du ihn erwähnst, ohne ihn zu kennen.«

Ich schüttelte vehement den Kopf. »Nein, um Gottes willen! Wir haben nur ein paar Worte miteinander gewechselt!«

Das fehlte mir noch, dass jetzt in Mückemoor das Gerücht umging, ich hätte mich in einen wildfremden Typen verknallt. Und da Diskretion bei solchem Gerede nicht immer das oberste Gebot war, auch wenn alle so taten, als ob, würde das in Windeseile bei Leone ankommen. Peinlicher ging es kaum.

»Er war nur komisch«, erklärte ich.

Nun wurde mein Großvater richtig hellhörig, und auch Mama und Ralf schauten mich neugierig an.

»Wie meinst du das?«, fragte Opa Kurt.

»Na, eben eigenartig.« Ich schnitt ein Stück vom Braten ab, um möglichst locker zu wirken. »Er hatte einen Ledermantel an und stell dir vor: Er will in der *Linde* Urlaub machen.«

Nun kicherte selbst meine Mutter los, was ihr von Ralf einen überraschten Blick bescherte. Fröhlichkeit war nicht so sein Ding. Wenn er schmunzelte, war das schon ein Höchstmaß an Emotionen.

Meine Mutter kümmerte das nicht. »Urlaub in Mückemoor? Und dann im Herbst? Wie lustig!«

»Genau das habe ich auch gedacht.«

Mich beruhigte, dass meine Familie das ebenso befremdlich fand wie ich. Zumindest war das Verliebtheitsthema vom Tisch!

Jetzt gelang es mir tatsächlich, entspannter zu sein.

»Er hat dich sicher nur veräppelt«, meinte Opa Kurt. »Kein Mensch macht hier Urlaub.«

»Und was macht er dann hier?«, fragte ich. »Das *ist* doch merkwürdig.«

»In der Tat.« Opa runzelte die Stirn. »Aber was geht es uns an? Wenn er sieht, dass sich in Mückemoor Fuchs und Hase Gute Nacht sagen, wird er schon von allein wieder verschwinden.«

Damit war für ihn das Thema erledigt, und ich konnte in Ruhe meinen Nachtisch genießen. Es gab Rote Grütze mit Vanillesoße, mein Leibgericht.

Schließlich hatte ich so viel gegessen, dass ich glaubte zu platzen. Ich wäre am liebsten aufgesprungen, weil ich, so schnell es ging, zu Mieke wollte. Aber ich beherrschte mich und faltete meine Serviette sorgfältig zusammen.

Einfach auf den Tisch werfen war nicht erlaubt, dann würde Ralf wieder unnötig am Rad drehen. Und da ich zu meinem Stiefvater nicht das allerbeste Verhältnis hatte, war ich nicht wild darauf, es noch weiter abkühlen zu lassen, indem ich ihn unnötig provozierte. Mama würde zu ihm halten, irgendwie waren die beiden sich immer einig.

Freundlich lächelte ich in die Runde. »Darf ich aufstehen? Ich möchte jetzt zu Mieke gehen.«

»Klar, mach das und grüß sie schön!«, meinte Mama, nur Ralf runzelte die Stirn.

»Pass auf, wenn du diesem jungen Mann begegnest. Wer

weiß, was er im Schilde führt«, sagte er mit seiner Fistelstimme, die sich immer in ungeahnte Höhen schraubte, wenn er sich aufregte.

»Vorurteile hast du auch gar nicht, oder?«, entfuhr es mir dann doch, weil es mir gegen den Strich ging, wenn er ständig seine überflüssigen Kommentare abgab.

Wie immer konnte ich es nicht sein lassen, ihn ein wenig zu provozieren.

»Und du hast recht, ich muss mich in Acht nehmen. Er sah nicht nur verwegen, sondern auch südländisch aus. Macht dir das Kummer? Ich habe da keine Bedenken, weil ich Menschen nicht danach beurteile, woher sie kommen.«

»Was soll das?« Ralf schien nun ernsthaft verärgert.

Ich wusste selbst, wie ungerecht ich war, indem ich ihm so etwas unterstellte.

Mama warf mir bereits einen bittenden Blick zu. Das kannte ich schon und schlug einen versöhnlicheren Ton an. »Er war freundlich und machte nicht den Eindruck, als wollte er mich überfallen.« Ich zwinkerte ihnen zu.

»Das machen sie ja nie«, grummelte Ralf. »Und dann plötzlich …«

Ich stand auf und hob zum Abschied die Hand, aber so einfach wollte Ralf mich nicht gehen lassen.

»Hat er dir seinen Namen verraten?«, fragte er, schenkte sich ein Glas Wasser ein, nahm es in die Hand und betrachtete die aufsteigenden Kohlensäureperlen nachdenklich.

»Er heißt Leone, mehr weiß ich nicht. Ich muss dann!«

Mit einem Mal war es wieder da. Dieses ungute Gefühl, das mich befallen hatte, als mir Leone vorhin begegnet war.

Aber das hatte nichts mit seinem Aussehen zu tun, sondern damit, dass ich sicher war, er würde in Mückemoor keinen Urlaub machen wollen. Leone hatte andere Gründe, hier aufzutauchen. Nur welche?

Ich verließ das Esszimmer und hörte noch, wie mein Stiefvater sagte: »Sie weiß doch bestimmt mehr. Elsa schwindelt ständig! Ist klar, von wem sie das hat.«

Ich ballte die Faust, denn Ralf spielte in einer Tour auf meinen unzuverlässigen Vater an. Ich war selbst sauer auf ihn, aber Ralf stand es nicht zu, über ihn zu urteilen.

Von meinem Vater war mir nur ein Bild geblieben. Und mein Teddy, der noch immer am Kopfende von meinem Bett thronte und dem ich jeden Abend eine gute Nacht wünschte. Aber das wusste nur Mieke. Meine anderen Freunde würden mir wahrscheinlich einen Vogel zeigen. Sonst redete bestimmt niemand mehr mit seinem Teddy. Deren Väter waren ja auch noch da. Die verschwanden nicht einfach von einem Tag auf den anderen.

Jedes Mal, wenn ich nicht so funktionierte, wie Ralf es sich vorstellte, argumentierte er mit meinen angeblich schlechten Genen.

Meiner Meinung nach hatte mein Stiefvater sich hier eingeschlichen wie eine Giftspinne. Jetzt saß er in seinem Netz und begutachtete die fette Beute. Was wäre er denn ohne Mama?

Ralf, der jüngste Sohn des Nachbarhofes, der nach alter Tradition in der Erbfolge keine Rolle gespielt hatte. Durch die Heirat mit meiner Mutter hatte er es nun doch zur Leitung eines der ältesten Gehöfte Mückemoors gebracht. Sein einziger Wermutstropfen musste sein, dass er den Namen Trautmann hatte annehmen müssen. Da kannte Opa keine Kompromisse. In Mückemoor fügte es sich. Immer.

Ich wollte jetzt nur noch fort von hier, rannte die Stufen hinab, riss im Vorübergehen die Winterjacke von der Garderobe und stürzte hinaus.

4

Es würde mir helfen, mit Mieke zu quatschen. Mit etwas Glück wusste sie inzwischen mehr über Leone. Ihre Mutter war im Häkelclub und beim Heimatverein aktiv. Die wussten dort sogar, wenn sich die Holzwürmer vermehrt hatten. Miekes Mutter hatte auch sonst ihre Ohren überall, und vermutlich war sie längst informiert. Ein Fremder im Dorf, der zudem so ungewöhnliche Sachen trug – das hatte sich bestimmt schon bis zu den Blohms herumgesprochen.

Miekes Haus lag nur ein paar Gehminuten vom Trautmannshof entfernt. Der Wind blies in einzelnen Böen schon wieder so heftig, dass ich mich dagegen anstemmen musste.

Nach etwa fünf Minuten stand ich vor dem typisch norddeutschen Haus aus rotem Klinker und ebenfalls rot gedecktem Krüppelwalmdach. Die weißen Sprossenfenster und die Fensterbögen waren rund gemauert und verliehen ihm einen gewissen Charme. Neben dem Haus befand sich eine Garage mit weißem Holztor, in der das Familienauto parkte.

Kurz nachdem ich geklingelt hatte, öffnete Miekes Mutter. Wie immer tat sie alles zu schnell und zu hektisch.

»Elsa? Du?«

»Ich wollte zu Mieke.«

»Sie hat heftige Halsschmerzen. Dass du dich bloß nicht ansteckst!« Miekes Mutter trat einen Schritt beiseite und ließ mich rein. Im Flur roch es nach gebratenem Hähnchen.

»Und zieh bitte die Schuhe aus! Nicht dass es Fußabtritte auf den weißen Fliesen gibt.«

Ich musste schmunzeln. Typisch Frau Blohm. Natürlich kannte ich die Regeln längst, ich war ja ständig hier. Aber Miekes Mutter ging da lieber auf Nummer sicher.

Ich schlüpfte aus den Schuhen und rannte die Treppe rauf.

Mieke lag mit ihrem Mathebuch auf dem Bett und strahlte mich an. »Alles gut im Stall?«

»Ja, dein Tommy steht in der Box, und Jonas hat wie immer alles im Griff.« Ich musterte sie. »Krank wirkst du allerdings nicht. Wenn du keine Lust hattest zu trainieren, hättest du es auch direkt sagen können.«

Mieke hustete. Es klang gekünstelt. »Blöde Erkältung, weißt du? Will echt nichts riskieren. Morgen schreiben wir doch die dumme Matheklausur.«

So ein Mist. Das hatte ich vollkommen vergessen! Es erklärte Miekes Ausrede. Sie war sehr ehrgeizig – ich hingegen konnte mir keinen weiteren Patzer erlauben. Es würde mir wohl nichts anderes übrig bleiben, als den restlichen Nachmittag mit mathematischen Formeln zu verbringen.

»Aber du bist doch nicht da, um mit mir über Halsschmerzen und Matheklausuren oder mein verpasstes Training zu reden«, sagte Mieke. Die Neugierde in ihrer Stimme war unüberhörbar. »Du hast doch gesagt, dir wäre was Seltsames passiert.«

»So ist es«, bestätigte ich.

»Hey, spann mich nicht auf die Folter! Was ist passiert?«

Ich kam nicht dagegen an, den Moment zu genießen. Es kam selten genug vor, dass ich etwas vor ihr wusste.

»Ich bin vorhin einem Typen begegnet«, begann ich. »Etwa so alt wie wir.« Dann fasste ich alles ausführlicher zusammen.

Sofort folgte die große Enttäuschung, denn Mieke war keineswegs so ahnungslos, wie ich gedacht hatte.

»Ach der!« Sie winkte ab. »Von dem hat Mama schon erzählt. Der heißt Leone Greco.«

Barbara Blohm wusste also tatsächlich schon wieder alles.

»Und was sagt sie noch?«, fragte ich neugierig und wechselte das Standbein. »Mach mal Platz!«

Mieke rutschte zur Seite, und ich ließ mich neben ihr auf das Bett fallen.

»Niemand weiß, was er hier will. Tant' Gerdes will dem mal auf den Zahn fühlen. Er wohnt bei ihr in der *Linde*.«

»Der Arme, ob er weiß, worauf er sich da eingelassen hat?« Ich musste lachen.

»Wem sagst du das«, meinte Mieke. »Ich war einmal in einem der Zimmer.«

»Erzähl!«

»Kalt. Zugig. Ungemütlich. Trist. Und es stinkt! Ich kann dir gar nicht genau sagen, wonach, aber es roch alt und süßlich. Die grellgelbe Tapete mit den dunklen Kringeln wirkte so, als ob man davon aufgesaugt wird.« Mieke schüttelte sich.

»Und dann das Bad! Eine echte Nasszelle. Dunkelbraun gefliest, gerade mal so groß, dass die Duschwanne darin Platz findet. Das Waschbecken ist dermaßen winzig, darin kann man sich kaum die Hände waschen. Außerdem hatte es einen Sprung. Und das einzige Klo befindet sich mitten auf der Etage mit dem Charme einer heruntergekommenen Bahnhofstoilette.«

»Dann wird er wohl nicht lange bleiben«, meinte ich.

»Abwarten.« Mieke ruckelte sich im Bett etwas höher.

»Was weißt denn du über den Fremden? Er ist echt schon Dorfgespräch.«

»Leider auch nicht viel.« Ich zuckte mit den Schultern. »Außer …«, ich machte eine dramatische Pause, »… dass er ziemlich gut aussieht!«

Wenn ich jetzt erwähnte, dass er Schokoaugen hatte …

Mieke quietschte begeistert auf. »Das hat meine Mutter natürlich verschwiegen.«

Wir mussten beide lachen.

»Erzähl mir alles!«

»Er sieht gut aus«, begann ich vorsichtig. »Ist etwas auffällig gekleidet. Mit Ledermantel und so. Ein dunkelhaariger, braungebrannter Typ, ich denke, Italiener, und seine Stimme …«

»Lass mich raten. Dazu Schokoaugen und voll dein Typ. Ein italienischer Traummann!«

Mist, sie hatte den Nagel auf den Kopf getroffen.

Mieke hatte großes Interesse daran, mich zu verkuppeln, weil sie schon ewig in Jonas verliebt war. Wahrscheinlich hoffte sie, er würde ihre Gefühle endlich erwidern, wenn ich erst mal vergeben war und er einsehen musste, dass er sich keine Hoffnungen mehr zu machen brauchte.

Jetzt half nur, Ruhe zu bewahren. Erst mal galt es schließlich abzuwarten, was Leone wirklich im Dorf wollte. »Ansonsten weiß ich nur, dass der Typ in Mückemoor Urlaub machen will«, fuhr ich betont gleichgültig fort, ohne auf ihre Bemerkung mit den Augen einzugehen. »Magere Ausbeute, wie du merkst.«

»Urlaub?« Mieke prustete genauso los wie meine Mutter vorhin. »Hier? Was stimmt denn mit dem nicht?«

»Es gibt sicher einen anderen Grund«, entfuhr es mir. »Er machte den Eindruck, als ob ... als ob er was sucht.«

Mieke legte die Hände vor den Mund und rief mit hohler Stimme: »Huhu! Bestimmt eine Leiche im Moor!«

Ihre Stimme kiekste, wahrscheinlich, weil Mieke der Hals doch wehtat, und ich fiel in ihr Lachen ein.

»Das wär mal was. Aber mal ehrlich: Wie oft kommt es vor, dass tatsächlich jemand im Moor verschwindet? Wir haben es noch nie erlebt.«

Mieke glänzten die Augen, sie konnte sich immer so schön in solche Spinnereien reinsteigern. »Aber früher gab es welche. Man sagt sogar, dass nach dem Krieg ein paar freiwillig ins Moor gegangen sind. Weil sie mit dem Erlebten nicht klarkamen. Also weil sie als Soldaten Menschen umgebracht haben.«

Ich seufzte. »Genau, und nach denen sucht der Typ jetzt. Er ist also ein Ghostbuster.«

»Wahrscheinlich eher ein Zombie und aus einem unserer Online-Spiele entwichen. Wo wir schon dabei sind: Wollen wir heute Abend zocken?«

Ich hob abwehrend die Hände. So gern ich zugesagt hätte, aber dann erwartete mich morgen der mathematische Super-GAU.

»Das wird leider nichts. Ich muss auch wenigstens einen kurzen Blick in die Matheunterlagen werfen.«

Ich stand auf, es war besser, wenn ich mich jetzt mit Mathe und nicht mit Leone Greco und seinen Plänen in Mückemoor befasste. »Ich geh dann mal los. Wenn du mehr über unseren geheimnisvollen Fremden herausfindest, sagst du Bescheid, okay?«

»Darauf kannst du dich verlassen«, antwortete Mieke. Sie griff wieder nach dem Mathebuch. »Ich bin jetzt echt neugierig geworden, warum es diesen Typen ausgerechnet hierherverschlagen hat.« Sie zwinkerte mir zu.

Als ich das Zimmer verließ, stand Miekes Mutter im Flur und staubte die Bilderrahmen ab. Sie hatte definitiv gelauscht. Leone Greco schien das Dorf schon nach so kurzer Zeit ordentlich aufzumischen.

5

Ich brauchte dringend frische Luft! Den ganzen Nachmittag und bis in den Abend hinein hatte ich versucht, meinen Kopf mit den Matheformeln vollzustopfen. War mir eher schlecht als recht gelungen, weil ich ständig an diesen Fremden denken musste.

Ich verspürte aber auch keine Lust, zu gamen und Mieke deswegen zu schreiben. Mir würde es guttun, ein wenig allein zu sein.

Langsam spazierte ich durch Mückemoor, auch in der Hoffnung, Leone über den Weg zu laufen. Ich wusste gar nicht, was ich zu ihm sagen sollte, wenn ich ihm begegnete, aber ich wollte unbedingt mehr über ihn erfahren.

Der Himmel war wolkenverhangen, die Dunkelheit umarmte die Häuser sacht.

Das Dorf war wie ausgestorben. Wären hinter den Gardinen nicht vereinzelt Lichter zu erkennen gewesen, wäre ich mir wie in einem Geisterfilm vorgekommen. Es war erst zwanzig Uhr, und in Mückemoor schienen die Gehwege bereits hochgeklappt. Die meisten Menschen hockten vor der Glotze oder spielten Karten. *Schafskopp* war bei den Alten ziemlich angesagt. Viel mehr konnte man hier ja auch nicht tun.

Ich lief die Hauptstraße hinunter und bog dann nach links ab, bis ich vor der *Linde* stand.

In den Gästezimmern brannte kein Licht. Also war Leone entweder unterwegs oder in der Gaststube.

Dort hielt sich sonntags auch immer mein Großvater mit seinem Stammtisch auf. Ich könnte also unter einem Vorwand hineingehen und ihn etwas fragen. Zum Beispiel, ob er mich morgen zur Schule fahren würde, weil ich Mathe schrieb. Das wäre weniger stressig, als sich in den überfüllten Schulbus zu quetschen und den Tag mit feuchter und abgestandener Luft zu beginnen.

Die Idee gefiel mir, und ich betrat die Gaststube.

Obwohl Rauchverbot herrschte, war die Luft hier zum Schneiden dick, ungelüftet und überheizt, wie es war. Mein Großvater saß mit Ralf, Jonas, dessen Großvater Heino Janßen, Miekes Vater und anderen aus dem Dorf am Stammtisch und trank sein Bier. Sie waren tief in eine Diskussion verstrickt.

Leone konnte ich leider nicht entdecken.

Gerade wollte ich mich wieder nach draußen stehlen, als sich die Tür, die zum Treppenhaus führte, öffnete, und Leone hereinkam. Er hatte seinen Rucksack geschultert und schaute sich erst einmal im Lokal um.

Die *Linde* gehörte Tant' Gerdes, die gerade dabei war, hinter dem Tresen ein Bier zu zapfen, und ihn nun musterte wie ein ekliges Insekt.

Obwohl er leise eingetreten war, verstummten die Gespräche sofort. Leone stand unsicher da und schien zu überlegen, wohin er sich setzen sollte.

»Moin«, sagte er und durchbrach damit das unangenehme Schweigen. Ein Lächeln schlich sich auf meine Lippen. Immerhin hatte er dazugelernt.

»Moin«, schallte es vom Stammtisch zurück, die Blicke der Männer verfolgten ihn argwöhnisch.

Leone fühlte sich sichtlich unwohl und steuerte den freien Tisch in der Nische neben dem Stammtisch an.

Ich überlegte, wie ich mich verhalten sollte, denn noch hatte mich keiner gesehen, ich stand immer noch im Vorbau des Eingangs.

Das nutzte ich und schlüpfte kurzerhand in die nächste Sitzecke, wo ich mich hinter der Holzverkleidung verstecken konnte. Auf diese Weise bekam ich alles mit, ohne dabei gesehen zu werden. Und wenn doch, konnte ich immer noch eine Limonade bestellen.

Die Wirtin kam sofort an Leones Tisch und baute sich, die Hände in die Hüften gestemmt, vor ihm auf.

»Essen?«

Er nickte.

»Gulasch ist aus. Schweinebraten auch. Gibt noch Schnitzel und Strammer Max.« Tant' Gerdes sah ihn fragend an.

Leone geriet sichtlich ins Schwimmen. »Ich bin … Veganer«, sagte er dann zögernd.

Oje, dachte ich. Da ist er an die Falsche geraten. Und dann legte sie schon los.

»Auch so einer von den Spinnern. Hör mal, junger Mann. Wir leben hier auf dem Land, und da wird gegessen, was die

Höfe ringsum so hergeben. Soja wird im Moor und in der Marsch nicht angebaut. Und Milch kommt von der Kuh.«

Leone wand sich. Am liebsten wäre ich ihm zu Hilfe geeilt, aber das hätte jetzt richtig blöd ausgesehen. Ich musste mir gleich noch etwas Gutes einfallen lassen, wie ich plausibel machte, warum ich hier herumsaß.

»Gibt es Salat?«, fragte er. »Oder Gemüse?«

»Rotkohl. Mit Speck«, gab Tant' Gerdes ungerührt zurück. Sie konnte echt ätzend sein. Am liebsten wäre ich aufgesprungen und hätte sie geschüttelt. Was genau hatte sie an der Aussage »Ich bin Veganer« nicht verstanden?

»Bisschen Wirsing ist auch noch da«, sagte sie provokativ. »Koch ich aber auch mit Fleisch, sonst schmeckt das ja nicht.«

Tant' Gerdes sah Leone noch immer abwartend an. »Ich kann ein Brot schmieren. Mit Margarine. Butter kommt schließlich auch von der Kuh.«

Leone nickte. Er wirkte ziemlich verzweifelt.

»Gut«, antwortete er höflich. »Das ist besser als nichts. Dann nehme ich das. Und eine Spezi.«

Tant' Gerdes schrieb sich diese lächerliche Bestellung tatsächlich auf und stapfte ohne weiteren Kommentar von dannen.

Mit zitternden Fingern holte Leone ein Bild aus dem Portemonnaie, glättete es und strich sanft darüber. So zärtlich, wie er es anschaute, war darauf bestimmt seine Freundin abgebildet.

Ein Typ wie er war sicher vergeben. Ich reckte den Hals, konnte es aber nicht erkennen.

Er steckte das Foto wieder ein und bückte sich zu seinem Rucksack.

Den Moment nutzte ich und tat so, als hätte ich die *Linde* eben erst betreten.

»Moin!«, rief ich lautstark, und wie geplant drehten sich alle Köpfe zu mir.

»Elsa!«, rief Opa Kurt überrascht. »Was machst denn du hier?«

»Ich bin spazieren gegangen, weil mein Kopf wegen der Matheformeln so voll war. Und da dachte ich, ich schau mal rein.«

»Um *was* zu fragen?«, hakte Opa sofort nach.

»Kannst du mich und Mieke morgen zur Schule fahren? Damit wir für die Klausur fit sind?«

Opa Kurt hob bedauernd die Schultern. »Tut mir leid. Ich muss morgen sehr früh los zu einer Pferdeschau. Mieke sucht doch ein Stutfohlen, und ich muss auch schauen, ob ich eine neue Zuchtstute für uns finde. Bin erst übermorgen zurück.«

»Schade!«, antwortete ich mit einem entwaffnenden Lächeln, denn das hatte ich vollkommen vergessen. »Dann will ich mal wieder.«

Natürlich wandte ich meinen Blick zu Leone, der mich die ganze Zeit beobachtet hatte.

»Moin, du auch hier?«

Ich tat überrascht und war sehr stolz auf meine schauspielerische Leistung.

»Du weißt doch, dass ich hier wohne«, gab er zurück.

»Das schon, aber ich wusste doch nicht, wann du die kulinarischen Delikatessen in Mückemoor ausprobierst.«

»Ich bekomme gleich ein Margarinebrot«, sagte er. »Morgen muss ich den Bus in die Stadt nehmen und mich mit Lebensmitteln eindecken. Ich möchte ja ein paar Tage bleiben, und auf Veganer ist Frau Gerdes nicht eingestellt.«

Das war sehr diplomatisch ausgedrückt.

»Mückemoor eben«, gab ich zurück. »Ich hatte dich gewarnt.«

Er musterte mich nachdenklich. »Vielleicht reise ich auch wieder ab. War wohl eine Schnapsidee herzukommen.«

»Wäre schade«, sagte ich. »Du bist gerade *das* Thema im Dorf, und wenn du weg bist, wird sich wieder alles um die nächste kalbende Kuh drehen.«

Er lächelte flüchtig, und mich streifte der Blick aus seinen Schokoaugen. Ich sollte langsam verschwinden, sonst wäre nämlich *ich* das nächste Gesprächsthema, brannten doch bereits die Blicke der anderen Gäste in meinem Rücken.

Leone fuhr mit dem Zeigefinger über die tiefen Rillen des Tisches und wirkte plötzlich sehr nachdenklich.

»Hab ich was Falsches gesagt?«, fragte ich.

»Nein, sorry. Ich kannte nur jemanden, der mal hier gearbeitet hat, und habe gerade überlegt, ob sie wohl auch an diesem Tisch gesessen hat.«

»Ach echt? Das ist ja witzig, ausgerechnet hier! Wer war das?«, fragte ich.

Am Nebentisch wurde das Gespräch lauter.

Bevor Leone antworten konnte, kam Tant' Gerdes zurück und knallte die zwei Scheiben Brot, die dick mit Margarine beschmiert waren, auf den Tisch. Immerhin lagen zwei Gewürzgurken mit etwas Petersilie drapiert auf einer Untertasse. Ich machte unweigerlich einen Schritt zur Seite und stieß versehentlich den Rucksack um. Dabei rutschte das Foto heraus, das Leone eben noch so liebevoll betrachtet hatte.

»Guten Appetit«, wünschte Tant' Gerdes, bevor sie wieder hinter dem Tresen verschwand und das nächste Bier für den Stammtisch zapfte. Sie hatte das Bild wohl nicht gesehen, sonst wäre sie mit Sicherheit neugierig stehen geblieben.

Ich hob das Foto auf. Es war zerknittert, offensichtlich sehr alt und zeigte eine wunderschöne dunkelhaarige Frau.

»Sorry. Das ist rausgefallen.« Ich reichte es Leone.

Hastig griff er danach und stopfte es zurück in den Rucksack. »Danke«, antwortete er knapp.

Eine peinliche Stille folgte. »Ich muss dann. Lass es dir schmecken.«

Er verzog zweifelnd den Mund, machte sich dann aber über die beiden Brote her und hob eine Hand zum Abschied.

Ich bekam noch mit, dass die Männer am Stammtisch jetzt über die Schweinemast debattierten und darüber, dass die Fleischpreise kontinuierlich fielen. Jonas und Ralf schwiegen dazu, stierten stumpf auf ihr Bier und wischten sich fast zeitgleich den Schaum von den Lippen.

Ich blieb kurz im Flur stehen, um mich zu sammeln. War ja klar, dass ich wie eine Vollidiotin durch die Gegend stolpern musste und ausgerechnet Leones Rucksack umstieß! Klassischer Elsa-Move. Immerhin wusste ich jetzt, dass Leone jemanden kannte, der schon mal in Mückemoor gewesen war. Und ich hatte das Bild von der Frau gesehen. Sie musste dieser Jemand sein.

Das erklärte immer noch nicht, warum er hier war. Hatte

Mückemoor solch einen Eindruck bei ihr hinterlassen, dass er sich jetzt ein eigenes Bild machen wollte? Ausgeschlossen.

Sein Blick war beängstigend gewesen. Es hatte etwas Wildes darin gelegen. Etwas Suchendes – und Traurigkeit.

Und warum war er plötzlich so kurz angebunden gewesen? Es schien ihm gar nicht gefallen zu haben, dass ich das Foto in der Hand gehalten hatte. Fast schien es, als wollte er es … schützen. Es gab eigentlich nur eine Antwort. Leone Greco war auf der Suche. Und die schien ihn aufzuwühlen.

Ich war froh, als sich die Tür der Gaststube hinter mir schloss. Feuchter Nebel schlug mir entgegen, ich konnte kaum die andere Straßenseite erkennen. Die dicke Luft ummantelte mich, sodass ich fast glaubte, keine Luft mehr zu bekommen.

Vielleicht wäre es besser, Leone aus dem Weg zu gehen. Es ging mich nichts an, was er suchte oder nicht suchte. Und eine leise Stimme in mir sagte mir, dass es manchmal auch besser war, nicht so genau nachzusehen.

6

Ich war mir sicher, dass mir jemand folgte, konnte aber niemanden sehen. Mein Herz schlug unwillkürlich schneller.

Der Trautmannshof befand sich am Ende einer langen Pappelallee, und das letzte Stück war sehr dunkel, sodass mir gar nicht wohl bei dem Gedanken war, dort jetzt allein entlanglaufen zu müssen.

Leider blieb mir keine Wahl. Je eher ich zu Hause war, desto besser. Ich musste nur schneller sein als mein Verfolger – wer auch immer es war.

Also Augen zu und durch. Der Weg lag einsam und verlassen vor mir. Winzige Nebeltröpfchen waberten im Schein der Straßenlaterne.

»Hier ist keiner, Elsa Trautmann«, sprach ich mir selbst Mut zu. »Keiner!«

Ich spannte meine Muskeln an und rannte los. Bildete ich mir das ein, oder waren die Schritte wieder da? Mein Herz hämmerte jetzt in meiner Brust.

Ich beschleunigte noch einmal.

Schon bald hatte ich das breite schmiedeeiserne Tor erreicht. Endlich! Ich war völlig außer Atem. Wirklich lächerlich. Sonst machte es mir schließlich auch nichts aus, abends durch Mückemoor zu laufen.

Ich überquerte den gepflasterten Hof. Rechts befand sich die große Scheune, links lag das Wohnhaus, zu dem eine Treppe hinaufführte. Wir hatten eine unglaublich alte und aufwendig gestaltete Eingangstür mit kleinen Fenstern. Ich mochte es, wenn das Licht aus dem Flur dort hindurchschien.

Direkt vor mir lagen die Stallungen. Das leise Schnauben und Wiehern der Pferde beruhigten mich etwas.

Und wie einladend das hell erleuchtete Wohnhaus wirkte! Meine freundliche Oase. Heute konnte ich es kaum erwarten reinzukommen.

Zur Haustür waren es nun nur noch wenige Meter, da näherten sich wieder schnelle Schritte.

Das werden Opa, Ralf und Jonas sein, versuchte ich, mich zu beruhigen. Sie hatten ihr Bier wohl ausgetrunken. Nur passte es nicht zu ihnen, sich derart zu beeilen. Vorsichtig wandte ich den Blick.

Aus dem Dunkel schälte sich Leones Gestalt. Unschlüssig blieb er stehen und schaute sich um.

Er hatte wieder den dicken Ledermantel an. Seinen Kopf zierte eine Wollmütze mit Ohrenklappen, unter der die schwarzen Locken hervorquollen. Seine Füße steckten in derben Schuhen.

»Was machst du hier?«, fragte ich verblüfft.

»Ich wollte dich nicht erschrecken«, gab er zurück.

»Das hast du nicht«, log ich und versuchte, den Gedanken zu ignorieren, dass er genau gesehen haben musste, wie ich losgerannt war. »Bist du schon die ganze Zeit hinter mir hergelaufen?«

Er nickte.

Ich war froh, dass ich mich zum einen nicht geirrt hatte, und zum anderen, dass es eine harmlose Erklärung für die Verfolgung gab und mich keine Moorgeister bedrängt hatten.

»Ich … ich wollte mit dir reden.«

»Und worüber? Das ging nicht anders, als mich im Dunkeln abzufangen? Wie so ein Psycho«, fügte ich noch hinzu, um die Situation ein bisschen aufzulockern.

»Doch«, gab er unumwunden zu, wirkte jetzt aber sichtlich verlegen. »Es ist nur … Ich muss dir etwas erklären. Und ich wollte nicht, dass das ganze Dorf dabei zuhört.«

Das wurde ja immer mysteriöser. So viel zu meinem Plan, mich von ihm fernzuhalten. Ich konnte ihn aber auch schlecht einfach davonjagen. »Schieß los!«, sagte ich also.

»Nicht hier. Können wir irgendwo ungestört reden?«

Ich breitete die Arme aus. »Noch ungestörter?«

Er sah sich auf dem Hof um. Außer einer unserer Stallkatzen, die ein paar Meter entfernt vorbeihuschte und kurz stehen blieb, als sie uns entdeckte, war weit und breit nichts zu sehen. Nur Dunkelheit und Schatten.

»Also Klartext: Was willst du hier?«, fragte ich. »Den Urlaub nehme ich dir nicht ab.«

»Ich suche jemanden«, gab er zu.

Ich ahnte, worauf es hinauslief und wen er suchte, aber ich wollte es ihm nicht allzu leicht machen. Dazu saß der Schrecken noch zu tief.

»Hier hat sich keiner versteckt. Das kannst du mir glauben.

In Mückemoor verschwindet nicht einmal eine Maus, ohne dass es zum Dorfgespräch wird.«

Leone wirkte plötzlich verunsichert.

Er räusperte sich und sagte: »Du hast das Bild gesehen. Ich suche einen Menschen, der mir wichtig ist.«

»Wirklich bei uns?«

»Ja. Einer der Älteren erinnert sich vielleicht. Ich muss jemanden finden, den ich fragen kann.«

Langsam nervten mich seine ganzen Andeutungen.

»Und warum vermutest du die Frau ausgerechnet auf dem Trautmannshof? Und dann um diese Tageszeit?« Ich wusste selbst, wie zickig ich klingen musste, aber so konnte ich meine Nervosität besser überspielen.

Diese Fragen verunsicherten Leone sichtlich. »Ja, ich sehe ein, dass das seltsam wirkt«, gab er zu. »Jetzt bin ich jedenfalls hier, weil ich *dich* gesucht habe. Niemanden sonst.«

»Mich?« Ich lachte hell auf. »Warum ausgerechnet mich? Meinst du, ich halte dein Phantom über all die Jahre in meinem Zimmer versteckt? Oder fragst du mich, weil ich schon so unglaublich alt aussehe?«

Leone war die Situation offenbar peinlich. »Natürlich nicht. Aber du … du warst nett zu mir. Und in der *Linde* ist es die Hölle. Oder wenigstens die Vorstufe davon.«

Ich musste mir ein Lachen verkneifen. »Auch wenn ich mich wiederhole: Ich hab's dir gesagt, oder?«

»Punkt für dich.« Leone schabte mit der Schuhspitze übers Pflaster und suchte krampfhaft nach einem anderen Thema. »Wie hältst du's hier eigentlich aus? Ich bin froh, wenn ich wieder verschwinden kann.«

Ich sog scharf die Luft ein. »Sobald ich das Abi in der Tasche habe, werde ich all das hinter mir lassen. So schnell es geht.«

Und weil ich plötzlich das Gefühl hatte, ich müsste mich rechtfertigen, setzte ich hinzu: »Außerdem ist es nicht nur schlecht hier. Guck dich mal um.« Ich deutete auf die Ställe und die dahinterliegenden Wiesen und Koppeln, die im Dunkeln nur zu erahnen waren.

»Stimmt«, lenkte Leone ein, und ich fühlte mich nicht mehr ganz so in die Ecke gedrängt. Obwohl er grundsätzlich recht hatte. In Mückemoor war nichts los.

»Außerdem kann ich hier für den Distanzritt trainieren. Nächstes Wochenende geht es los.«

»Immerhin was.« Leone hob den Daumen, schabte dann wieder mit der Schuhspitze übers Pflaster, ehe er sagte: »Bitte, ich muss dir wirklich etwas erklären, und das ist kompliziert.« Er grinste schief.

Ein letztes Zögern meinerseits, aber meine Neugierde siegte. Ich wollte wissen, was es mit der Suche auf sich hatte. Und ein bisschen geehrt fühlte ich mich auch, dass Leone ausgerechnet mich einweihen wollte. Na ja, und noch ein bisschen Zeit mit ihm zu verbringen, war auch nicht schlecht. Es war wohl wirklich besser, einen ungestörten Ort aufzusuchen, denn es bestand die Möglichkeit, dass uns jemand aus dem Fenster beobachtete oder belauschte. Ich winkte Leone, und er folgte mir in den Stall.

Die Pferde steckten ihre Köpfe sofort aus den Boxen. Leone hatte offenbar Angst, sie könnten nach ihm schnappen, was mich erstaunte, weil er am Morgen so cool mit Pegasus umgegangen war. Da ich aber vollkommen entspannt durch den Gang lief, folgte er mir einfach. Ab und zu berührte ihn das weiche Maul eines Tieres, und er merkte, dass unsere Pferde sehr freundlich waren. Wir hatten keinen Beißer dabei.

»Wo willst du denn hin?«, raunte er.

»In die Sattelkammer. Da sind wir fürs Erste ungestört. Gleich müsste Jonas, unser Pferdewirt, zusammen mit meinem Stiefvater und meinem Opa aus der *Linde* zurückkommen. Du hast sie dort gesehen. Jonas macht am Abend meist noch eine Runde durch die Stallungen. Er schaut nach dem Rechten, unsere Pferde sind sehr wertvoll.«

Die Sattelkammer befand sich am Ende vom Gang.

Hier roch es nicht mehr so stark nach Pferd, dafür schlug uns der Duft von gefettetem Leder entgegen. Ich liebte das!

Auf Böcken lagen die Sättel, darunter waren auf Haken die passenden Trensen aufgehängt.

Der Raum war für mich ein willkommener Rückzugsort. Hierhin verschwand ich oft, wenn ich runterkommen musste. In der hintersten Ecke stand eine Pritsche.

»Wer schläft denn hier?«, fragte Leone sofort.

»Jonas. Aber nur ab und zu. Wenn eine Stute fohlt oder ein Pferd krank ist und nicht allein sein sollte«, gab ich zurück.

Ich ließ mich darauf nieder und bedeutete Leone, sich ebenfalls zu setzen. »So, und nun raus mit der Sprache. Bitte alles und ohne Schnörkel«, forderte ich ihn forscher auf, als mir zumute war.

Leone hatte sich auf die äußerste Kante der Pritsche gesetzt und rang nach Worten.

»Auf dem Foto, das war meine Nonna. Und die suche ich«, begann er.

»Deine Nonna?«, wiederholte ich. »Das ist italienisch und heißt ›Oma‹, oder?«

»Ja«, antwortete er. »Sie hat bis 1957 hier in Mückemoor gearbeitet. In der *Linde*. Als Gastarbeiterin.«

Ich zuckte mit den Schultern. »Nie von ihr gehört. Was ist mit deiner Nonna?«

»Sie ist seit damals verschwunden und nicht von hier zurückgekehrt. Sie hat meine Mutter allein bei meiner Tante Vittoria in Italien zurückgelassen. Ohne einen Abschiedsbrief. Ohne einen Gruß oder ein Lebenszeichen.«

Das kam vor. Was hatten wir damit zu tun?

»Aber es kann doch sein, dass sie fortgelaufen ist und ein neues Leben angefangen hat. So was gibt es schließlich.«

Leone hatte die Mütze abgenommen und schüttelte nun den Kopf, die Lippen zusammengepresst.

»Meine Nonna hatte aber eine kleine Tochter. Sie hätte meine Mamma niemals alleingelassen. Niemals. Wo doch mein Großvater schon verunglückt ist. Jeder, der sie kannte, ist sich da sicher.«

Er sagte das mit einem so großen Schmerz in der Stimme, dass ich gar nicht anders konnte, als näher an ihn heranzurücken und nach seiner Hand zu greifen.

Sie war weich, seine Finger lang und schmal.

Ich merkte, dass seine Augen feucht waren. Ihm war das wohl peinlich. Jedenfalls wischte er schnell mit dem Ärmel darüber.

»Sorry«, sagte er. »Bin sonst keine Heulsuse.«

»Du vermisst sie«, stellte ich fest.

Leone nickte. »Obwohl ich sie gar nicht kannte.«

»Versteh ich aber. Wenn mein Opa Kurt nicht da wäre …«

Ich weiß auch nicht, was in mich fuhr, aber ich erzählte Leone davon, wie mein Vater von einem Tag auf den anderen abgehauen war und mich und meine Mutter im Stich gelassen hatte.

»Mückemoor war ihm wohl zu eng. Das kann ich verstehen«, sagte ich. »Aber ich war ein kleines Mädchen und hätte meinen Papa noch so sehr gebraucht. Wenn Opa nicht gewesen wäre … Er ist so etwas wie mein Vater. Immer da. Verlässlich.«

»Dann kannst du also nachvollziehen, warum ich meine Nonna suchen muss?«, fragte Leone.

»Das kann ich«, bekräftigte ich. »Und ich will versuchen, dir zu helfen. Wenn ich kann.«

7

Ich ließ Leones Hand los, als die Tür vom Stall aufging und wir Schritte hörten.

Mit dieser Bewegung war leider auch der Zauber verschwunden, der uns beide kurz verbunden hatte. Ich fühlte mich mit Wucht auf den Boden der Tatsachen zurückkatapultiert.

»Das ist Jonas«, flüsterte ich.

Plötzlich war es mir unangenehm, dass ich diesem Wildfremden gerade so viel anvertraut hatte. Das machte mich verletzlich und bot ihm fortan Angriffspunkte. Ich kannte Leone gar nicht und war noch nicht restlos davon überzeugt, dass er mir die Wahrheit sagte. Trotzdem hatte ich ihm eine Menge von mir preisgegeben.

Aber nun war es eben passiert.

Durch meinen Kopf schossen unzählige Fragen. Sie sprangen herum, und ich bekam sie einfach nicht sortiert.

Konnte es denn wirklich sein, dass seine Oma erst nach so vielen Jahren gesucht wurde? Eine Frau, von der ich noch nie etwas gehört hatte. Wäre eine Gastarbeiterin damals unter mysteriösen Umständen verschwunden, dann würde im Dorf bis heute darüber gesprochen werden. Weil es ein spannendes und unerschöpfliches Thema war, in einem Ort, wo sonst nichts passierte, außer dass Kinder oder Vieh geboren wurden oder ein Mückemoorer starb. Ab und zu gab es Verwicklungen, wenn jemand auf dem Dorffest fremdging – und das war's.

Es *konnte* also eigentlich gar nicht so gewesen sein, wie Leone sagte.

Es sei denn, alle hängen in ihrem Verschwinden mit drin oder haben Angst vor dem Schuldigen. Der Gedanke überfiel mich wie aus dem Nichts, denn das war durchaus eine Möglichkeit, die ich nicht ausschließen konnte. In Mückemoor hielt man zusammen.

Das machte mir Angst. Nicht nur ein bisschen, nein, sie nahm überhand und erschwerte mir einen Augenblick das Schlucken. Da war es gut, dass wir ohnehin gerade nicht miteinander reden durften.

Jonas rumorte im Stall und sprach mit leiser Stimme auf die Pferde ein.

Leone knetete seine Finger. Er wirkte blass. Ich fragte mich, ob er in der letzten Nacht überhaupt ein Auge zugetan hatte. Endlich verließ Jonas den Stall. Ich atmete erleichtert auf.

»Was du erzählst, klingt ziemlich schräg«, sagte ich schließlich. »Sorry, aber diese Geschichte, dass ausgerechnet jemand von uns mit dem Verschwinden deiner Nonna zu tun hat, muss ich erst sacken lassen. Und überprüfen.«

Leone nickte zwar verständnisvoll, rückte allerdings ein Stück von mir ab. Schließlich sagte er: »Ich habe nicht gelogen. Nonna Maria war hier und kam nicht zurück. In unserer Familie fehlt sie. Meine Mutter hat so gelitten, dass sie mit ihrem eigenen Leben nicht klargekommen – und ebenfalls gegangen ist.« Er stockte. »Du verstehst schon, was ich meine. Ich bin zu meiner Tante nach Deutschland gegangen und dort aufgewachsen.«

Bei diesen Worten wurden meine Zweifel kleiner. Es war, als hätte ein Windstoß die minimal aufkeimende Glut ausgeblasen, weil sie doch nicht zum Feuer reichte.

»Das tut mir leid«, murmelte ich. Am liebsten hätte ich wieder seine Hand genommen, aber dafür saß er zu weit weg.

Leone klang aufrichtig, es machte nicht den Eindruck, als hätte er sich die Geschichte ausgedacht.

»War sie blöd zu dir? Deine Tante?«, hakte ich vorsichtig nach, doch Leone schüttelte sofort heftig den Kopf. »Sie ist eine herzensgute Frau, aber weißt du, wie beschissen es ist, wenn die Wurzeln fehlen?«

In Leones Stimme schwang so viel Trauer mit, dass es mir wehtat. Ich schaute ihm in die dunkelbraunen Augen. Sie glänzten von den unterdrückten Tränen, wahrscheinlich wollte er sich ebenso wenig vor mir angreifbar machen wie ich mich eben vor ihm.

Leone war kein Lügner.

»Ich glaube dir«, sagte ich nach einer Weile. Es war nur geflüstert, eigentlich eine winzige Lippenbewegung, aber Leone hatte es verstanden. Die Magie war wieder da, und ich spürte die Wärme, die von ihm ausging.

»Hast du einen konkreten Plan, wie du etwas herausfinden willst?«, fragte ich, noch immer leise.

Leone zuckte mit den Schultern. »Nein. Ich wollte einfach herkommen und dann sehen, was sich ergibt.«

»Das klingt nach Chaos.« Ich lachte auf, denn so würde ich niemals vorgehen. »Ich hätte vermutlich einen Schlachtplan entwickelt. Bin eher der Typ, der nichts unvorbereitet tut.«

»Der Gedanke ist schon länger in mir gereift«, begann er dann. »Aber es gab so was wie einen Kick, der mich einfach hat losfahren lassen.«

»Einen Kick?«, fragte ich.

Leone zögerte. Es schien ihm peinlich zu sein. »Ich habe von meiner Großmutter geträumt. Sie war im Moor und hat mich gerufen.« Er wechselte den Tonfall. *»Finde mich! Finde mich!«*, raunte er mit hohler Stimme. *»Finde mich!«* Er mied meinen Blick. »Klingt total blöd, ich weiß.«

Ja, das klang erst mal vollkommen verrückt, andererseits glaubte ich an so etwas. Und war es nicht normal, dass einen die tief sitzenden Gedanken auf den richtigen Weg führten?

»Manchmal sagt das Unterbewusstsein eben, wo es langgeht«, sagte ich.

»So ist es«, antwortete Leone, sichtlich erleichtert, dass ich ihn nicht auslachte. »Ich musste herkommen, denn ich glaube, mein innerer Frieden ist erst wiederhergestellt, wenn ich weiß, was mit Nonna Maria passiert ist.«

Ich nagte an der Unterlippe. »Aber was ist, wenn du nichts Gutes herausfindest? Also, wenn sie sich doch abgesetzt und ihr Kind im Stich gelassen hat? Ich meine, das wäre doch möglich. – Hab es ja selbst erlebt, wie du weißt.«

Leone schüttelte vehement den Kopf. »Ausgeschlossen«, beharrte er. »Meine Nonna war italienische Mamma durch und durch. Sie hat ihre Tochter, meine Mutter Giulia, in Bardolino zurückgelassen. Sie musste Geld verdienen und wollte zurückkommen. Sie hat ihr ganz viele Briefe geschrieben. Immer wieder. Das tut doch keine Frau, die kein Interesse an ihrem Kind hat.« Er raufte sich das Haar. »Meine Tante sagt, auf Maria sei immer Verlass gewesen. Und dann kam sie nicht zurück. Das passt nicht.«

In mir arbeitete es, aber ich musste Leone recht geben, die Situation schien eine vollkommen andere zu sein als bei mir. Mein Vater hatte oft angekündigt zu gehen. Er war nie bereit gewesen, mit mir zu spielen oder Spaß zu haben. Er hatte Mückemoor gehasst. Die Menschen hier. Die Pferde. Das Zusammenleben mit Opa Kurt und Oma Hilda.

Manchmal habe ich sogar gedacht, dass er auch mich hasste, weil er mich häufig gar nicht wahrgenommen hat.

Und als er weg war, war er eben weg. Als hätte es ihn nie in meinem Leben gegeben. Seine Liebe reichte nicht einmal für eine Karte zum Geburtstag oder zu Weihnachten.

Mama wusste aber, dass er nach Figueres in Spanien gezogen war und dort mit einer anderen Frau lebte.

Ich tröstete mich regelmäßig damit, dass er eben die Sonne vermisst und Mückemoor ihn hatte traurig werden lassen. Ich konnte mich noch gut daran erinnern, wie er tagelang nur am Fenster gesessen und in den Nebel gestarrt hatte.

Das Dorf konnte Menschen mit seiner Tristesse eher töten als das Moor.

»Okay, ich kann mich ja mal umhören«, lenkte ich schließlich ein. »Es gibt bestimmt Leute, die etwas wissen. Mein Opa kennt hier jeden, und er hat damals auch schon in Mückemoor gelebt. Wenn jemand etwas zu alldem sagen kann, dann er.«

»Also ein cooler Typ?«

Jetzt musste ich schon wieder lachen, aber woher sollte Leone auch wissen, dass es keinen anderen Menschen auf der Welt gab, der so ein mega Opa war. »Er ist der beste Mensch ever. Und ja, voll cool, er ist sogar ein Technikfreak, obwohl er über achtzig ist. Und mit Pferden ist er auch voll fit. Er wohnt übrigens mit auf dem Hof. Hat hier seine eigene Wohnung.«

»So einen Opa hätte ich auch gern«, meinte Leone traurig.

Ich zuckte die Schultern. »Es gibt andere Typen, wie meinen Stiefvater, dem würde ich nicht einmal mein Nuss-Nugat-Brot anvertrauen.«

»Nuss-Nugat-Cremes enthalten meist Palmöl«, sagte Leone. »Ist schlecht für die Umwelt. Da muss man genau schauen, dass man das Richtige kauft.«

»Okay, dann mein Leberwurstbrot«, stöhnte ich genervt.

»Ich bin Veganer!«

Stimmt ja, da war doch was.

»Eins zu null für dich. Jedenfalls halte ich Wort und frage Opa Kurt, was er vielleicht wissen könnte.«

»Danke, dass du das für mich tust.«

»Ist schon okay.«

Aber bereits, als ich dieses Versprechen gab, ertönte in mir eine warnende Stimme. *Lass die Finger davon!*

8

Jonas kam noch einmal in den Stall zurück. Er näherte sich der Sattelkammer. Ich war mir sicher, dass er von mir und Leone wusste. Dennoch kam er nicht rein, was mich erleichterte, es wäre mir unangenehm gewesen, wenn er mich mit Leone gesehen hätte, auch wenn wir nichts Verbotenes taten.

Es rumorte noch etwas, dann verließ Jonas endlich den Stall.

Erleichtert atmete ich aus.

»Wäre es so schlimm gewesen, wenn er uns entdeckt hätte?«, fragte Leone.

»Eigentlich nicht«, antwortete ich. »Aber er … er mag mich. Das macht alles etwas komplizierter, weil er für mich nur ein einfacher Freund ist. Nicht mehr und nicht weniger.«

»Ihr kennt euch schon lange?«

»Ja, schon aus der Kinderzeit. Unsere Großväter sind ganz dicke. Wobei seiner das Gegenteil von Opa Kurt ist. Eher ein unangenehmer Typ. Er ist sarkastisch und ein Besserwisser. Seit seine Frau im Heim in der Stadt lebt, ist es noch schlimmer geworden.«

»Das ist der Großvater, aber was ist mit Jonas? Ist er okay?«, hakte Leone nach.

Ich seufzte, weil er nicht lockerließ, und Jonas für mich, allein wegen Mieke und ihrer Gefühle für ihn, ein heißes Eisen war. Trotzdem wollte ich ehrlich sein, aber meine Freundin natürlich nicht verraten.

»Gut, Jonas verfolgt mich ständig, und ich glaube dauernd, mich vor ihm rechtfertigen zu müssen. Obwohl das Quatsch ist, weil ich ihm nie Hoffnungen gemacht habe. Er ist in Ordnung, aber seit wir älter sind, kann ich nicht mehr so gut mit ihm.« Ich stockte. »Na ja, vielleicht nehme ich ihn auch etwas in Sippenhaft, weil ich seinen Opa wirklich nicht mag. Manchmal guckt er nämlich wie sein Großvater, und der geht echt gar nicht. Er ist ein echtes A… Mit Jonas könnte ich jedenfalls keine Beziehung eingehen.«

»Was hat er denn angestellt, dass es dich so sauer macht?« Leone war echt neugierig, ich konnte es ihm nicht verdenken.

»Er ist ein Mann, der noch immer seine blöden Parolen von damals grölt. Ausländer nicht mag und all so etwas. Manche lernen es nie, weißt du? Also, dass diese Zeit zum Glück vorbei ist.«

»Leider gibt es diese Leute noch immer und überall.«

»Jonas ist eben Jonas«, schloss ich. »Und mein Interesse an ihm ist so gering wie das, Tiefseetaucherin zu werden.«

»Dann ist das ja geklärt.« Mich freute es, dass Leone erleichtert wirkte.

Ich mochte ihn. Vielleicht schon jetzt eine Spur zu doll.

Es wurde Zeit, das Thema zu wechseln.

»Wenn ich dir helfen soll, muss ich dich erreichen können, wenn es etwas Neues gibt«, sagte ich. »Ich glaube, wir sollten Handynummern tauschen.«

Leone lächelte, und sein ganzes Gesicht erhellte sich. Kurz bekam ich einen Eindruck von einem anderen, unbeschwerteren Leone.

»Hätte ich auch selbst draufkommen können.«

Wir tauschten unsere Daten aus und speicherten sie ab. Mein Handy legte ich neben mich auf die Pritsche.

Mit einem Blick auf meine Armbanduhr sprang ich auf. Es war ziemlich spät geworden. Ich sollte langsam zurück ins Haus gehen, wollte ich nicht Gefahr laufen, dass Mama gleich einen Suchtrupp losschickte.

»Ich glaube, die Luft ist jetzt rein, und wir können unsere Festung verlassen«, sagte ich. »Jonas wird längst in seinem Zimmer sein. Er wohnt mit Paul, unserem anderen Mitarbeiter, im Gesindehaus.«

Ich lachte, weil Leone mich fragend ansah.

»So nennt man das. Ist ein Begriff von früher.«

»Okay!« Leone hob amüsiert den Daumen.

Vorsichtig öffnete ich die Tür und spähte in die Stallgasse. Das Licht war gelöscht, aus den Boxen drang das Malmen der Pferde. Für mich gab es kein Geräusch, das mehr beruhigte. Dazu der süßliche Duft.

Ich lief voraus.

Doch ich hatte nicht bedacht, dass Jonas nach seinem letzten Rundgang die Stalltür immer abschloss.

»Und jetzt?«, fragte Leone entgeistert. »Ich will die Nacht nur ungern im Heu verbringen.«

»Oder auf der Pritsche ohne Decke«, meinte ich und genoss ein bisschen Leones entsetzten Gesichtsausdruck.

»Aussichtslos, oder?«, fragte er.

»Ich hätte durchaus noch eine Idee«, sagte ich.

»Und die wäre?«

»Wir nehmen den Geheimgang.«

Sein Gesichtsausdruck war göttlich, und ich war versucht, ihn eine Weile schmoren zu lassen. Aber da ihm sichtlich unwohl war, erlöste ich ihn dann doch.

»Nein, Quatsch, es gibt einen zweiten Ausgang.« Ich wandte mich nach rechts, von wo es zur Scheune ging. »Hier steckt immer der Schlüssel von innen.«

Leone folgte mir, sichtlich erleichtert.

»In diesem Trakt lagern wir das Futter und das Heu«, erklärte ich, bloß um etwas zu sagen.

Ich steuerte auf eine weitere Tür zu, die zum Haupthaus führte. Nun standen wir in einer riesigen Diele, die ein großes Scheunentor hatte.

»Ich lass dich hier raus«, schlug ich augenzwinkernd vor. »Dann sieht dich keiner, und ich muss meiner Familie nicht erklären, mit wem ich im Heu war.«

Leone lachte nur. »Du hast einen merkwürdigen Humor.«

Ich zögerte und wollte ihn nicht gehen lassen.

Leone schien ähnlich zu empfinden, denn er wirkte unschlüssig.

»Wie erfahre ich, was dein Opa gesagt hat?«, fragte er. »Nur über deine Nachricht?«

Ich war erleichtert, dass er es von sich aus ansprach, und überlegte kurz.

»Morgen werde ich erst trainieren, aber danach hätte ich Zeit. So um sechs? Bis dahin habe ich bestimmt mit Opa Kurt gesprochen.«

»Ja, super! Wo treffen wir uns?«

Das war die nächste Schwierigkeit, denn ich wollte Leone noch nicht mit nach Hause bringen. Und in die *Linde* zu gehen, war ausgeschlossen. »Am Tor vom Hof?«

»Ich werde pünktlich da sein.«

Leone öffnete die Scheunentür. Dort drehte er sich aber noch einmal um. »Schlaf gut, Elsa!«

»Du auch.«

Ich schaute ihm nach, wie er von der Dunkelheit verschluckt wurde. Doch dann zuckte ich zusammen, als ich Jonas entdeckte, der anscheinend vor dem Pferdestall gewartet hatte und Leone nun in gebückter Haltung folgte. Am Tor blieb er noch einmal stehen und sah sich um. Ich drückte die Tür zu und hielt sie nur so weit offen, dass ich ihn, er aber mich nicht erkennen konnte. Was führte er im Schilde?

Einen Moment lang war ich versucht, Jonas aufzuhalten, aber wie bescheuert hätte denn das ausgesehen?

Also sah ich nur dabei zu, wie auch seine Silhouette mit den Schatten der Nacht verschmolz und verschwand.

9

Erst mitten in der Nacht fiel mir auf, dass ich mein Handy in der Sattelkammer vergessen hatte.

Ich schreckte aus einem wirren Traum auf, und als ich auf dem Nachtschrank nach meinem Telefon greifen wollte, um nach der Uhrzeit zu sehen, merkte ich, dass es nicht da war.

Ich überlegte, ob ich es einfach kurz holen sollte, aber mir fehlte die Lust, bei der Kälte hinauszulaufen.

Trotzdem konnte ich nicht mehr einschlafen, weil es mir mit jeder Minute weniger gefiel, dass das Handy dort unten lag.

Ich wollte nicht, dass Jonas es fand und womöglich darin herumschnüffelte.

Mein Entsperrungscode war so dämlich einfach, dass er ihn problemlos würde knacken können. Versiert genug war er ja. Aber wahrscheinlich übertrieb ich. Warum sollte er das tun?

Mir selbst fehlte ein bisschen das Technik-Gen, und ich war immer wieder verwundert, wenn andere so lässig mit Computer und Handys umgingen und alle Einstellungen intuitiv ändern konnten. Sobald ich etwas anderes machen musste, als zu telefonieren, Nachrichten zu schreiben oder ein bisschen im Netz zu surfen, war ich bereits überfordert.

Mieke lachte mich oft genug deswegen aus. Sie war da auch erheblich fitter als ich.

Es war noch immer stockdunkel, und ich konnte nicht einschätzen, wie spät es inzwischen war.

Deshalb stellte ich mich ans Fenster und schaute hinaus. Am Horizont war ein leichter heller Streifen zu erkennen, also musste es etwa sechs Uhr sein, denn um sieben ging die Sonne auf. Solche Dinge wusste ich dann wiederum.

Schließlich war es Zeit aufzustehen. Um sieben fuhr der Bus. Ich beschloss, mich noch vor dem Frühstück in die Sattelkammer zu schleichen und mein Handy zu holen. Dann konnte ich es laden, bis ich zur Schule losmusste.

Opa Kurt und Jonas kamen gerade aus dem Stall, sie waren immer schon früh bei der Arbeit. Und auch Ralf trat aus dem Haus.

Die drei standen kurz beisammen, besprachen etwas und gingen dann in die verschiedenen Stallungen.

Noch würde vermutlich keiner von ihnen etwas in der Sattelkammer suchen, und ich hoffte, dass Jonas mein Handy nicht vor mir fand und doch reinsah.

Es war leicht als meins zu identifizieren, weil die Handyhülle selbst gemacht und sehr auffällig gestaltet war. Sie leuchtete in grellem Gelb und war mit kleinen bunten Blüten übersät. Eine Eigenproduktion von Mieke und mir.

Gerade schlug die Kirchturmuhr sechs Mal, ich hatte also richtiggelegen, und es wurde Zeit.

Schnell ab ins Bad.

Bevor ich in die Küche huschte, aus der es schon nach Frühstück mit Kaffee und frischen Brötchen duftete, machte ich mich wie geplant auf den Weg in die Sattelkammer.

Das Handy lag noch auf der Pritsche – aber auf der anderen Seite. Ich war mir ganz sicher, dass ich es rechts und nicht links abgelegt hatte.

Trotzdem blieb ich stehen und überlegte noch einmal.

Nein, Leone hatte auf der anderen Seite gesessen.

Also hatte jemand mein Handy in der Hand gehabt.

Es konnten nur Jonas, Opa oder Ralf gewesen sein, und alle kannten meine Hülle. Warum aber hatte es mir keiner der drei gegeben? Oder gab es noch jemanden, der sich in die Stallung geschlichen hatte? Aber warum? Nein, das ergab keinen Sinn, niemand sonst war um diese Uhrzeit schon bei den Pferden.

Außer Paul natürlich! Wieso hatte ich an ihn noch gar nicht gedacht? Paul war unser ältester Hofarbeiter, und auch er müsste schon seit sechs Uhr im Dienst sein. Er war ein stiller Mann mit zernarbtem Gesicht, weißen Haaren und immer traurigen Augen. Ich hatte noch keinen Menschen kennengelernt, der so selten lächelte wie er. Aber ich wusste nichts über ihn. Nur, dass er allein lebte, solange ich denken konnte.

Er konnte allerdings nicht wissen, was ich für eine Handyhülle hatte. War *er* auf das Handy gestoßen, dann konnte es durchaus sein, dass er es einfach wieder hingelegt hatte.

Erleichtert, das Rätsel gelöst zu haben, lief ich ins Haus zurück. Ich musste mich beeilen, sonst würde ich den Bus verpassen und damit die Matheklausur.

10

Die Klausur hatte ich komplett versiebt, so viel stand fest. Das war richtiger Mist, es konnte mich meinen Schnitt kosten, wenn ich es nicht woanders wieder rausriss. Mieke hingegen strahlte, ihre Vorbereitung schien sich gelohnt zu haben.

Ich setzte mich allein auf dem Schulhof unter die große Linde. Bis der Bus fuhr, würde es noch eine halbe Stunde dauern. Da sich der Nebel verflüchtigt und die Sonne sich durch den Dunst gekämpft hatte, war es in der Mittagszeit angenehm warm, sofern man eine dicke Jacke trug.

Ich genoss die frische Luft nach dem Unterricht immer sehr und war auch gerne ein bisschen allein. Nach dem Mief tat es gut, tief durchzuatmen. Den Kopf freizubekommen und es einfach nur zu genießen, den Schultag hinter sich zu haben.

Mieke feierte sich derweil im Kursraum noch mit den anderen Überfliegern. Ich nahm es ihr nicht übel, sie wusste, dass ich jetzt lieber allein war, und sie hatte sich die Freude über ihre Leistung auch verdient.

Ich könnte eigentlich Leone schreiben, dachte ich, als ich etwas runtergekommen war, und suchte seine Nummer. Ich war neugierig, ob Jonas ihm wirklich nachgegangen war. Das konnte ich natürlich nicht direkt fragen, dann wüsste Leone ja, dass ich ihm so lange nachgeschaut hatte.

Wie geht es dir? Weitergekommen? ☺

Ich fand, das klang wunderbar unverbindlich. Er antwortete schnell, damit hatte ich nicht gerechnet.

Bin in der Stadt, mir veganes Essen kaufen. Gestern hat mich euer Stalltyp verfolgt und mir ziemlich deutlich gesagt, es wäre besser, aus Mückemoor zu verschwinden. Er wirkte irgendwie nervös.

Dass Jonas so weit gegangen war, beunruhigte mich. Das war echt übergriffig. Deshalb schrieb ich:

Echt?? Das passt irgendwie gar nicht zu ihm. Ob er uns doch in der Sattelkammer gehört hat und eifersüchtig ist?

Ja, er wusste, dass wir dort waren.

Hab ich mir schon gedacht. Sonst wäre er nicht so lange geblieben. Was hat er genau zu dir gesagt?

»Lass die Finger von ihr. Du bist ein Fremder, und wir Mückemoorer bleiben unter uns. Immer.« Lauter solchen Blödsinn. Er wirkte echt aufgebracht.

Ich fass es nicht! 😠 Als ob er Anspruch auf mich hätte! Mal gucken, wie ich das wieder geradebiege. Stress mit Jonas will ich ja auch nicht.

Okay, aber dann weißt du jetzt Bescheid. Was anderes war ohnehin viel schlimmer.

Das klang gar nicht gut. Dass Jonas ihm nach war, fand ich schon übel genug. Ich tippte:

Was denn?

Jemand war in meinem Hotelzimmer.

Das war echt der Hammer!

Bist du sicher?

Hundertprozentig.

Hattest du denn nicht abgeschlossen?

Doch, klar. Zweimal den Schlüssel gedreht. Aber da war jemand. Der Rucksack war durchwühlt und stand woanders, als ich ihn hingestellt habe. Völlig unprofessionell! Und es lag ein Zettel da.

Jonas, dachte ich.

Hast du eine Ahnung, wer das war?

Nein, ich kenne doch in eurem Dorf keinen.

Was stand denn drauf?

Mein Herz klopfte, und das ungute Gefühl übernahm wieder die Oberhand. Ich hing da schon viel zu tief mit drin und befürchtete plötzlich, selbst in Schwierigkeiten zu geraten. Kurz überlegte ich, Leone zu schreiben, dass ich ihm leider nicht weiter helfen konnte und mich in mein kleines, überschaubares Leben zurückziehen würde.

Ich hatte in ein paar Tagen einen wichtigen Wettkampf vor mir, und ich war gerade dabei, mir ein Problem aufzuhalsen, mit dem ich bis jetzt null, wirklich null zu tun hatte. Und auch nichts zu tun haben wollte.

Es schien wirklich mehr hinter dem Verschwinden von Maria Greco zu stecken. Warum sonst drang jemand in Leones Zimmer ein? Und schrieb ihm Zettelchen?

Leone hatte noch nicht geantwortet. Ungeduldig starrte ich auf unseren Chatverlauf. Er war nicht mehr online.

Sorry, musste kurz bezahlen. 😅

Sinngemäß stand dort, dass ich mich in Gefahr begebe, wenn ich meine Nonna suche. Und dass ich lieber aus Mückemoor verschwinden soll. Ich schicke es dir gleich als Foto.

Super Idee, vielleicht kenne ich die Schrift. Zwar unwahrscheinlich, aber eben nicht ausgeschlossen.

Ist am PC geschrieben, keine Chance!

Shit. 😕 Nimmst du es ernst?

Keine Ahnung. Aber ja, irgendwie schon.

Ich trete jemandem mit meiner Suche wohl gehörig auf die Füße.

Ich war mir da nicht so sicher, weil ich eher Jonas verdächtigte. Nach seiner komischen Verfolgung gestern Abend erschien es mir doch sehr wahrscheinlich, dass er mit dem Zettel seinen Worten noch mal Nachdruck verleihen wollte.

Aber selbst wenn er eifersüchtig war, wäre das ja noch kein Grund, jemanden dermaßen zu stalken. Trotzdem wollte ich offen mit Leone sein.

Ich fürchte ja, das war Jonas. Wäre schon ein Riesenzufall, wenn er dich erst abfängt und wer anders kurz darauf in dein Zimmer einbricht, oder? Nur wann soll er das hingebracht haben?

Kein Plan. Ganz abgesehen davon, dass ich weiter nach Antworten suchen werde. Davon hält mich keiner ab. Ich will wissen, was damals passiert ist.

Ich wollte das Handy gerade wieder wegstecken, als noch eine Nachricht von ihm eintraf.

Euer Dorf ist bei Dunkelheit übrigens echt Furcht einflößend. 😱 Die klappen wohl nachts die Gehwege hoch und gehen alle um 21 Uhr ins Bett. 😄

Ich musste breit grinsen. Ja, so war Mückemoor. Das Grinsen blieb, während ich schrieb:

Nicht ausgeschlossen, wohin sollen sie auch gehen, außer in die *Linde*. Tote Hose eben. Fremde möchten hier nicht einmal tot überm Zaun hängen.

Kann ich verstehen, es ist schon lebendig ziemlich krass.

Mein Herz fühlte sich nun doch etwas leichter an. Da ich nicht wusste, was ich noch weiter dazu schreiben sollte, beschloss ich, mich zu verabschieden. Ehrlich gesagt war es mir in diesem Augenblick peinlich, dass ich hier lebte.

> Gut, dann bis heute Abend.
> Und mach dir nichts aus dem Zettel.
> Die Mückemoorer beißen nicht. Da
> will sich bloß jemand wichtigmachen.
> Der Jemand heißt vermutlich Jonas
> und spielt gerade meinen Wachhund.
> 🙄 Das treib ich ihm aber noch
> aus.

Ich war längst nicht so überzeugt, wie ich klang, wollte Leone aber auch nicht verunsichern.

Ich steckte das Handy weg und merkte, wie die neuen Infos in mir nachwirkten und mich mit jeder Sekunde mehr aufwühlten. Jemand drang in Leones Zimmer ein, durchsuchte seine Sachen und hinterließ ihm eine Drohung.

Das war vollkommen durchgeknallt.

Jonas schien in Leone ernsthafte Konkurrenz zu sehen, die er bekämpfen musste, wie er ja auch mit seinem lächerlichen Auftritt gestern Abend, als er Leone hinterhergelaufen war, gezeigt hatte.

Wenn Jonas allerdings in Leones Zimmer gewesen war, musste er irgendwie reingekommen sein. Hatte auch Tant' Gerdes ihre Finger im Spiel? Sie hatte ja mehr als deutlich gemacht, dass ihr der Fremde suspekt war. Doch auch sie würde nicht so weit gehen, und die Vorstellung, dass Jonas Türen aufbrach, war lächerlich.

Im Geiste ging ich sämtliche Dorfbewohner, die mir nahe waren, durch, kam aber immer wieder zu demselben Ergebnis: Es gab einfach keinen, dem ich so etwas zutrauen würde.

Und doch gab es diesen Zettel.

Irgendwie geriet gerade mein Mückemoorer Weltbild heftig ins Wanken. Es gab hier keine Kriminalität. Banden und Verbrecher verloren sich einfach nicht in unsere Abgeschiedenheit. Ich konnte mich jedenfalls nicht einmal an einen Einbruch erinnern – oder dass sonst etwas weggekommen wäre.

Hier vertrauten sich die Leute.

Wenn man nicht Leone Greco hieß und in alten Wunden stocherte.

11

»Hi, ich dachte mir schon, dass du hier bist«, rief Mieke von Weitem und winkte. Sie schien immer noch total happy, dass sie die Klausur nicht in den Sand gesetzt hatte.

Bei mir angekommen, wickelte Mieke ihren Schal ab und nahm mich tröstend in den Arm. »Ist doch wärmer als gedacht. Heute Morgen hab ich noch so gefroren. Es ist fast so, als käme der Sommer zurück. Thanks for global warming«, fügte sie ironisch hinzu.

»Wohl nur ein Stück vom ›goldenen Oktober‹«, antwortete ich knapp, weil mir nicht nach Small Talk war.

»Tut mir leid, dass es bei dir mies gelaufen ist.«

Ich nickte mit zusammengepressten Lippen. »Das kann man wohl so sagen. Sehr gut komponiert war mein Stück nicht, um es mal ganz poetisch auszudrücken. Aber ich krieg das schon wieder hin. Muss ich mündlich jetzt richtig Gas geben.«

»Das wäre gut. Du schaffst das. Hat bisher immer geklappt.« Mieke kniff die Augen zusammen und musterte mich. »Aber es geht dir nicht nur wegen dieser Klausur dreckig, oder? Mit dir stimmt doch was nicht.«

Leugnen war zwecklos. »Leone«, sagte ich nur.

»Leone? Hast du ihn wiedergesehen?«

Ich erzählte davon, wie ich ihn gestern in der *Linde* beobachtet hatte.

Mieke fand das so witzig, dass sie mich unterbrach, bevor ich dazu kam, ihr den Rest zu erzählen.

»Hahaha, Elsa undercover. Schleichst dich wie eine V-Männin in die Dorfkneipe, um Leone auszuspionieren. Echt krass.«

Ich verdrehte die Augen, musste aber ein Lachen unterdrücken. »Ganz so schlimm war es dann doch nicht. Außerdem«, fuhr ich fort, »war das noch längst nicht alles. Er war später noch auf dem Trautmannshof, und da hat er geredet. Also, was er so macht und warum er da ist.«

Mieke hob die Augenbrauen. »Und warum *ist* er da?«

Ich berichtete, was ich wusste, und auch, was er mir eben geschrieben hatte.

»Das klingt doch alles vollkommen unwahrscheinlich.« Mieke schüttelte nachdenklich den Kopf.

»Warum? Nenn mir einen Grund, warum er eine solche Geschichte erfinden sollte!«

»Um sich wichtigzumachen, was weiß ich.« Mieke zuckte mit den Schultern. »Vielleicht steigert er sich in etwas rein, weil er sich nicht eingestehen kann, dass seine Oma einfach abgehauen ist.«

Genau das hatte ich ja auch schon überlegt, bevor ich Leone besser kennengelernt hatte.

»Ich hab meine Mutter natürlich noch nach ihm gefragt, aber sie wusste ebenfalls nichts Näheres. Es waren wohl eine Zeit lang immer wieder Gastarbeiterinnen in Mückemoor –

das sagt man heute übrigens nicht mehr, aber egal, damals nannte man sie so –, nur will keiner so richtig damit rausrücken, wie das damals war.«

»Warum nicht?« Ich horchte sofort auf, aber Mieke winkte ab. »Es ist schon so lange her, das interessiert doch keinen mehr.«

Ich war da anderer Ansicht. »Komm, wenn da was war, musst du es erzählen!«

Mieke presste die Lippen aufeinander. »Genaues weiß ich nicht. Mama hat sich sehr bedeckt gehalten, um es mal vorsichtig auszudrücken. Sie hat nur erwähnt, dass die Frauen das Dorf in Aufruhr versetzt haben. Zu hübsch. Zu jung. Zu anders.« Mieke grinste. »Ich kann mir schon vorstellen, was hier abgegangen ist. Da kommen ein paar italienische Frauen, und die Mückemoorer Männerwelt steht kopf. Das hat unseren Damen hier bestimmt nicht gefallen.«

Ich musste ebenfalls lachen, denn Mieke hatte natürlich recht.

»Ich fände es besser, wenn du dich da raushältst«, fuhr sie fort. »Wieso solltest du es dir mit den Leuten verscherzen, die du schon dein Leben lang kennst? Für einen Fremden. Auch wenn es ein hübscher Fremder ist«, fügte sie noch, typisch Mieke, augenzwinkernd hinzu.

Den letzten Einwand ignorierte ich mal einfach.

»Ich glaube, dafür ist es zu spät«, sagte ich. »Ich habe nämlich versprochen, ihm zu helfen.«

»Hast du nicht!«, schoss es aus Mieke heraus.

»Doch, hab ich. Weil er Unterstützung braucht. Ich habe seine Augen gesehen, der leidet richtig.«

»Aber du kennst ihn doch kaum. Ich wäre lieber vorsichtig.«

Ich winkte ab.

»Wenn Opa Kurt morgen von der Stutenschau zurückkommt, werde ich ihn ausfragen. Er ist heute schon sehr früh los, ich habe ihn leider nur von oben aus meinem Zimmer gesehen, sonst wüsste ich schon mehr. Er ist immer ehrlich zu mir und wird es mir bestimmt sagen, wenn er was weiß.«

Miekes skeptischer Blick nervte mich, aber mir fiel nichts ein, wie ich mich weiter rechtfertigen sollte, denn so ganz aus der Luft gegriffen waren ihre Bedenken nicht. Es bestand durchaus die Chance, dass ich in mein Verderben rannte.

»Übrigens hat Jonas ihn verfolgt!«

»Ernsthaft?« Nun hatte ich wieder Miekes volle Aufmerksamkeit. »Sicher, oder weißt du das auch nur von Leone?«

»Beides. Ich habe Jonas gesehen, wie er ihm nach ist – und ja, Leone hat es bestätigt.«

Die Sonne hatte sich hinter einer Wolke verkrochen, und sofort wurde es frischer. Mieke wickelte sich den Schal wieder um den Hals.

»Na ja, wahrscheinlich war er beunruhigt. Da taucht nach all den Jahren ein Wildfremder auf und erzählt die Geschichte von einer verschwundenen Oma. Und schon lässt du dich auf den Typen ein und witterst eine Verschwörung.«

Ich winkte ab. »Du hast doch eben selbst gesagt, dass es mal was gab.«

»Ja, diese sogenannten Gastarbeiterinnen waren definitiv hier und haben alle ein bisschen nervös gemacht. Ja und? Außerdem überleg mal, wie lange das her ist!«

»Über sechzig Jahre.«

»Eben. Und jetzt kommt er und stellt Fragen? Merkst du selbst, oder?« Mieke lachte auf. »Vielleicht hat sein Auftauchen auch einen ganz profanen Grund.«

»Und der wäre?«

»Er will Geld. Weil er mit irgendwem aus dem Dorf verwandt ist und nie Alimente gezahlt wurden.«

»So ein Quatsch – nach all der Zeit«, wiegelte ich müde ab. Für mich ergab das keinen Sinn.

»Und wie sollte er überhaupt an Geld kommen? Da müsste er jemanden erpressen oder so was.«

Mieke zuckte mit den Schultern.

»Jedenfalls waren alle froh, als der Spuk vorbei war und die Frauen in ihre Heimat zurückgegangen sind.«

»Spuk«, wiederholte ich. »Du redest von Menschen, nicht von Moorzombies.«

»Ist ja auch egal. Auf jeden Fall stimmt da was nicht!«

Wir wurden unterbrochen, weil der Bus kam und sich die Masse der Schülerinnen und Schüler in Bewegung setzte. Wie immer herrschte wildes Gedrängel, weil alle gleichzeitig auf die enge Tür zusteuerten. Die Sitzplätze reichten nie aus und waren daher heiß umkämpft.

Wir warteten in Ruhe ab, weil es uns nichts ausmachte zu stehen. So kamen wir zumindest etwas eher aus dem Bus heraus und mussten uns nicht an den anderen vorbeiquetschen.

Während der Fahrt sprachen wir nicht weiter über Leone. Doch kaum waren wir in Mückemoor ausgestiegen und mussten nicht mehr fürchten, belauscht zu werden, riss Mieke das Thema wieder an. Sie wirkte mit einem Mal sehr besorgt.

»Mal im Ernst, Elsa. Geh dem Typen aus dem Weg! Ich habe da echt ein mieses Gefühl. Wer weiß, warum der wirklich da ist, und wenn er nun schon mit Zetteln bedroht wird … Halt dich da raus und konzentriere dich lieber auf den Distanzritt.«

Ich hing nur leider schon viel zu tief drin – und außerdem wollte ich Leone wiedersehen. Um das nicht zu vertiefen, versuchte ich, das Ganze ins Lächerliche zu ziehen.

»Vielleicht will er einen versteckten Schatz im Moor heben, weil seine Nonna ihm aus dem Jenseits die Schatzkarte zugespielt hat. Du meinst doch sowieso, dass er auf Geld aus ist.«

Mieke antwortete nicht, es war wohl an der Zeit, von etwas anderem zu sprechen. »Sehen wir uns später beim Training?«, fragte ich.

»Ja, ich bin um drei Uhr am Stall. Wir sollten heute ins Moor reiten, das Wetter ist optimal. Dann können wir die Pferde noch einmal richtig fordern, bevor es ernst wird. Kurz vor dem Wettbewerb ist es sicher besser, nur leichte Übungseinheiten zu machen.«

Mieke schien ebenfalls erleichtert, dass ich das Thema gewechselt hatte.

Ich stimmte zu. »Ich freue mich. Bis später!«

Wir trennten uns, und ich kam mir selbst reichlich paranoid vor, als ich das Gefühl hatte, ich würde beobachtet.

12

Ich war lange vor Mieke am Stall und begann schon mal, Pegasus zu putzen. Jonas schlich wie ein Schatten um mich herum. Auf der einen Seite tat er mir leid, auf der anderen aber war ich stinksauer auf ihn.

»Ich hab die Box schon ausgemistet«, sagte Jonas. In seiner Stimme schwang so viel Wärme mit.

Ich seufzte innerlich. Er schien die Hoffnung einfach nicht aufzugeben.

»Danke, aber das wäre wirklich nicht nötig gewesen!«

Ich kam mir vor wie in einer Endlosschleife, weil ich es ständig wiederholen musste. Mal hatte er Pegasus geputzt, dann wieder war die Box schon fertig. Tatsächlich waren das alles Aufgaben, die mir sogar Spaß machten, weil ich dabei einen klaren Kopf bekam.

»Ja, aber ich tue dir eben gern einen Gefallen«, meinte Jonas mit einem verunglückten Lächeln.

Ich hatte absolut keine Lust, mit ihm zu diskutieren, winkte ab und versuchte, freundlich, aber unverbindlich zu klingen. »Danke, ab hier übernehme ich.«

Jonas rührte sich noch immer nicht von der Stelle. »Ich weiß doch, wie viel du gerade mit der Schule zu tun hast und so.«

Ich seufzte leise. Wie konnte ich bloß deutlicher werden, ohne ihn zu verletzen?

»Klingt blöd, ich weiß, aber du würdest mir einen viel größeren Gefallen tun, wenn ich Pegasus selbst versorgen könnte. Ich habe das Gefühl, dass unsere Bindung dadurch noch stärker wird. Ich verbringe am liebsten so viel Zeit wie nur möglich mit ihm.«

Jonas gab sich zerknirscht und senkte den Kopf. »Wollte was gutmachen.«

Okay, daher wehte der Wind also. Ich war gespannt, was genau er mir nun beichten wollte. Hatte er doch in meinem Handy geschnüffelt? Wenn das so wäre, dann könnte selbst Ralf mir keinen Vorwurf machen, wenn ich zum großen Angriff gegen Jonas ausholte. Oder ging es um Leone? »Was denn?«

Er rang mit sich, nahm das Käppi vom Kopf und setzte es wieder auf, bevor er sagte: »Wegen gestern Abend. Ich bin deinem Lover hinterher.«

Für einen Moment verschlug es mir die Sprache, denn dass er tatsächlich zugeben könnte, Leone verfolgt zu haben, hatte ich nicht erwartet.

»Meinem Lover? Du redest jetzt nicht von Leone?«

»Doch«, gab Jonas zurück. »Von wem sonst? Ich habe mitbekommen, dass ihr euch in der Sattelkammer verkrochen habt.«

Ich pustete die Luft heftig aus. »Du spinnst doch! Ich habe

nichts mit ihm, das mal vorweg. Ging um andere Sachen, aber ich wüsste echt nicht, was dich das angeht.«

Wenn er es schon zugegeben hatte, konnte ich gleich mal nachhaken, ob sich seine Aussage mit der von Leone deckte. »Was hast du ihm denn gesagt? Oder wolltest du ihm mit deiner Verfolgungsjagd nur Angst einjagen?«

»Ich habe mir Sorgen gemacht.« Jonas konnte mir nicht in die Augen gucken. »Da kommt so ein fremder Typ daher und schleicht sich hier ein. Ich wollte dem wenigstens mal auf den Zahn fühlen.«

»Was genau hast du zu ihm gesagt?« Ich ließ nicht locker.

Jonas druckste herum und rückte nicht damit heraus. Es half nichts, ich musste Klartext reden, so ging es nicht weiter.

»Du verfolgst Leone, weil ich mit ihm in der Sattelkammer war. Du belauschst mich. Jonas, ich mag dich, aber du musst echt damit aufhören, mir nachzustellen!«

Jonas lief feuerrot an. »Das hat ja nicht nur was mit dir zu tun«, stotterte er. »Also auch, aber …« Er atmete einmal schwer. »Ich fände es eben besser, wenn er verschwindet, und das habe ich ihm auch so gesagt.«

Also hatte Leone nicht gelogen.

Ich überlegte kurz, wie ich dieses Gespräch beenden konnte, ohne dass zu viel zerbrach. Das wollte ich nach der langen Freundschaft zu Jonas nicht riskieren. »Bitte lass Leone in Ruhe! Er wird von allein wieder aus Mückemoor verschwinden, wenn er seine Sache erledigt hat. Und noch einmal: Er. Ist. Nicht. Mein. Lover!«

»Ist ja schon gut!« Jonas hob abwehrend die Hände. »Ich tu dann mal wieder was.« Er wandte sich abrupt ab und verließ den Stall mit großen Schritten. Puh, das war jetzt echt blöd gewesen. Aber notwendig.

Pegasus schien meine Unruhe zu spüren. Pferde merkten das sofort, und es übertrug sich. Er hampelte beim Putzen übelst herum.

Es half nichts: Zuerst musste ich mich beruhigen, sonst konnte ich die Trainingseinheit heute vergessen.

Ich trat auf die Stallgasse, spazierte ein paarmal auf und ab, und endlich wurde es besser. Erst danach kümmerte ich mich weiter um Pegasus. Mit jedem Bürstenstrich näherten wir uns wieder an.

Als ich die Hufe auskratzte, kam Mieke mit hochroten Wangen und reichlich abgehetzt in den Stall.

»Du bist schon fertig?«

»Jap, fast«, antwortete ich. »Ich mache Pegasus schon in der Halle warm. Danach können wir gleich los ins Moor und mal sehen, wie fit die beiden sind.«

Ich trenste Pegasus auf, sattelte ihn und führte ihn schnell hinaus auf den Hof, denn Jonas kam schon wieder mit der Schubkarre angefahren. Sollte Mieke sich doch mit ihm herumschlagen. Sie freute sich wenigstens über seine Anwesenheit.

13

Da die Sonne noch immer vom wolkenlosen Himmel schien, entschied ich mich, das Aufwärmtraining nach draußen auf den Reitplatz zu verlegen. Viel musste ich nicht tun, schließlich würde auch Tommy gleich noch seine Einheit brauchen.

Mieke kam aber schon nach fünf Minuten heraus.

»Wieso bist du schon fertig?«, fragte ich, obwohl ich die Antwort bereits ahnte.

»Ist das nicht süß, dass Jonas mir die Arbeit abgenommen hat?« Mieke strahlte vor Freude.

»Total«, knurrte ich. Ich wollte Mieke die Laune nicht verderben und sagte nichts weiter dazu. »Willst du Tommy noch warm machen oder gleich los?«

»Gleich los«, sagte Mieke. »Wir müssen ja ohnehin im Schritt durchs Dorf, da wird er von allein locker.«

Wir durchquerten den Ort in gemächlichem Schritt. Ich hielt die ganze Zeit Ausschau nach Leone, aber von ihm war weit und breit nichts zu sehen. Er müsste von seinem Einkaufstrip aus der Stadt längst zurück sein, denn der Nachmittagsbus war schon durch.

»Du suchst ihn«, stellte Mieke fest. »Mir musst du nichts vormachen!«

»Und wenn schon?«, gab ich patziger als beabsichtigt zurück. »Allerdings treffe ich ihn ja später noch. Jetzt wird trainiert.«

Wir kamen zum Fehnkanal, wo wir locker antrabten. Im leichten Sitz ritten wir den langen Weg entlang, bis wir ins Moor abbiegen konnten. Das gesamte Gebiet war von Torfmoos überzogen.

Natürlich blieben wir mit unseren Pferden nur auf den ausgewiesenen Wegen.

Egal ob zu Fuß oder mit den Pferden – wir wussten durchaus, wie wichtig es war, die Stellen im Moor zu meiden, wo das Wollgras wuchs, denn dort lief man besonders leicht Gefahr einzusacken. Allerdings waren die weißen Wattebausche dieses Gewächses nur im März zu sehen. Doch wer in Mückemoor aufgewachsen war, kannte die Pflanzen trotzdem.

Die Heide war schon verblüht, sah aber trotzdem noch immer schön aus, auch wenn es an die Pracht des Sommers nicht herankam, wenn sie in ihrem satten Lila leuchtete. Ich mochte dieses Kraut sehr. Es hatte etwas Niedliches und Gemütliches mit den kleinen Blüten.

»Irgendwie ein merkwürdiger Gedanke, dass hier Menschen verschwunden sind und um uns herum vielleicht ein paar Tote liegen. Jahrhundertealt«, sagte Mieke plötzlich.

Ich griff den Gedanken auf, selbst wenn ich es gruselig fand, über Verstorbene zu reden. Ich mochte auch keine Friedhöfe. Ständig bildete ich mir ein, dass da die Seelen herumschwirrten.

»Ich finde es grauenhaft zu wissen, dass keine der Moorleichen tief genug eingesackt ist, um im Moor schnell zu ersticken, so wie es uns in Filmen immer erzählt wird, sondern dass sie alle erfroren sind«, meinte ich.

»Das stimmt. Stell dir vor, du versackst, bleibst dann von der Hüfte an stecken, und tiefer geht es nicht«, ergänzte Mieke. »So grausam, weil du weißt, dass du gleich in dieser Einöde sterben wirst und dich nicht allein aus dem Moorloch befreien kannst. Wenigstens soll es ja einigermaßen schnell gehen.«

»Dreißig Minuten. Sagt Opa Kurt.«

Mich überkam plötzlich eine Gänsehaut, auch wenn Mieke mir nichts Neues erzählte.

Ja, es war ausgeschlossen, ganz im Moor zu versinken, und es passierte schon gar nicht in der rasanten Geschwindigkeit, wie es in Filmen gern suggeriert wurde. Das hatte physikalische Gründe und hing damit zusammen, dass das Moor eine höhere Dichte als der menschliche Körper hatte. Man sackte also ein, aber nicht sehr tief. Raus kam man trotzdem nicht mehr, und der Schlamm kühlte den Verunglückten binnen dreißig bis fünfundvierzig Minuten so stark aus, dass er an Herzversagen starb.

Gut möglich, dass genau das mit Leones Nonna passiert war. Sie hatte sich im Moor verlaufen und war einfach nicht zurückgekehrt. Das war eine Variante. Nur konnte sie auch von jemandem hierhergelockt und bewusst zurückgelassen worden sein. Wohl wissend, dass es Stellen gab, die bei einem einzigen Fehltritt tödlich waren, wenn man nicht gelernt hatte, wie man aus einem Moorloch herauskommt.

Auch das hatte mir Opa Kurt genau erklärt, und es war sogar Thema in der Schule gewesen.

Das Wichtigste war, ruhig zu bleiben, denn bei heftigen Bewegungen sackte man noch schneller ein. Am besten legte man sich auf den Rücken, zog die Beine aus dem Schlamm und drehte sich dann um, damit man auf allen vieren krabbeln konnte, bis man wieder festen Untergrund spürte.

Die Mückemoorer wussten das. Wir wussten das. Aber hatte das auch Leones Nonna gewusst? Vermutlich nicht.

»Du guckst so nachdenklich.« Mieke riss mich aus meinen Gedanken. »Dir geht die Oma von Leone nicht aus dem Kopf, stimmt's?«

»Sie ist hier so präsent«, gab ich zu. »Ich spüre ihre Anwesenheit förmlich.« Fröstelnd zog ich die Schultern hoch, obwohl es noch immer nicht kalt war. »Stell dir vor, ihr Körper liegt hier irgendwo. Eine Hand ragt heraus. Ihr Haar wird rot sein, so wie das bei allen Moorleichen der Fall ist. Mich graut die Vorstellung wirklich.«

»Du hast echt einen Knall«, sagte Mieke.

Sie trabte an, und wir ritten gemächlich durch die Moorlandschaft.

Die Bewegung tat gut und befreite mich etwas von den düsteren Gedanken.

Im Mückemoor herrschte eine eigenartige Atmosphäre – und das nicht nur, weil ich hier seit gestern eine Tote vermutete. Heute war ich allerdings wesentlich empfindlicher. Es beschäftigte mich viel zu sehr, ob Leones Nonna wirklich vor vielen Jahren einfach so aus unserem Dorf verschwunden war.

Schließlich zügelten wir unsere Pferde und wollten gerade umdrehen, da der Weg zu eng und auch zu matschig wurde, als Tommy plötzlich scheute und sich aufbäumte. Ruckartig sprang er zur Seite und schnaubte erschrocken.

Pegasus ließ sich anstecken und wieherte grell, dann fuchtelte er ebenfalls mit den Hufen in der Luft herum.

Wir hatten große Mühe, die Pferde wieder zu beruhigen.

Dieses Verhalten war ungewöhnlich – und gefährlich, denn wenn eines der Pferde durchging, konnte es schon passieren, dass sie von den sicheren Wegen abkamen und wir doch versehentlich in einem der berüchtigten Moorlöcher landeten.

Endlich schafften wir es, unsere Tiere wieder unter Kontrolle zu bekommen, aber sie wirkten noch immer nervös.

Beruhigend tätschelten wir ihre Hälse und sprachen auf sie ein.

»Was haben sie bloß?«, fragte ich.

»Vermutlich deine Moorleiche entdeckt«, witzelte Mieke, als Tommy schon wieder mit dem Kopf schlug und sie ihn unter sich versammelte.

Dann erkannte ich, was unsere Pferde hatte scheuen lassen.

Ich deutete auf eine Kreuzotter, die sich ein paar Meter weiter über den Weg schlängelte, sich aber von uns entfernte. »Das da war der Übeltäter.«

»Eigenartig«, sinnierte Mieke. »Die hauen doch normalerweise ab, wenn sie Tritte hören, und bleiben im Unterholz.«

Wo sie recht hatte, hatte sie recht.

»Vielleicht ist sie alt. Oder krank. Taub«, zählte ich auf.

»Trotzdem«, beharrte Mieke. »Ich habe das so noch nie erlebt.«

»Im Augenblick ist eben alles eigenartig«, sagte ich. »Seit Leone hier ist, scheint nichts mehr zu sein wie vorher. Und ich weiß gerade nicht, ob ich das gut oder schlecht finden soll.«

14

Nach dem Ritt sattelte ich Pegasus ab und legte ihm eine Abschwitzdecke über. Wir waren nach der Begegnung mit der Schlange in hohem Tempo durchs Moor zurückgeritten, um noch einmal alles aus unseren Pferden herauszuholen. Der Wettkampf würde nicht ohne sein. Die Regeln waren streng, und weder ich noch Mieke wollten nach den Kontrollen, die wir scherzhaft »Radarfallen« nannten, aufgehalten werden, weil die Pferde nicht fit genug waren, um direkt weiterzulaufen.

Wenn sie aber so in Form wären wie heute und ihre Puls- und Atemfrequenzen ähnlich gut, müssten wir nichts befürchten, und sie würden den Distanzritt problemlos durchstehen.

Dann hatten wir sogar gute Chancen, weit vorn zu landen.

»So, mein Guter, das hast du super gemacht heute!« Ich klopfte Pegasus den Hals und führte ihn noch eine Weile rum. Leider schwitzte er stark nach, was mir so gar nicht gefiel, weil ich es kaum abwarten konnte, Leone wiederzusehen. Pegasus'

Fell war schon merklich dichter geworden, immerhin ging es langsam auf den Winter zu, und da wir unseren Pferden auch bei Kälte täglich Weidegang gönnten, war es gut, wenn das Fell dicker war. Aber dafür schwitzten sie eben auch mehr, wenn wir sie forderten. Und zudem war es heute ungewöhnlich warm.

Ich versuchte, Pegasus trocken zu reiben, aber es half alles nichts. Er blieb viel zu nass. So konnte ich ihn unmöglich zurück in die Box stellen.

»Soll ich dir helfen?«

Wie aus dem Nichts war Jonas aufgetaucht, und dieses Mal war ich dankbar dafür.

»Gerne. Ich lass Pegasus noch kurz in die Halle, dann kann er sich wälzen. Das wird ihm guttun, und er trocknet ein bisschen. Abgeschwitzt ist er ja.«

»Ich werde ihn danach noch ein bisschen herumführen und versorgen«, schlug Jonas vor. »Beine abduschen und so. Ich pass auf, dass es ihm gut geht und er sich nicht erkältet.«

Ich nickte. »Danke!«, sagte ich.

»Sorry, ich will mich nicht aufdrängen, das ist nun mal mein Job bei euch auf dem Hof«, erklärte Jonas.

Ich hatte ein schlechtes Gewissen. »Du hast recht. Lass uns das Kriegsbeil begraben.«

Über Jonas' Gesicht glitt ein Strahlen. »Super, schon vergessen.«

»Danke, ich muss nämlich noch weg«, setzte ich nach und biss mir sofort auf die Lippe. Es war eine schreckliche Unart von mir, dass ich ständig herumposaunte, was ich als Nächstes tun wollte.

»Zu Leone?«, fragte Jonas sofort.

»Ja«, antwortete ich knapp. Auch wenn es ihn nichts anging.

Jonas winkte ab. »Sei trotzdem vorsichtig.« Er schien noch mehr sagen zu wollen, verkniff es sich aber.

Ich musste jetzt etwas Unverfängliches von mir geben.

»Dann werde ich Pegasus noch mal in die Halle bringen. Hast was gut bei mir.«

Das war der nächste Fehler. Mir war das Leuchten in Jonas' Blick nicht entgangen. Da hatte ich den Mund zu voll genommen. Ich hoffte inständig, dass er sich nicht aussuchte, mit mir was trinken zu gehen.

»Du hast gestern dein Handy in der Sattelkammer liegen lassen«, sagte er, als ich mich gerade loseisen wollte. Verdammt, hatte er es doch ausspioniert und geschaut, wem ich so schrieb? Ich nahm mir vor, die Tastatursperre zu ändern. Komplizierter eben.

»Ich hab es schon wieder, danke«, sagte ich und fragte mich zum zweiten Mal, warum er es mir nicht einfach gebracht hatte. Oder in der Küche hinterlegt …

Aber ich würde ja doch keine Antwort bekommen und winkte innerlich ab.

Nachdem ich Pegasus in die Halle gebracht hatte, wälzte er sich ausgiebig und genoss es sichtlich.

Danach sah er aus wie ein Ferkel, das gerade aus der Schlammsuhle kam.

Jonas übernahm Pegasus.

»Das hat ihm gefallen«, sagte er.

»Den Rest machst du dann?«, fragte ich.

Jonas nickte und zeigte auf das Halfter in seiner Hand. Er hatte – im Gegensatz zu mir – an alles gedacht. Schweigend übergab ich ihm die Trense.

»Bis dann.«

Ich hetzte ins Haus und war froh, dort keinen anzutreffen. Mama war mit Ralf im Landhandel, und Opa Kurt würde erst morgen zurück sein. Ich musste mit niemandem reden, und das gefiel mir ausnehmend gut.

So konnte ich mich ganz darauf konzentrieren, mich für das Treffen mit Leone fertig zu machen, und musste niemandem erklären, warum ich mich mit ihm traf.

Mein Herz klopfte bei dem Gedanken schneller, ihn gleich wiederzusehen, seine warme Stimme zu hören. Ich war tatsächlich aufgeregt. Dabei kannte ich ihn doch kaum.

Ich warf einen Blick in den Spiegel. Oje, ich sah zum Fürchten aus, so wollte ich Leone auf keinen Fall gegenübertreten. Ich zupfte an meinem Haar und ertappte mich bei der Frage, was ihm wohl gefiel.

Sollte mir das nicht eigentlich egal sein? Das war es aber nicht.

Dabei glaubte ich nicht mal, dass Leone großen Wert auf Äußerlichkeiten legte, weil er eher lässig herumlief. Trotzdem wollte ich ihm gefallen.

Etwas Zeit war noch, ehe er mich am Tor abholen würde.

Ich beschloss, noch einmal unter die Dusche zu springen, und mich ein kleines bisschen, wirklich nur ein kleines bisschen, zurechtzumachen. Zunächst stand ich etwas unschlüssig vor dem Schrank und schob meine Klamotten auf den Bügeln wahllos hin und her.

Mein Blick blieb an meiner Lieblingsjeans hängen. Jeans waren immer gut.

Darüber wollte ich den hellblauen Strickpulli tragen. Er wirkte lässig, hatte aber dennoch einen gewissen Kick.

Dabei war es doch gleichgültig. Wir wollten uns draußen treffen und würden ganz sicher an keinem Ort landen, wo ich meine Jacke ausziehen musste. Von daher könnte ich sogar meinen hippen Weihnachtsmannpulli mit den sich küssenden Elchen tragen, den ich mir als Gag im letzten Jahr für die Schulweihnachtsfeier gekauft hatte, und Leone würde das nicht mitbekommen.

Aber ich fühlte mich besser, wenn ich Klamotten anhatte, die mir gefielen. Ich entschied mich weiter für einen zarten blauen Lidschatten und etwas Gloss.

Im Dunkeln würde er auch das nicht sehen, aber ... Beim Blick auf mein Handy erschrak ich. Ich hatte doch viel Zeit vertrödelt, jetzt blieben mir noch fünf Minuten. Ich wollte Leone nicht warten lassen. Das fand ich blöd. Wenn ich sagte: »Wir treffen uns um sechs Uhr«, dann traf ich mich mit demjenigen um sechs Uhr und nicht zehn Minuten später. Ich fand Unpünktlichkeit respektlos, weil der andere sich schließlich die Zeit für mich nahm.

Schnell schlüpfte ich in den gefütterten Blouson, wickelte mir den Strickschal um den Hals und setzte mir die rote Beanie auf.

Ein letzter Blick in den Flurspiegel sagte mir, dass ich gar nicht so übel aussah. Ich hoffte, auch Leone würde es bemerken.

15

Leone wartete schon am Hofeingang und lächelte ein so wunderschönes Lächeln, dass mir die Knie weich wurden.

Ich musste aufpassen, dass ich mich in nichts verrannte, schließlich würde er bald wieder fortgehen.

»Wohin wollen wir?«, fragte er.

Darüber hatte ich zwar schon nachgedacht, eine Lösung war mir aber nicht eingefallen.

»Es gibt im Dorf wirklich nur die *Linde*«, sagte ich zögernd. »Also denke ich, wir sollten lieber spazieren gehen. In der Kneipe hören zu viele Menschen mit.« Bevor ich weiter darüber nachdenken konnte, rutschte mir heraus: »Und wenn sie uns da schon wieder zusammen sehen, warten die Ersten übermorgen wahrscheinlich schon auf das Aufgebot. So ist das hier.«

Leone lachte. »Das Risiko wäre tatsächlich zu groß. Ich habe nämlich gar keine Ringe, und beim örtlichen Juwelier sind alle ausverkauft!«

Ich stimmte in sein Lachen ein. »Komisch, bei der Juwelierdichte, die hier herrscht.«

Es hatte nur zwei Minuten gebraucht, und sofort war das Eis gebrochen, und ich fühlte mich in seiner Gegenwart wohl. Schweigend liefen wir in Richtung Dorfplatz.

»Dort steht vor einem Gebüsch eine Bank, ich glaube, da sind wir ungestört«, sagte ich.

Ich steuerte darauf zu und ließ mich auf die Sitzfläche fallen.

Leone lachte, als er die eingeritzte Inschrift bemerkte. »*Die Hoffnung von Mückemoor.* Große Ansprüche haben die Dörfler offenbar nicht, wenn sie sich mit einer Bank zufriedengeben.«

Ich grinste breit. »So ist es. Hier bin ich oft, wenn ich allein sein möchte«, erklärte ich.

Die Bank stand wirklich wunderbar versteckt, und es saß nie jemand hier.

»Was machst du eigentlich, wenn du nicht gerade deine Nonna suchst?«, fragte ich.

Immerhin hatte ich ihm schon eine Menge von mir anvertraut und fand, nun war er dran, sich mal mehr zu öffnen.

»Ich möchte Wirtschaftsinformatik studieren«, sagte er und setzte sich. »Mein Abi habe ich im letzten Jahr gemacht und dann ein Praktikum. Bis zum Semesterbeginn möchte ich herausgefunden haben, was mit meiner Großmutter passiert ist.«

»Und wenn es dir nicht gelingt?«, fragte ich, den leichten Stich ignorierend. – Zwei Wochen …

»Dann ist es so. Wenigstens habe ich es versucht.«

»Gute Einstellung.« Mehr fiel mir dazu nicht ein.

»Hast du etwas herausgefunden?«, fragte Leone und sah

mich so durchdringend an, dass mein Kopf einen winzigen Moment leer war.

»Miekes Mutter hat angedeutet, dass da mal was war. Also dass die Mückemoorer Männerwelt sehr von den Gastarbeiterinnen beeindruckt war und das den einheimischen Frauen wiederum gar nicht gefallen hat. Aber mehr war aus ihr nicht herauszubekommen. Mein Opa kommt erst morgen wieder. Er wird bestimmt mehr berichten können, weil er kein Laberkopf ist.«

Leone wirkte enttäuscht.

»Bist du denn weitergekommen?«, fragte ich.

»Ne. Ich war erst einkaufen, und dann bin ich im Moor gewesen. Du weißt ja, dass ich von ihr geträumt habe, und mich lässt das Gefühl nicht los, dass sie dort umgekommen ist. Ich wollte meiner Nonna nah sein und hatte die vage Hoffnung, ein Zeichen von ihr zu bekommen.« Er fuhr sich mit der Hand durch die Locken. »Klingt abgefahren, weiß ich. Aber wenn man verzweifelt ist, kommen einem manchmal eigenartige Gedanken.«

»Finde ich gar nicht«, beruhigte ich ihn. »Ich würde wohl auch so denken.« Ich hielt seinem Blick stand. »Hast du denn in der Stadt was Veganes bekommen?«

»Zum Glück! Sonst hätte ich bis zu meiner Abreise von Margarinebroten mit Gewürzgürkchen leben müssen.«

Es knackte hinter uns, und ich fuhr erschrocken herum. »Was war das?«

Leone sah mich erstaunt an. »Bist du immer so ängstlich? Wahrscheinlich ein Kaninchen oder eine Katze. Was sollte es sonst sein? Hier ist doch weit und breit niemand.«

Ich konnte es ihm auch nicht erklären, aber ich war mir sicher, dass wir nicht allein waren. So langsam wurde mein Verfolgungswahn zur Gewohnheit.

»Vielleicht ist es gar nicht so abwegig, dass uns jemand nachgegangen ist. Denk an den Zettel in deinem Zimmer.«

Es war merklich abgekühlt, und beim Ausatmen zeigten sich weiße Wolken vor unseren Mündern. »Ich weiß nicht, aber inzwischen glaube ich, du solltest die Warnung doch ernst nehmen.«

Wieder saßen wir eine Weile schweigend da.

Zum Glück knackte es nicht wieder, und ich beruhigte mich etwas. Aber ganz konnte ich das Zittern meiner Hände nicht verhindern.

»Du hast Angst«, stellte Leone fest.

Es brachte wohl nichts, es zu leugnen. »Ja, das habe ich. Jonas benimmt sich komisch, dir wird gedroht, und ich weiß nicht, ob ich mit allem überfordert bin. Du tauchst einfach so auf, fragst nach deiner Oma, obwohl es Jahrzehnte her ist, dass sie in Mückemoor gelebt hat …« Ich brach ab, denn Leones Blick wurde hart.

»Du hast doch eben selbst gesagt, dass Miekes Mutter zugegeben hat, dass da was war.«

»Sie hat lediglich erzählt, dass zu der Zeit etliche Gastarbeiterinnen in Mückemoor gelebt haben und die Männerwelt verrückt nach ihnen war.«

Leone verdrehte die Augen. »Und das glaubst du? Du, als moderne Frau, glaubst ernsthaft, dass die Frauen daran schuld sind, wenn die Männer durchdrehen?«

Jetzt hatte er mich.

»Natürlich nicht, das wollte ich damit nicht sagen«, lenkte ich ein. »Aber es besteht doch immer noch die Möglichkeit, dass deine Großmutter weggelaufen ist. Vielleicht hat sie andere Möglichkeiten für sich gesehen.«

Leone schwieg, und mir wurde noch kälter, was aber nicht an der Oktobernacht lag. Es kam mir vor, als hätte jemand nach meinen Worten Eisklötze zwischen uns geschoben. Wieder glaubte ich, mich verteidigen zu müssen. »Warum hat denn zuvor nie einer nach ihr gefragt?«, fuhr ich fort. »Es muss doch damals Ermittlungen gegeben haben, wenn ihr Verschwinden wirklich verdächtig war!« Meine Stimme klang erbärmlich und endete in einem Piepsen.

Leone stand auf. »Wenn du mich nicht mehr unterstützen willst, sag es lieber gleich. Ich bin dir nicht böse, und ich schaffe es auch allein. Aber ich möchte, dass du ehrlich zu mir bist. Also noch einmal: Bist du an meiner Seite oder nicht?«

»D-d-d-doch«, stotterte ich und bereute, überhaupt etwas gesagt zu haben. »Es ist nur …«

Er schüttelte den Kopf. »Ich möchte nicht, dass du es nur aus reinem Pflichtgefühl heraus tust, weißt du? Dazu ist es mir zu wichtig.« Er stockte. »Und du bist es auch. Komm, wir gehen besser!« Ich folgte ihm kleinlaut, weil ich im Augenblick keine Antwort hatte. Aber eines klang nach. Ich war ihm wichtig!

16

Wir verabschiedeten uns im Dorf. Leone lief zur *Linde*, ich zum Gutshof. Geredet hatten wir nicht mehr.

Zu Hause angekommen, schlich ich die Treppen hinauf in mein Zimmer, wo ich mich in mein Bett verkroch.

Ich schaute zur Decke und ließ das Gespräch mit Leone Revue passieren. Er brauchte meine Unterstützung, aber ich war so unsicher, wie ich mich verhalten sollte. Deshalb hatte ich mich von der Angst leiten lassen und ein leichtes Rascheln überinterpretiert.

»Du musst Leone anrufen«, murmelte ich. »Sofort. Er ist vielleicht doch in Gefahr, und du erzählst ihm, dass alles zu viel für dich ist. Was ist, wenn ihm etwas passiert und du ihn nicht unterstützt hast?«

Ich nahm das Handy aus der Jackentasche und wollte ihn gerade anrufen, als die Stimme meiner Mutter durchs Haus schallte. »Elsa, Essen!«

Mir war der Appetit vergangen, und ich konnte jetzt nicht mit Mama und Ralf am Esstisch sitzen. Wenn Opa Kurt da wäre, dann hätte ich darüber nachgedacht.

»Hab Kopfweh und bleib oben!«, rief ich.

»Oje, brauchst du was?«

»Nein, ich habe schon eine Tablette genommen!« Die Lüge kam mir glatt über die Lippen. Ich wollte allein sein und hoffte, dass Mama nicht gleich ins Zimmer stürzte, um mich zu bedauern und zu umsorgen. Darin war sie nämlich ganz groß, und normalerweise genoss ich das auch. Heute brauchte ich etwas Zeit für mich.

Dann schreib ich Leone jetzt, dachte ich, aber eine Nachricht von Mieke hinderte mich daran.

Es hat mir keine Ruhe gelassen, und ich habe gegoogelt. Gib mal »Vermisste im Norden ein«. Da kommt echt was!

Ich setzte mich ruckartig auf. Warum war ich nicht selbst schon darauf gekommen, im Internet nachzuforschen? Das Einfachste der Welt! Den Streit mit Leone hätte es vielleicht gar nicht geben müssen.

Oh, danke. Hätte ich wirklich mal selbst tun können.

Hättest du. Aber dafür bin ich schließlich da! Du wirkst im Augenblick etwas fremdgesteuert. Sorry, aber mir kommt es vor, als hätte Leone dir ganz schön den Kopf verdreht.

😋

😋 Ich habe es auf jeden Fall überprüft.

Danke.

Ich googelte mit meinem Handy, war aber nicht so schnell, wie Mieke schon wieder schrieb.

Und? Was sagst du?

Ich gucke noch.

Geht das nicht schneller? 😉 Wollen wir uns nachher treffen? Dann können wir drüber reden. Ist doch etwas unheimlich, finde ich.

Ich überlegte kurz. Dann würde zwar auffliegen, dass die Kopfschmerzen nur erfunden waren, aber Miekes Anwesenheit wäre durchaus tröstlich. Ich musste wirklich mit jemandem quatschen, und meine Freundin war dafür eindeutig die beste Wahl.

Ja, wäre cool. Ich bin in meinem Zimmer.

Ich dachte, du hast ein Date mit Leone.

Eindeutig kein Date. Das Treffen ist total dumm gelaufen. Hab ihn mit meinen Zweifeln verschreckt, jetzt ist gerade Funkstille.

Klingt nicht gut. Wir lesen uns später!

👍

Kaum hatte ich unsere Unterhaltung weggedrückt, ging ich der Sache nach. Mir zitterten die Finger vor Aufregung. Vielleicht kam ich nun endlich einen Schritt weiter.

Ich gab »Vermisste im Norden«, und sicherheitshalber auch noch »Maria Greco« in die Suchmaschine ein und fand sofort einen kurzen Artikel. Er stammte vom September des Vorjahres. Darin hatte sich die Redakteurin mit verschiedenen Vermissten in der Region befasst.

Es war krass, wie viele Menschen ohne Lebenszeichen einfach so verschwanden. Gebannt überflog ich die ersten Zeilen, wo es um weitere Frauen und Männer ging, deren Verbleib ungewiss war, bis ich bei dem Namen angelangt war, der mich wirklich interessierte. Maria Greco. Leones Nonna.

Im Jahr 1957 verschwand die Gastarbeiterin Maria Greco aus dem norddeutschen Dorf Mückemoor. Sie hatte sich dort in der Dorfgaststätte als Zimmermädchen verdingt. Die damaligen Nachforschungen brachten keinerlei Ergebnis. Die Ermittler gingen davon aus, dass die Frau sich abgesetzt hat, aber die Familie glaubte an kein freiwilliges Verschwinden, da sie sehr familiär eingestellt gewesen sein soll und keinerlei Hinweise gegeben hätte, dass sie sich in ihrer Rolle nicht mehr wohlfühlte. Warum sie nie zu ihrer kleinen Tochter und zu ihrer Schwester nach Bardolino zurückgekehrt ist, lässt sich also nicht feststellen. Ob das Moor das Geheimnis kennt?

Es stimmte also, was Leone gesagt hatte.

Ich fuhr schnell den Laptop hoch und druckte den Artikel aus.

So war ich nun mal. Organisiert bis zum Abwinken. Ich würde eine Mappe anlegen und alles archivieren, was wir herausfanden. Puzzleteil für Puzzleteil wollte ich zusammensetzen und Leone am Ende das Ergebnis präsentieren.

Ich studierte den Text noch einmal, aber viel sagte er leider auch beim neuerlichen Lesen nicht aus.

Eins stand jedoch fest: Ich musste mich dringend bei Leone entschuldigen und ihm erneut meine Hilfe anbieten. Er sollte nicht allein sein. Das war er schließlich schon viel zu lange gewesen.

Ich schrieb ihm sofort eine Nachricht und hoffte inständig, dass er kein nachtragender Mensch war.

Ich brauchte eine Weile, bis ich die richtigen Worte gefunden hatte und die Nachricht guten Gewissens abschicken konnte. Aber dann war ich zufrieden und drückte auf »Senden«.

Sorry, Leone. Ich habe mich total blöd benommen. Ich finde selbst, dass das Verschwinden deiner Oma verdächtig wirkt. Sobald ich meinen Opa morgen erwische, frage ich nach, was er weiß. Versprochen.

Die Antwort ließ nicht lange auf sich warten.

Danke. Ich bin wirklich verzweifelt. Und es hat mich verletzt, wie du dich verhalten hast, weil ich dachte, du würdest mich verstehen. Auch nach dieser kurzen Zeit fühle ich mich dir nah. Ich weiß, das klingt jetzt nach Anmache. Soll es aber nicht sein.

Mein Herz geriet bei seinen Worten kurz aus dem Takt.

Alles gut. Ich weiß, was du meinst …

Hier zögerte ich kurz, bevor ich weitertippte.

… und mir geht es ähnlich. Also lass uns einen Schlachtplan entwickeln. Blind herumzustochern, ist wohl kontraproduktiv.

Okay. Aber eine Frage habe ich noch. Wie kommt es zu deinem Sinneswandel?

Es gibt einen Beweis. Einen winzig kleinen und suboptimalen Beweis.

Was für einen?

Ein Zeitungsartikel, in dem sich eine Redakteurin mal mit dem Fall befasst hat. Aber auch sie ist kein bisschen weitergekommen. Hat Mieke gegoogelt. Gut, wenn man eine Freundin hat, die mitdenkt.

Klingt gut. Ich kenne den Artikel. Damals hat die Frau meine Tante Vittoria angerufen. Aber auch die Redakteurin konnte nichts dazu sagen, ob einer der Mückemoorer etwas damit zu tun hat, weil die Polizei ihre Ermittlungen eingestellt hat. So richtig hilft er nicht weiter.

Hättest du doch auch sagen können, dass schon mal jemand nach deiner Nonna gesucht hat!

Stimmt, sorry. Aber der Artikel hat ja keine neuen Infos gebracht. Es hätte nichts genützt. Nur dir jetzt, weil du es nun schwarz auf weiß hast, dass ich kein Spinner bin.

Ich rollte mit den Augen. Wenn er den Artikel kannte, hätte er das wirklich erwähnen können. Jungs eben! Ich hätte doch ganz anders reagiert.

Hast du mal mit der Journalistin gesprochen?

Nein.

Der Name steht unter dem Artikel, sie heißt Frau Minkner. Die Zeitung ist ein Lokalblatt. Wir sollten versuchen, die Redakteurin zu erreichen. Wer weiß, vielleicht weiß sie ja doch noch irgendetwas, das uns weiterhilft und das sie im Artikel nicht erwähnt.

Das machen wir! Gute Idee!

Das erste Mal brandete wieder Hoffnung in mir auf, dass wir endlich weiterkommen würden. Denn wenn die Journalistin bei den zuständigen Behörden gewesen war und auch mit den Ermittlern gesprochen hatte, konnte sie uns vielleicht weiterhelfen. Schließlich war es doch möglich, dass sie nicht ihr ganzes Wissen in den Artikel hineingepackt hatte. Zum Beispiel, weil das Gesagte nur Gerüchte waren und sie es nicht belegen konnte.

Oder weil sie auch bedroht worden war. Wie Leone.

Schritt 1 im Schlachtplan. Kontaktierst du die Zeitung? Ich schick dir noch mal den Link zum Artikel.

Klar, mach ich. Ich sag dir Bescheid, wenn ich was erreicht habe.

Und wir sollten auch den damals zuständigen Ermittler finden und dann kontaktieren.

Wow, du legst ja richtig los.

Klar. Und ich versuche mal, meinen Opa anzurufen. Gute Nacht!

Gute Nacht, Elsa. Bis morgen. Und … danke!

Ich schrieb Mieke noch rasch eine Nachricht, dass ich Leone von allem geschrieben hatte und was wir nun planten.

Mann, war ich froh, dass wir uns ausgesöhnt hatten.

Mir ging es nun erheblich besser. Alles würde gut werden. Ganz bestimmt.

17

Leone hatte im Internet eine Eintragung gefunden, wo Frau Minkner vermutlich lebte.

Kommst du mit?

Klar! Wann?

Wollen wir uns um drei Uhr an der Hofeinfahrt treffen und dann mit dem Bus in die Stadt fahren? Da lebt sie wohl noch.

Passt. Heute Nachmittag habe ich zum Glück keine Kurse und bin ab zwei zu Hause.

Perfekt! Bis dann.

Es war eigenartig, wie vertraut wir uns schon waren. Leone musste nicht viel schreiben, und ich verstand trotzdem genau, was er mir sagen wollte.

Um Punkt drei stand ich wie verabredet am Hoftor. Das Training mit Pegasus hatte ich auf heute Abend und in die Halle verschoben und plante, ein paar leichte Übungen zu machen. Das musste reichen, morgen würde ich auch wieder am Start sein.

Kurz vor dem Wettkampf eigentlich ein No-Go, und Mieke war entsprechend genervt, weil sie allein würde trainieren müssen, da sie am Abend mit ihren Eltern zum Geburtstag von ihrem Onkel Mirko eingeladen war. Das war der Dorfsheriff hier, aber leider viel zu jung, um etwas über Leones Nonna zu wissen.

Doch es war, wie es war. Deshalb hatte ich Mieke mit tausend Versprechen besänftigt und auf morgen vertröstet. Ich wollte unbedingt mit in die Stadt fahren und diese Redakteurin aufsuchen, um zu hören, was sie zu sagen hatte.

»Und, was hast du genau herausgefunden?«, fragte ich Leone sofort. Er wirkte nervös, fast ein bisschen verängstigt, schien aber bemüht, das zu überspielen.

»Nicht viel«, gab er zu. »Immerhin habe ich diese Adresse. Dem Online-Telefonbuch sei Dank! Ist in der Nähe deiner Schule.«

Er hielt mir einen Zettel hin, und ich schaute, um welche Straße es sich handelte. »Dann los! Die Gegend, wo Frau Minkner lebt, kenne ich.«

In dem Augenblick kam Ralf aus dem Stall. »Moment!«, rief er. Sein Blick schweifte kurz zu Leone, dann sofort zurück zu mir. »Wohin willst du?«

Wieso musste er denn ausgerechnet jetzt auftauchen? Der Typ nervte.

»In die Stadt. Wir müssen uns beeilen.«

»Und was ist mit deinem Training?«, fragte er. »Bis zum Wettkampf ist es doch nicht mehr lange.«

Ich schenkte Ralf ein bezauberndes Lächeln, obwohl ich mir nichts sehnlicher wünschte, als dass er mich einfach in Ruhe ließ. »Mach ich später! Hallentraining, Cavaletti-Arbeit und so.«

»Wenn du meinst, dass das reicht«, knurrte er, aber ich lächelte weiter freundlich, winkte kurz, und dann beeilten wir uns loszukommen.

»Wer war denn das?«, fragte Leone. »Der sah aus, als ob er mich am liebsten erwürgen würde.«

»Mein Stiefvater Ralf«, gab ich zu. »Ein Blödmann. Hab ich dir ja gestern schon erzählt. Schwieriger Typ. Schwieriges Verhältnis. Hat nichts mit dir zu tun. Aber er ist ein echter Pferdefreak, und meine Mutter und er sind wirklich auf einer Wellenlänge. Nur bei uns stimmt die Chemie irgendwie nicht. Ich glaube, ich kann einfach keinen Mann an Mamas Seite dulden, egal, wen. Habe da wegen meinem Vater wohl eine leichte Macke«, fügte ich noch hinzu und war selbst verwundert, dass ich Leone gegenüber schon wieder so offen war. Denn dass das Ralf-Problem eher von mir ausging, hatte ich bislang nicht einmal vor Mieke zugegeben.

Es war gut, dass wir uns von meinem Stiefvater nicht hatten aufhalten lassen, denn der Bus bog schon in die Straße ein. Ich winkte dem Fahrer zu, und weil Helge mich kannte, war er so freundlich, auf uns zu warten.

»Danke!« Wir waren etwas außer Atem, als wir einstiegen.

»Da nich für, min Deern«, sagte Helge.

»Das ist der Vorteil, wenn man auf dem Land lebt«, meinte Leone. »In der Stadt wäre der Bus wohl weg gewesen.«

»Ja, kann gut sein. Ich kenne Helge, seit ich klein bin. Er fährt auch den Schulbus.«

Es waren alle Bänke frei, und wir suchten uns in der Mitte einen Platz.

»Hoffentlich dauert es bei der Dame nicht allzu lange«, sagte ich, den Kopf an die Scheibe gelegt. Ich genoss das leise Vibrieren, als der Bus durch die Landschaft surrte. Hier gab es nichts als freie Flächen, die nur von einzelnen Büschen unterbrochen wurden. Die Moorheide war schon bräunlich, ab und zu reckten Birken oder knorrige Kiefern ihr Geäst in den Himmel. Ich mochte diese Tristesse, die durch ihre Kargheit für mich echten Charme hatte.

»Wäre wünschenswert«, bestätigte Leone. »Du hast es wegen deines Trainings eilig, oder?«

»Ja, wenn ich zu spät komme oder nicht vernünftig mit Pegasus arbeite, reißt mir Mieke den Kopf ab. Wir haben schon so viel Energie in den Distanzritt gesteckt. Wenn wir nun meinetwegen weiter hinten landen, wird sie mir das übel nehmen.«

»Kommt es denn auf den einen Tag an?«, fragte Leone. »Wenn ihr sonst intensiv trainiert, dann müsste es doch okay sein, wenn ihr mal Pause macht.«

»Stimmt schon«, gab ich zu. »Die Kondition der Pferde ist ja aufgebaut, trotzdem werde ich Pegasus später noch bewegen. Das ist wichtig. Auch für unser Seelenheil, weil es Mieke und mir ein gutes Gefühl gibt. Na ja –« Ich lachte auf. »Und auch für unsere Pferde, denn sie bekommen verdammt miese Laune, wenn sie keine ausreichende Bewegung haben und sich selbst beschäftigen müssen.«

Leone nickte. »Wann ist denn der große Tag?«

»Am Sonntag, also in fünf Tagen. Die Zeit ist bereits knapp.«

»Erzähl mal, wie ein Distanzritt funktioniert!«, forderte Leone mich auf.

Ich war überrascht, dass ihn das interessierte.

Natürlich erklärte ich ihm gern, wie es ablief. »Es gibt unterschiedliche Distanzen. Ich reite die Vierzig-Kilometer-Strecke, das zählt zu den kurzen Distanzen.«

»Vierzig Kilometer?«, fragte er ungläubig. »Ist das nicht furchtbar anstrengend – gerade auch für das Pferd?«

Ich lächelte. »Es wird alles überprüft und abgesichert, dass das Pferd nicht überfordert wird und es ihm jederzeit gut geht. Ich finde diese Art des Wettkampfs optimal, man ist den ganzen Tag zusammen im Gelände und strebt auf ein gemeinsames Ziel zu. Die längste Distanz beträgt übrigens 160 Kilometer, aber da muss man wirklich Profi sein. Ab einer Strecke von 60 Kilometern gibt es auch noch strengere Reglements, aber das ist jetzt zu kompliziert.«

Leone fuhr sich nachdenklich mit der Zunge über die Lippen. »Wie wird verhindert, dass ein Tier vor Erschöpfung zusammenbricht?«

Er sah mich ehrlich interessiert an, seine Augenbrauen leicht zusammengezogen.

»Pferde sind Steppentiere«, fuhr ich fort, »und wir verlangen von ihnen nur, dass sie laufen. Das entspricht also vollkommen ihrer Natur, außer dass wir auf ihrem Rücken sitzen, aber das sind unsere Pferde gewohnt. Manchmal geht es über Hügel oder durchs Wasser – so richtig durchs Gelände eben.«

Ich überlegte, wie ich es weiter erklären sollte. »Trotzdem ist es natürlich wichtig, dass die Tiere auf den Wettkampf vorbereitet sind. Darum trainieren wir sie ja. Sonst hält es kein Pferd ohne Schaden durch.«

Leone rieb sich das Kinn. »Nur seid ihr wahrscheinlich irgendwo in der Landschaft, und wenn es einem Pferd schlecht geht, bekommt das, im Gegensatz zum Wettkampf im Springparcours, keiner mit. Da läuft schließlich niemand hinter euch her.«

»Doch. Na ja, so ähnlich zumindest«, erklärte ich. »Es läuft so ab: Die Tiere werden vorab von Tierärzten gecheckt. Nur dann dürfen sie starten. Wir Reiter bekommen Karten zur Orientierung, und auch unterwegs sind Punkte zur Markierung da, damit sich keiner verirrt. Es gibt also eine festgelegte Strecke.«

»Das ist doch kein Schutz«, fiel Leone mir ins Wort, aber ich konnte auch jetzt dagegenhalten.

»Nun kommt's! Es gibt die sogenannten Radarfallen.«

»Was soll denn das sein?«, fragte Leone grinsend. »Blitzautomaten im Wald, oder was?«

»Sie werden nur spaßeshalber so genannt. Es sind Kontrollpunkte, wo alle Reiterinnen und Reiter zum Check rausgewinkt werden«, erläuterte ich. »Keiner weiß, wo sie sind, also ist es ausgeschlossen, sich darauf vorzubereiten. Dort werden die Atemfrequenz und der Puls der Pferde kontrolliert. Es wird geschaut, ob keines lahmt und wie der Allgemeinzustand ist.«

»Das klingt gut«, sagte Leone nachdenklich. »Ich bin sonst kein Freund vom Pferdesport, aber damit könnte ich mich anfreunden. Ich gehe davon aus, dass ihr nicht weiterreiten dürft, wenn etwas unstimmig ist?«

»Genau«, bestätigte ich. »Sind Puls- oder Atemfrequenz zu hoch, wird Pause gemacht, bis alles wieder in der Norm ist. Sollte ein Pferd lahmen, wird es aus dem Wettbewerb genommen. Und nach erfolgreichem Ritt wird das Tier sofort und nach zwei Stunden noch einmal auf Lahmheit, Satteldruck und Ähnliches geprüft. Eben weil viele Schäden oder Überforderungen auch später auftreten können.«

Leone nickte. »Macht Sinn. Und wie gewinnt man dann? Wer am schnellsten durch ist?«

»Auch das ist von Disziplin zu Disziplin unterschiedlich. Es dürfen sogar manche Zeiten gar nicht unterschritten werden. Manchmal gibt es Massenstarts, manchmal Gruppen … Bei meinem Wettkampf am Sonntag kommt es auf die Schnelligkeit und die Puls- und Atemfrequenzen an. Wir reiten zeitversetzt los«, erklärte ich. »Für den Sieg ist es also nötig, gut in der Zeit zu liegen, aber das Pferd muss auch gute Vitalzeichen haben.«

Mir gefiel es, wie Leone das ganze Thema wirklich durchdringen zu wollen schien, deshalb berichtete ich weiter: »Ich bin nicht so der Turniertyp – mit Kleiderordnung und so. Aber das Distanzreiten mag ich unglaublich gern. Da darf auch jeder anziehen, was er möchte, nur Reitkappen und Helme sind verpflichtend.«

»Das kann ich mir vorstellen. Klingt wirklich nach Spaß – und ich finde es super, wie darauf geachtet wird, dass es den Pferden gut dabei geht«, meinte Leone.

»Das ist es. Oh, wir müssen gleich aussteigen!« Ich wies nach draußen, denn wir waren in der Stadt angekommen. Genau wie Mückemoor machte sie einen verschlafenen Eindruck. Etwas mehr Leben herrschte hier dann doch, zumindest rauschte das ein oder andere Auto an uns vorbei.

Wir stiegen aus und schauten uns um. Es konnte losgehen.

18

Die Straßen waren fast menschenleer. Ein Radfahrer passierte uns, und auf der anderen Seite zuckelte eine ältere Frau mit ihrem Einkaufswägelchen an den Häuserfronten vorbei.

Die Gehwege wirkten sorgsam gefegt und die Fenster geputzt. Einige waren geöffnet, und aus mehreren schauten ältere Leute auf die Straße. Ihre Arme hatten sie mit einem Kissen abgepolstert.

»Das ist echte norddeutsche Kleinstadtidylle«, sagte ich – und schämte mich etwas, weil ich so provinziell wohnte.

Leone ging darüber einfach hinweg und fragte: »Wohin müssen wir?«

Ich orientierte mich kurz. »Da links entlang!«, entschied ich mit einem Kopfnicken.

Wir passierten mehrere Straßenzüge, die sich so sehr glichen, dass sich ein Fremder nur schwer hätte orientieren können. Auch wir verliefen uns einmal, standen dann aber schließlich vor einem mit Efeu überwucherten Backsteinhaus, das sich in einer Seitenstraße befand.

»Das müsste es sein«, sagte ich.

Wir öffneten ein kleines schmiedeeisernes Tor, das furchtbar quietschte, und durchquerten den Vorgarten. Ich steuerte auf den Eingang zu, wo ich sofort die Klingelschilder an der Haustür studierte. Aber sooft ich meinen Blick auch über die Knöpfe schweifen ließ: Ich fand keine Frau Minkner.

»Sie wohnt wohl nicht mehr hier«, sagte ich enttäuscht.

Leone war hinter mich getreten und wirkte ebenso frustriert. Außerdem schaute er sich ständig nervös um.

»Fühlst *du* dich heute zur Abwechslung mal verfolgt?«, fragte ich ihn, aber er fand das wohl nicht witzig und kommentierte meine Bemerkung nicht.

»Was nun?«, fragte er.

»Trotzdem klingeln«, schlug ich vor. »Vielleicht weiß ja jemand, wohin sie gezogen ist.«

»Einen Versuch ist es wert«, sagte er achselzuckend, und ich drückte beherzt einen der beiden unteren Knöpfe.

Sofort öffnete sich über uns ein Fenster, und eine weißhaarige Frau schaute heraus. »Ja bitte?«, fragte sie.

»Wir wollen zu Frau Minkner, und man hat uns gesagt, sie würde hier wohnen«, sagte ich mit einem gewinnenden Lächeln.

Die Frau winkte ab. »Die ist doch im Heim. Seit etwas über einem halben Jahr schon. Unglücklich gestürzt, und zack …« Sie machte ein verschwörerisches Gesicht. »Das hat sie beinahe nicht überlebt! So böse gefallen. So böse …«

Das war jetzt richtig blöd. Alles umsonst. Obwohl – wir konnten sie doch auch dort aufsuchen.

»In welchem Heim ist sie denn?«, hakte ich nach.

Das Gesicht der Frau wurde weicher.

»Da freut sie sich bestimmt, wenn sie Besuch bekommt. Sie ist ziemlich allein, denke ich. Ich habe hier nie irgendwelche Verwandten von ihr zu Besuch kommen sehen.« Sie räusperte sich. »Jedenfalls wohnt Frau Minkner jetzt im *Heim der guten Engel*.« Sie machte eine bedeutungsvolle Pause. »Wirklich zu schade, dass sie hier ausziehen musste.«

Die Frau legte den Kopf schief, und ihr Blick war merklich skeptischer geworden.

»Nun habe ich wohl zu viel verraten. Es kommt mir doch eigenartig vor, dass Sie hier sind, wo ich Sie noch nie bei Frau Minkner gesehen habe.«

Oje, da musste mir nun richtig schnell etwas einfallen.

»Ich bin die Tochter ihrer Cousine«, beeilte ich mich zu sagen, aber ich war schon immer eine schlechte Lügnerin gewesen und merkte auch jetzt, wie meine Wangen ganz heiß wurden. Hoffentlich sah man es mir nicht an.

Zum Glück rettete Leone mich aus der peinlichen Situation, indem er rasch hinzufügte: »Und ich bin ihr Freund.«

Er zwinkerte mir zu, und ich musste ein wenig schmunzeln. So schnell änderte sich also der Beziehungsstatus.

»Und warum wissen Sie dann nichts von dem Unfall und dass sie mitnichten mehr hier lebt?«

Nach ihrem geschwollen dahergeredeten Satz spitzte die Frau ihre Lippen.

Die Frage brachte mich wirklich in Bedrängnis.

»Das hat man meiner Mutter wohl vergessen zu sagen«, erklärte ich. Mit Leone im Rücken fiel mir das Geflunker erheblich leichter.

Noch immer wirkte die Dame zurückhaltend.

»Da stimmt doch was nicht! Frau Minkner hat angeblich keine Verwandten, und dann will in kurzer Zeit gleich zwei Mal jemand zu ihr.«

Jetzt zuckte ich zusammen. »Wer wollte sie denn noch besuchen?«, schoss es aus mir heraus.

Zum Glück war das Mitteilungsbedürfnis der Dame anscheinend größer als ihre Skepsis, und sie ergriff die Chance, sich wichtigzumachen. Sie nickte bedächtig und sagte: »Das war ein Mann. Er hatte eine Kappe auf. Aber er hat sie nicht angetroffen, sie war gerade unterwegs. Hätte er sich mal besser angekündigt! Dann wäre sie zu Hause gewesen und nicht die Stufen im Park hinuntergefallen.«

Mir schnürte sich die Kehle zu.

»Dann ist sie am selben Tag gestürzt?«

»Genau. Furchtbar, das Ganze.«

»Wann genau ist es passiert? Also in welchem Monat?«, hakte ich sofort nach. Sollte es nämlich kein Unfall gewesen sein …

»Es war Anfang Mai. Danach ist nur noch ein Artikel von ihr erschienen. Sie war ja bei der Zeitung! Eine Journalistin! Warten Sie!« Die Frau verschwand kurz, kam aber gleich darauf mit einer Zeitungsseite wieder. Sie reichte uns die Seite. Den Artikel kannten wir. Mein Herz schlug unwillkürlich schneller.

»Es tat mir so leid, weil ich wusste, wie viel Zeit Frau Minkner dort hineingesteckt hat. Aber immerhin konnte er noch gedruckt werden.« Die Frau schürzte die Lippen.

Leone atmete einmal schwer, er musste genauso aufgeregt sein wie ich. Die Nachbarin schien jedoch völlig arglos, es war wohl besser, wenn das so blieb.

»Wie sah der Typ denn aus?«, hakte Leone mit betont ruhiger Stimme nach.

»Unauffällig. Ich habe wegen der Kappe nicht viel gesehen, und er hat nur einmal geklingelt und ist sofort wieder verschwunden. Mich hat er wahrscheinlich gar nicht bemerkt. Aber warum ist das wichtig?«

»Nur so«, sagte ich schnell. »Hätte ja sein können, dass es jemand aus der Familie war.«

Einen Moment lang betrachtete die Frau uns wortlos. Ich bemühte mich, ihren Blick zu erwidern. Kaufte sie uns die Story ab?

»Sie hat sich von dem Sturz nicht mehr erholt. Es ist ein Wunder, dass sie noch lebt«, sagte sie schließlich. Ihre Sensationsgier hatte gesiegt.

»Und dann ausgerechnet im Park bei den Steinstufen! An ihrem Lieblingsplatz. Da ist es um die Tageszeit sehr einsam. Darum war sie da ja täglich. Um sich zu sammeln, hat sie gesagt.« Die Nachbarin rieb sich die Nase. »Das hätte wirklich noch übler ausgehen können. Die sind so steil, diese Treppen. Zum Glück hat jemand ihren Schrei gehört, sodass sie zumindest schnell gefunden wurde.«

»Wie schwer verletzt war sie denn?«, fragte ich.

»Sie sitzt seitdem im Rollstuhl. Na ja, und ist seit dem Unfall etwas wirr.«

Das waren wichtige Informationen. Traurig und zugleich beunruhigend.

»Wie alt war der Mann ungefähr?« Mein Herz hämmerte wie verrückt. Ich musste das wissen, denn ich konnte nicht glauben, dass das alles Zufall sein sollte.

Und wenn es jemand aus Mückemoor war, musste ich ihn kennen.

»Min Deern, so genau habe ich, wie schon gesagt, nicht hingesehen. Ein Mann eben. Ich habe dem Kerl nur hier vom Fenster aus gesagt, dass Frau Minkner nicht zu Hause ist, weil sie ihre tägliche Spazierrunde im Park dreht, und dann ist er verschwunden.«

Leone schaute mich an, und ich zuckte mit den Schultern. So kamen wir nicht weiter.

»Danke!«, antwortete ich. »Wir grüßen Frau Minkner von Ihnen. Wir wollen sie wirklich nur besuchen. Dann schauen wir mal, ob sie sich über unser Auftauchen freut, wenn wir ihr liebe Grüße von Mama ausrichten.«

Ich winkte hinauf, und Leone schenkte der Nachbarin immerhin ein Lächeln, das aber etwas verrutscht wirkte.

Leone knetete nervös die Hände, und wieder beschlich mich das Gefühl, dass er längst nicht so cool war, wie er tat.

»Das machen Sie mal, auch wenn ich nicht sicher bin, ob sie das versteht«, sagte die Nachbarin noch. Sie schloss das Fenster nachdrücklich, wir spürten ihre Blicke aber förmlich im Nacken.

Auf dem Gehweg blieben wir unschlüssig stehen.

»Du wirkst genauso angespannt wie ich«, sagte ich.

»Wir vermuten wohl dasselbe«, quetschte Leone zwischen den Zähnen hervor. »Es ist doch wirklich eigenartig, dass ausgerechnet die Redakteurin verunglückt, die sich als Einzige für meine Nonna interessiert hat.«

»Ja, es scheint, als wäre ihr Sturz kein Zufall gewesen«, bestätigte ich. »Wenn das stimmt, dann wollte der Täter die Veröffentlichung verhindern, ist aber zu spät gekommen.«

»Also wusste er davon, wahrscheinlich, weil sie ihn interviewt hat oder interviewen wollte.«

Leone sah mir in die Augen. »Ich fürchte, wir haben uns soeben auf sehr gefährliches Terrain begeben. Weitermachen oder lieber doch nicht?«

»Was meinst du?«, fragte ich, um Zeit zu gewinnen.

Leone zögerte. »Ich kann nicht aufgeben. Aber …« Er umfasste sanft mein Kinn und kam mir mit seinem Gesicht so nahe, dass mich sein Atem kitzelte. Unsere Blicke verschmolzen ineinander. »Ich mag dich, Elsa. Mehr, als ich es eigentlich möchte, und ich kann verstehen, wenn du jetzt einen Rückzieher machst. Wahrscheinlich wäre es das Beste, denn ich würde wahnsinnig werden, wenn dir etwas zustößt.«

Leone ließ mich abrupt wieder los, fast als wäre er über seine Worte selbst erschrocken.

Ich musste nicht lange nachdenken. »Ich mag dich auch«, sagte ich und war froh, dass meine Stimme nur ein kleines bisschen zitterte. »Und ich lasse dich nicht allein. Dazu bin ich schon zu weit gegangen. Ich möchte selbst wissen, was passiert ist. Und ich möchte an deiner Seite sein.«

Leone wirkte tatsächlich etwas überrascht, aber er versuchte nicht weiter, mich von meinem Entschluss abzubringen. Er räusperte sich nur kurz und fragte dann: »Weißt du, wo dieses Heim ist?«

»Ja, da wohnt auch die Oma von Jonas.« Ich musterte Leone. »Ist zum Glück nicht weit. Mal sehen, ob die uns reinlassen. Wir sind denen fremd, und ich weiß nicht, ob die das stärker kontrollieren als die gute Nachbarin eben, die sich ein X für ein U hat vormachen lassen.« Ich stieß ihn in die Seite. »Du bist also mein Freund.«

Er grinste breit und war zum Glück wieder der Alte. »Was Besseres fiel mir nicht ein, und sie hat es geschluckt.«

»Alles gut«, sagte ich. Mir gefiel der Gedanke durchaus, aber das musste er nicht wissen.

19

Das *Heim der guten Engel* war in einem Bau aus der Gründerzeit untergebracht. Es war weiß gestrichen und zumindest im Eingangsbereich mit einem Glasvorbau modernisiert worden.

Wir traten wie selbstverständlich ein, wurden aber, wie erwartet, sofort von einer Pflegerin aufgehalten. »Wohin möchten Sie?«

»Zu Frau Minkner. Wir sind Verwandte und wollen sie gern besuchen«, erklärte ich.

Über das Gesicht der Pflegerin glitt ein Lächeln.

»Ich bin Schwester Dagmar. Na, da wird sie sich aber freuen. Sonst bekommt sie kaum Besuch. Nur ab und zu von ihren ehemaligen Kollegen und früher von der Nachbarin. Aber wirklich arg selten.« Sie musterte uns von oben bis unten. »Sie waren noch nie bei ihr, oder?«

Ich schüttelte den Kopf. »Nein, wir kommen von weiter her. Meine Mutter ist ihre Cousine. Nun waren wir in der Gegend – wir trampen ein bisschen durchs Land –, da bat mich meine Mutter, mal bei Tante …« Mist, nun hatte ich den Vornamen vergessen, aber wieder half mir Leone aus der Patsche, indem er mich unterbrach und den Satz vollendete: »Tante Gerda vorbeizuschauen und zu gucken, wie es ihr geht.«

Damit gab sich Schwester Dagmar glücklicherweise zufrieden.

»Ich möchte Sie allerdings vorwarnen. Manchmal sagt Frau Minkner eigenartige Dinge.« Sie nickte freundlich und brachte uns zum Zimmer. Schwester Dagmar klopfte an und öffnete die Tür.

Frau Minkner war älter, als ich erwartet hatte. Sie saß auf einem Sessel und schaute aus dem Fenster in den Park mit den wunderbar bunt gefärbten Blättern.

»Moin«, begrüßte ich sie und tat so, als würden wir uns schon ewig kennen. Ehrlich gesagt kam ich mir bei all der Lügerei schlecht vor. Aber der Zweck heiligt die Mittel, wie man so schön sagt. Ich hoffte, unsere Farce würde nicht gleich auffliegen, weil Frau Minkner doch einen klaren Moment hatte.

Sie wandte aber nur kurz den Kopf und nickte fast unmerklich. Die Pflegerin verließ den Raum.

Leone fühlte sich bei der ganzen Sache anscheinend genauso unwohl wie ich, er rang sich ein »Ciao« ab.

Ich bemühte mich trotz allem um Lockerheit, zog mir einen Stuhl heran und setzte mich neben die Frau.

Sie reagierte kaum und schaute stur aus dem Fenster.

»Frau Minkner, wir sind hier, weil uns ein paar Fragen auf der Seele brennen. Sie haben mal über Maria Greco geschrieben. Sie ist vor vielen Jahren aus Mückemoor verschwunden, und keiner weiß, was aus ihr geworden ist. Was wissen Sie über sie?«, fragte ich.

Frau Minkner erstarrte und machte sich steif. Dabei riss sie die Augen auf und öffnete den Mund.

»Das hier ist Marias Enkel. Er sucht seine Oma!«, erklärte ich, in der Hoffnung, sie aus der Reserve zu locken. Aber Frau Minkner saß nach wie vor wie versteinert da.

»Maria Greco«, wiederholte ich. »Ihr Name war Maria Greco!«

Mit einem Mal kam ein schmerzerfüllter Ton aus Frau Minkners Mund. Sie klang wie ein geprügelter Hund.

»Moor! Moor!«, brachte sie hervor. »Es holt alle. Immer. Geht, bevor es zu spät ist! Er ist überall. Überall!«

Und dann begann sie, so laut zu schreien, dass sich kurz darauf die Tür öffnete und Schwester Dagmar hereinkam.

»Was haben Sie getan?«, fuhr sie uns an.

»Nichts. Wirklich nichts«, verteidigte ich mich.

»Frau Minkner, beruhigen Sie sich doch!« Die Pflegerin strich ihr über die Wange, und schon bald wurde sie umgänglicher.

»Kommen Sie bitte mit«, forderte Schwester Dagmar uns auf.

»Hat sie das öfter?«, fragte Leone sofort, bekam aber keine Antwort.

Wir mussten der Pflegerin ins Büro folgen.

Auf dem Weg dorthin kam uns Jonas' Opa entgegen. Er war sehr überrascht, und das nicht positiv. »Was machst du hier, Elsa?«, fragte er mit scharfer Stimme.

»Ach, Herr Janßen. Die beiden haben Frau Minkner besucht«, antwortete Schwester Dagmar sofort, als ob sie unbedingt verhindern wollte, dass jemand unsere Lüge mitbekam.

»Frau Minkner?«, hakte Jonas' Opa nach. »Wieso besucht ihr diese Zeitungstante?«

Wieder mischte sich die Pflegerin ein. »Wir müssen, Herr Janßen. Ihre Frau wartet sicher schon!«

Jonas' Opa schaute uns nach, und mir war bei seinen Blicken ganz mulmig.

Schwester Dagmar beschleunigte den Schritt, bis wir das Büro erreicht hatten.

»Bitte nehmen Sie Platz!«, forderte sie uns auf. »Ich darf Ihnen nicht viel sagen, weil ich der Schweigepflicht unterliege, aber dass Frau Minkner diesen schlimmen Unfall hatte, weiß jeder. Seitdem glaubt sie sich von jemandem aus dem Moor verfolgt. Haben Sie etwas in der Richtung verlauten lassen?«

»Wir haben sie nur nach meiner verschollenen Großmutter gefragt«, gab Leone zu. Er knetete seine Hände. »Frau Minkner hat mal über sie geschrieben.«

Die Pflegerin seufzte. »Ach, dann gibt es auch noch diese Verbindung zwischen Ihnen. Da haben Sie wohl versehentlich den falschen Knopf gedrückt. Sie hat sich in ihrem bekanntesten Artikel mit vielen Vermissten auseinandergesetzt. Ich fand das ungemein spannend. Es ist verrückt, wie Leute einfach verschwinden können, ohne auch nur eine Spur zu hinterlassen. Leider ist sie dann kurz vor der Publikation verunglückt, und etwas in ihrem Kopf scheint ihr ständig zuzuflüstern, dass es ein Moorgeist war, der das verschuldet hat. Ich weiß, dass es Gerüchte gab, sie glaube nicht an ein freiwilliges Verschwinden, sondern dass jemand Maria Greco extra ins Moor gelotst oder ihr etwas anderes angetan habe.« Sie seufzte. »Es wird ja so viel geredet!«

»Das wurde in der Stadt erzählt?«, hakte Leone sofort nach.

»Ich weiß das auch nur von meiner Mutter. Sie hat die Storys von Frau Minkner in der Presse gern verfolgt. Vermissten haftet immer ein Mythos an, und dafür war meine Mutter sehr empfänglich.« Nun wirkte Schwester Dagmar verlegen. »Dass Frau Minkner kurz nach der intensiven Recherche dann auch noch verunglückt ist, war für meine Mutter natürlich die Sensation, und es hat ihre Vermutung genährt, dass es nicht mit natürlichen Dingen zugegangen sein könnte.«

Schwester Dagmar machte erneut eine Pause. »Es ist besser, Sie lassen sie jetzt in Ruhe.« Dann musterte sie uns. »Sie sind gar keine Verwandten, oder?«

Es war an der Zeit, Farbe zu bekennen. »Nein«, gab ich zu. »Wir suchen wirklich nur Leones Oma und sind bei unseren Recherchen auf den Artikel und Frau Minkner gestoßen.«

»Gut finde ich es nicht, dass Sie mich belogen haben«, maßregelte Schwester Dagmar uns. »Und die Aufregung hätte ich Frau Minkner gerne erspart.«

»Entschuldigung«, sagte Leone zerknirscht. »War blöd. Ich wusste keinen Ausweg. Frau Minkner war die einzige Verbindung zu meiner Nonna.«

»Schon gut. Aber noch einmal kann ich Sie unmöglich zu ihr lassen. Sie können froh sein, dass ich Sie nicht anzeige. Wegen Hausfriedensbruch.«

»Ja, sorry«, sagte ich nun auch.

Wir wollten gerade gehen, als ich mich im Türrahmen noch einmal umdrehte. »Darf ich trotzdem noch etwas fragen?«

»Eigentlich nicht.« Schwester Dagmars Stimme klang deutlich schärfer.

»Bitte!«

Sie sah mich fragend an.

»Jemand muss doch ermittelt haben, wenn ein Mensch verschwindet. Wer war damals der zuständige Kommissar? Wissen Sie das?«

»Herr Müller«, sagte sie. »Er lebt noch immer in der Stadt, hier kennt ja jeder jeden.« Sie wurde schon wieder umgänglicher. »Er wohnt in der Straße, die am Kreisel neben der Schule abgeht. In diesem großen weißen Haus. Ich hoffe, das hilft Ihnen weiter. Mich hat das Verschwinden dieser Frau sehr berührt. Ich war fünf, als es geschehen ist, und damals dachte ich ständig, dass auch meine Mama vielleicht einfach so nicht mehr da sein könnte.«

»Danke!« Das war doch mal eine coole Info, es würde uns sicher weiterbringen.

Wir waren froh, das Heim wieder verlassen zu können.

Trotzdem blieb ein schales Gefühl, wenn ich an die arme Frau Minkner dachte, die durch den Angriff offenbar traumatisiert worden war.

Leone schien es ähnlich zu gehen. »Eine schlimme Sache. Bist du immer noch sicher, dass du es mit mir durchziehen willst?«

»Ja«, bestätigte ich. »Aber heute schaffe ich es nicht mehr zum Kommissar. Ich muss Pegasus gleich noch bewegen. Ab morgen haben wir wieder den ganzen Tag Schule, da wird es mit dem Reiten ohnehin knapp.«

Leone nickte. »Dann los zum Bus! Immerhin haben wir jetzt noch zwei weitere Möglichkeiten, etwas herauszufinden.«

»Opa Kurt und Herr Müller!«

»Und wir sollten Herrn Janßen im Auge behalten«, meinte Leone. »Ich sag nur: Wenn Blicke töten könnten!«

Leider musste ich ihm recht geben. Es wurde immer verzwickter.

Leone schaute auf die Uhr. »Der Bus fährt in circa zehn Minuten. Also los!«

Wir waren noch nicht weit gekommen, als plötzlich neben uns ein Auto hupte.

»Hey, das ist mein Opa!«, rief ich erfreut aus. »Er wollte doch erst morgen zurückkommen. Dass er sich eher auf den Weg macht, davon hat er am Telefon gar nichts gesagt.«

Der Wagen hielt neben uns, und mein Opa ließ das Fenster herunter.

»Was macht denn ihr hier?«, fragte er. »Hat es mit der Großmutter zu tun, von der du mir am Telefon erzählt hast?«

»Lange Geschichte. Erzähl ich dir zu Hause«, wiegelte ich ab. Ich wollte erst in Ruhe mit Leone über alles reden, meine Gedanken sortieren und mich mit ihm darüber abstimmen, wie wir wegen des Kommissars weiter vorgehen sollten.

»Denn man tau. Steigt ein. Musst du heute gar nicht trainieren?«

»Doch, gleich. Heute bleib ich in der Halle. Wird ja schon bald dunkel.«

»Und wohin muss der junge Mann?« Mein Opa nickte Leone freundlich zu. »Ich darf Sie doch auch mitnehmen? Ich bin Opa Kurt.«

»Leone. Und ›du‹«, beeilte er sich zu sagen. »Ich muss zur *Linde*.«

Wir stiegen ein, ich setzte mich nach vorn zu Opa, Leone auf die Rückbank.

»Da bin ich wirklich neugierig, was euch Wichtiges zusammen in die Stadt treibt, dass du dafür sogar dein Training verschiebst.«

Opa Kurt legte den ersten Gang ein.

»Erzähl ich dir. Versprochen! Nun sag du aber, ob du ein Stutfohlen für Mieke gefunden hast!«

Es war sicher gut, erst auf unverfängliche Themen auszuweichen.

Opa war tatsächlich fündig geworden, und er reichte mir sein Handy, auf dem ein paar Bilder zu sehen waren. Es handelte sich um eine zarte Rappstute mit weißen Fesseln. Mieke würde sicherlich begeistert sein.

Es dauerte nicht lange, bis wir zurück in Mückemoor waren.

»Wir schreiben uns«, sagte ich, als Leone an der *Linde* ausstieg.

Er winkte nur kurz und verabschiedete sich mit einem Dankeschön von meinem Opa.

Am Stall erwarteten uns Jonas und Mieke.

»Endlich!«, stieß Mieke aus. »Du bist spät.«

»Sie war mit Leone in der Stadt«, sagte Jonas. »Mein Opa hat mich sofort angerufen. Sie waren in Omas Heim.« Dann ging er mit gesenktem Kopf zurück in den Stall, drehte sich noch einmal um und meinte: »Komisches Rendezvous.«

20

»Mann, warum hat es so lange gedauert?«, fragte Mieke, als wir die Pferde draußen putzten. »Es ist schon halb sechs, viel Zeit bleibt uns nun nicht mehr!«

»Ich war mit Leone unterwegs, das weißt du doch. Und es hat sich unglaublich viel Neues ergeben«, verteidigte ich mich, obwohl ich gar nicht vorhatte, mich zu entschuldigen.

Inzwischen hatte sich auch Jonas wieder zu uns gesellt, doch seine Miene war nach wie vor düster.

Ich war so voll von meinen neuen Erkenntnissen, dass ich alle Vorsicht außer Acht ließ und kurz zusammenfasste, was wir in der Stadt und im Heim erlebt hatten.

Jonas wurde blass. »Er sucht seine Oma? *Deshalb* ist er im Dorf? Ihr hattet gar keine Dates?«

»Nein, habe ich doch immer gesagt«, antwortete ich knapp und musterte ihn. Jonas war sichtbar aufgewühlt, und in mir kroch die Ahnung hoch, dass er nicht die Wahrheit sagte. War er wirklich überrascht oder nicht doch längst über die wahren Beweggründe von Leone informiert?

»Bist du verrückt? Was soll der Scheiß, da im Altenheim

aufzukreuzen und Detektivin zu spielen?« Was war nur mit Jonas los? Klar war das eine überstürzte Aktion gewesen und, wie mir im Nachhinein nun klar war, auch nicht wirklich rücksichtsvoll. Seine Reaktion fand ich dann aber doch überzogen.

»Unsere Sache«, wiegelte ich ab und ärgerte mich, dass ich mit meinem Bericht nicht gewartet hatte, bis Jonas außer Hörweite war.

»Bitte behalte es für dich«, bat ich ihn. Nun war es zu spät: Er wusste Bescheid und unter Umständen mehr, als für Leone und mich gut war. Mein alter Kinderfreund war mir plötzlich unglaublich fremd.

Also verlegte ich mich aufs Argumentieren. »Mann, wir haben eine Redakteurin gefunden, die Leone hätte weiterhelfen können«, sagte ich. »Leider ist sie ein bisschen verwirrt und ausgeflippt. Hat was vom Moor gefaselt und – uns gewarnt.«

»Meinst du, sie weiß tatsächlich mehr?«, hakte Mieke nach. »Das wäre ja vollkommen verrückt!« Ihr Unmut schien schon wieder verraucht.

Ich zuckte mit den Schultern. »Könnte zumindest sein. Wenn sie mal eine klare Phase hat, ließe sich vielleicht mehr herausfinden. Aber wir dürfen nicht mehr ins Heim, weil eine der Schwestern uns auf die Schliche gekommen ist. Wir hatten uns nämlich als Verwandte ausgegeben.«

»Typischer Elsa-Move«, kommentierte Mieke und musste kurz lachen, wurde aber sofort wieder ernst. »Ich möchte euch auch helfen«, erklärte sie. »Es kann doch nicht sein, dass in unserem Dorf jemand verschwindet, und angeblich hat es keiner bemerkt.«

Auch wenn Mieke den Zeitungsartikel entdeckt hatte, war

ich nun doch überrascht, dass sie uns unterstützen wollte. Immerhin war sie eher skeptisch gewesen, was Leone und seine Motive anging. »Das freut mich echt.«

Jonas spuckte auf den Boden und verrieb den Schaum mit der Schuhspitze. »Ihr seid doch komplett durchgeknallt. Mann, meine Oma lebt in diesem Heim, und ihr turnt da undercover rum. Total übel. Was soll der Mist? Ich geh lieber arbeiten. Kommst du nachher noch mit in die *Linde*, Mieke? Wenn du deinem Onkel ausreichend gratuliert hast?«

Er überging mich direkt, und ich war froh darüber. Keine Ahnung, was mit ihm los war, aber das konnte ich gerade nicht gebrauchen.

Er schaute mich gar nicht mehr an.

»Ich komm nachher«, antwortete Mieke ihm. »So gegen acht, dann kann ich mich beim Geburtstag loseisen. Aber nur kurz, okay?«

Sie schaffte es nicht ganz, ihre Freude zu verbergen. Dafür kannte ich sie viel zu gut. Ich entspannte mich ein bisschen. Das konnte man doch fast ein Date nennen – jetzt musste Jonas nur endlich mal merken, wie toll Mieke war.

Sie warf einen Blick auf die Uhr. »Ich muss gleich weg. Ich komme aber noch kurz mit zur Halle.«

Mieke wollte also etwas loswerden.

Ich holte Pegasus, den Jonas schon wieder versorgt hatte, und führte ihn über den Hof.

»Wie kommt es, dass du nun doch auf meiner Seite bist?«, fragte ich, als ich sicher war, dass Jonas uns nicht mehr hören konnte.

»Erst dachte ich ja, dass du einer Lüge aufgesessen bist,

aber als ich den Artikel gelesen habe und dann bei deiner Erzählung eben feststellen musste, dass die Redakteurin offenbar Angst hat … Ehrlich gesagt ist mir das unheimlich.«

Sie klopfte Pegasus' Hals. »Ich konnte mich vorhin gar nicht aufs Training konzentrieren. Du fehlst mir.«

»Ist ja bald vorbei«, tröstete ich meine Freundin. »Aber fandest du Jonas' Reaktion eben nicht auch merkwürdig?«

Mieke nickte. »Ich glaube, er hat Angst, dass sein Großvater in die Geschichte verstrickt sein könnte. Immerhin wettert der bis heute gegen alles, was ihm fremd ist. Ich habe mal mitbekommen, dass er die Italiener noch immer aufs Übelste beschimpft. Leones Oma war eine Ausländerin. Vielleicht mochte er sie auch nicht, und es kann sein, dass es in Mückemoor bekannt war.«

Mir lief es eiskalt den Rücken herunter. Mieke vermutete also Ähnliches wie ich. »Du meinst, sein Großvater könnte etwas mit dem Verschwinden zu tun haben?«

Ich dachte an sein scharfes Nachfragen vorhin im Heim. Dachte sofort an den Mann mit dem Käppi. »Jonas trägt auch Käppi«, entfuhr es mir.

Genau wie Ralf. Und Paul. Miekes Vater. Dein Opa!

Es gab nun mal Hunderte von Männern in der Gegend, die Käppis trugen. Ich versuchte, mich wieder auf Mieke zu konzentrieren und mich nicht von meinem Gedankenkarussell ablenken zu lassen.

»Bei seinem Opa weiß ich es nicht. Er ist ein komischer Kauz. Aber Jonas? Nein, das kann ich mir irgendwie auch wieder nicht vorstellen«, sagte sie. »Ich glaube nur, dass er genau davor Angst hat. Stell dir vor, dein Opa hätte ein Menschenleben auf dem Gewissen, und das käme in einem so kleinen Dorf wie Mückemoor raus.«

»Ein Spießrutenlaufen.« Ich nickte. »Das wäre übel.«

»Eben.«

Wir schwiegen eine Weile.

»Opa Kurt ist zurück«, sagte ich dann. »Ich frag ihn nachher mal, was er von damals weiß. Dass etwas im Busch ist, ahnt er schon, weil ich ihn angerufen und behutsam vorgefühlt habe. Und wir werden sicher noch mit dem alten Kommissar reden. Bin gespannt, was der erzählt.«

»Darf ich zu Opa Kurt mitkommen?«, fragte Mieke.

»Du legst dich jetzt aber ganz schön ins Zeug«, sagte ich grinsend. »Klar. Aber was ist mit dem Geburtstag von deinem Onkel? Ich denke, da musst du unbedingt hin?«

Mieke grinste verlegen. »Ich fahre jetzt hin und bin in einer halben Stunde zurück. Ist ohnehin immer so eng bei ihm in der Wohnung. Dann schaffe ich auch noch mein ›Date‹ mit Jonas. Man muss Prioritäten setzen«, fügte sie mit ernster Stimme hinzu. »Bis gleich!«

»Moment«, hielt ich sie auf.

»Was ist?«

»Ich wünsch dir Glück mit Jonas. Ehrlich!«

»Danke. Ich bin so froh, dass er mich gefragt hat.«

»Gut, dann wird jetzt trainiert, sonst läuft auch mir die Zeit davon.«

Mieke winkte zum Abschied, und ihr Schritt wirkte merklich beschwingt. Ich hoffte so sehr, dass es mit ihr und Jonas was würde. Und dass er nicht in der Sache drinsteckte.

Ich versuchte, mich zu konzentrieren, und bewegte Pegasus

so lange, bis ich am Ende mit unserer Leistung zufrieden war. Ich kontrollierte seine Puls- und Atemfrequenz und führte ihn schließlich trocken. Zum Schluss schaute ich noch, ob die Boxen ordentlich verschlossen waren und die Pferde zufrieden ihre Abendmahlzeit kauten.

»Nun ab zu meinem Opa.«

21

Opa Kurt saß in der Stube seiner Einliegerwohnung, die sich im rechten Flügel des Gutshofes befand. Als Mieke und ich eintraten, schob er gerade eine goldene Blechkassette zurück in die Schublade und schloss sie ab. Den Schlüssel steckte er in die Hosentasche.

»Ich habe schon gewartet«, sagte er. Ob er erstaunt war, dass Mieke mich begleitete, konnte ich nicht erkennen, aber ungewöhnlich war es nicht, dass wir im Duo aufkreuzten.

Er war wie immer gut drauf.

»Schön, dass ihr da seid! Möchtet ihr was trinken?«

Bei Opa Kurt gab es immer selbst gemachte Zitronenlimonade, also nickten wir.

Wir setzten uns an den weißen Esszimmertisch – ein wahres Monstrum, das einen Großteil des Raumes ausfüllte, obwohl Opa dort meist allein saß. Aber er brauchte noch immer das Gutsherrenfeeling.

Das Feuer knisterte im Kamin, und die Wanduhr ließ ihr Pendel gleichmäßig hin- und herschwingen. Bei Opa war es immer total gemütlich.

Mieke und ich warteten, bis er das Sprudelwasser gebracht hatte. Er selbst schenkte sich auch ein Glas ein. Dann lehnte er sich zurück und schlug die Beine übereinander.

»Nun raus mit der Sprache! Um was geht es, und warum treffe ich dich in der Stadt an, wo du doch sonst verbissen trainierst? Es muss sich um etwas sehr Wichtiges handeln, und ich ahne, worum es geht.«

Ich nickte und fasste alles kurz zusammen.

Opa Kurt verstand sofort, warum wir gekommen waren.

»Nun wollt ihr zwei sicher wissen, was damals los war«, sagte er sofort. »Ich sehe es euch an der Nasenspitze an.«

»Genau. Kanntest du Leones Oma vielleicht?«, fragte ich.

Opa Kurt drehte sein Glas zwischen den Fingern und schien eine Weile zu überlegen, wie er beginnen sollte. »Ja, ich erinnere mich, auch wenn es schon lange her ist. Ich will versuchen, euch zu helfen.«

Hatte ich es doch gewusst! Auf Opa war Verlass.

»Das war damals eine vertrackte Geschichte. Maria Greco hat in der *Linde* gearbeitet …«

»Dann kanntest du sie tatsächlich?«, fiel ich ihm ins Wort.

Er nickte. »Sie war sehr fleißig, hielt sich allerdings zurück, was Kontakte zu den anderen Dorfbewohnern anging. So wie alle Arbeiterinnen auch. Eigentlich schade, aber sie sind in Mückemoor immer Fremde geblieben.«

»Du kanntest sie also gar nicht richtig?«, fragte ich enttäuscht. Das wäre wohl auch zu einfach gewesen.

Er wiegte den Kopf. »Ich war zu der Zeit ja schon mit deiner Oma verlobt, und es galt ohnehin als unschicklich, sich näher mit einer Gastarbeiterin einzulassen. Schon einfache

Gespräche galten als verwerflich. Du weißt ja, wie schnell hier Gerüchte entstehen, das war damals noch viel schlimmer. Andere Zeiten eben. Da habe ich natürlich lieber Abstand gehalten. Im Gegensatz zu vielen anderen Männern, denn Maria war eine echte Schönheit.«

Wie Leone, schoss es mir durch den Kopf.

»Merkwürdige Zeiten«, murmelte Mieke. »Allein das Wort! Unschicklich – wie das schon klingt!«

Opa Kurt schmunzelte. »Da war man auf dem Dorf eigen. Die Gastarbeiterinnen waren eine Gruppe für sich, genau wie die paar Männer, die auch hier gearbeitet haben.« Er dachte kurz nach. »Nach Feierabend hat sie oft mit den anderen Arbeiterinnen auf dem Marktplatz zusammengesessen«, sagte er und grinste. »Zum Ärger der Mückemoorerinnen, weil sich ihre Männer dann gern auch dort aufhielten. – Die Frauen haben sie verabscheut, weil sie sie als Konkurrenz empfunden haben.«

Opa Kurt trank einen Schluck Sprudel und leckte sich genüsslich die Lippen. Ich weiß nicht, wie viel er von dem Zeug ständig in sich hineinschüttete. »Maria war die Hübscheste von allen und dann auf einmal verschwunden. Keiner wusste, wohin sie gegangen war. Das kleine Zimmer hatte sie leer geräumt, aber seltsamerweise ihre Lohnzahlung nicht abgewartet.«

Ich krauste die Nase. Es klang so unvorstellbar, dass eine junge Frau spurlos das Weite suchte. Und wenn sie sich ein neues Leben aufbauen wollte, wieso hatte sie dann ihr hart verdientes Geld nicht mitgenommen? Das ergab doch keinen Sinn! Ein bisschen war ich auch enttäuscht, weil Opa Kurt nichts von einem Vorfall oder dergleichen wusste, der vielleicht erklären könnte, warum sie verschwinden wollte.

»Kann es denn sein, dass sie im Moor geblieben ist?«, hakte Mieke nach. »Also, dass sie sich umgebracht hat oder so?«

»Und zuvor hat sie ihr Zimmer geräumt?« Opa Kurt schüttelte den Kopf. »Das wäre nur sinnvoll, wenn sie nicht wollte, dass jemand herausfindet, dass sie nicht länger leben wollte. Das kann ich nicht ausschließen. Genauso wenig wie die Vorstellung, dass sie sich einfach verlaufen hat.«

»Hat denn nie jemand nach ihr gefragt?« Mieke schienen ähnliche Gedanken durch den Kopf zu gehen wie mir. Sie war aufgestanden und betrachtete die aufgestellten Familienfotos.

»Doch, ihre Schwester. Die lebte damals wohl noch in Bardolino, und sie hatte die Verantwortung für Maria Grecos Tochter. Und natürlich war auch die Polizei da. Und später die Presse.«

Mieke setzte sich wieder und fragte: »Und es ist wirklich nichts dabei herausgekommen?«

»Nein. Es gab keine Leiche, keine Hinweise, keinen Abschiedsbrief, niemand, der sie wirklich gekannt hatte. Es gab nichts zu ermitteln. Maria Greco hatte sich quasi in Luft aufgelöst. Der Fall wurde schnell zu den Akten gelegt. Warum hätte er auch weiterverfolgt werden sollen?«

Opa Kurt hob bedauernd die Schultern. »Es tut mir wirklich sehr leid, euch und dem jungen Mann nicht weiterhelfen zu können. Und ich befürchte auch, dass es nach so vielen Jahren arg schwierig wird, fündig zu werden. Selbst diese Journalistin, die ihr aufgesucht habt, hat nichts herausfinden können, und sie war sehr hartnäckig. Sie hat hier alle interviewt, die auch nur ansatzweise mit Frau Greco zu tun hatten. Nur was sollte sie nach sechzig Jahren mehr erfahren, als damals ermittelt wurde?«

Was Opa Kurt erzählte, kam mir sehr plausibel vor.

»Es war nicht ungewöhnlich, dass jemand nicht zurück nach Italien gegangen ist. Wer weiß, womöglich hatte sie eine heimliche Liebschaft, der sie damals gefolgt ist. Wenn es ein gut situierter Mann war, dann wäre ihr ein komfortables Leben gewiss gewesen. Wie gesagt – wir wussten zu wenig über sie.«

Opa nahm wieder einen Schluck und fuhr fort. »Damals war Integration kein solches Thema wie heute. Jeder blieb hübsch für sich. Es gab kaum Berührungspunkte.«

»Ich finde es trotzdem schräg«, sagte Mieke und warf einen Blick zu Opas Kommode, wo er all seine alten Bilder aufgestellt hatte. »Da leben Menschen in unserem winzigen Popeldorf, und keiner bekommt mit, wenn sich jemand absetzt. Heute darf keiner laut husten, ohne dass es die Runde macht. Das kann ich mir ehrlich gesagt nicht vorstellen.«

Opa Kurt seufzte schwer. »Es waren andere Zeiten. Dennoch bleibt es eine mysteriöse Geschichte. Mückemoor war arg in Aufruhr, als es passierte und die Gerüchteküche anfing zu brodeln. Es war schließlich alles möglich. Sogar Mord, aber davon ist die Polizei schnell wieder abgerückt, weil es keine Leiche gab und nichts darauf hindeutete.«

»Ist denn das Moor durchsucht worden?«, fragte ich.

»Ja, schon, aber du weißt, wie groß es ist. Und sie haben jetzt auch nicht gerade mit einem Riesenaufgebot gesucht. Jeder ging davon aus, dass Maria Greco freiwillig gegangen war.«

Opa Kurt zögerte. »Bei Jonas' Opa haben sie tatsächlich die Scheune durchkämmt. Er hat sich etwas diffus verhalten. Einerseits auf die Leute gewettert, andererseits war er dafür bekannt, dass er gern hingeschaut hat. Das war ein offenes Geheimnis. Rausgekommen ist nichts. Das hätte mich auch gewundert, Heino Janßen ist ein integrer Mann.«

Ich schwieg, für mich ergab diese Info ein weiteres Puzzleteil, das ich zumindest nicht aus den Augen verlieren wollte. Zu viele Fäden liefen bei Jonas und seiner Familie zusammen.

Mieke setzte sich wieder.

»Eine Frage bewegt mich noch«, sagte ich in die Stille hinein.

»Und die wäre?« Mieke zog die Brauen hoch.

»Was ist, wenn Frau Minkner im Park nicht verunglückt ist, sondern ihr dieser Mann mit der Kappe etwas angetan hat, weil er die Veröffentlichung des Artikels um jeden Preis verhindern wollte? Oder weil sie doch noch mehr wusste, es nur nicht beweisen konnte?«

Opa Kurt tätschelte meine Hand. »Elsa, du guckst eindeutig zu viele Krimis.«

»Kannst du es denn ausschließen?«, beharrte ich.

»Natürlich nicht, aber es klingt hanebüchen.«

Mieke kicherte. »Schon wieder so ein wunderbares altes Wort. Hanebüchen!«

Opa Kurt stand auf. »Und jetzt gehen wir zum Abendessen nach unten. Deine Mutter wartet.«

»Und ich husche in die *Linde* zu Jonas.« Mieke strahlte übers ganze Gesicht. Hoffentlich würde sie nicht enttäuscht werden.

22

Ich schrieb Leone gleich nach dem Abendessen, was mein Opa erzählt hatte. Bestimmt saß er wie auf heißen Kohlen und wartete auf meinen Bericht.

Seine Antwort kam sofort.

Ich habe mal wieder Post bekommen.

Er schickte gleichzeitig ein Foto mit. *Verschwinde aus Mückemoor und lass ruhen, was vorbei ist. Sonst wirst du es bereuen.*

Mann, was soll das? Wer ist dieser Mensch? Mann? Frau?

Keine Ahnung. Ich nehme das erst mal hin, denn es ändert nichts. Jetzt erst recht.

Es gibt wohl kein Zurück.

Never!

Themenwechsel: Danke, dass du mit deinem Opa gesprochen hast. Ich finde raus, was damals mit Frau Minkner passiert ist. An ein Unglück glaube ich nämlich nicht. Und es klingt mir zu harmlos, was dein Großvater erzählt.

Letzteres kommentierte ich nicht, weil ich Opa Kurt vertraute. Mich interessierte eher, ob Leone schon weitergekommen war.

Hast du den Kommissar schon aufgesucht?

Ja, hab das Haus gefunden, aber er war wohl nicht zu Hause. Ich versuche es gleich morgen früh noch einmal. Wir werden alles herausfinden! Bin jetzt viel optimistischer.

Das ist gut. Wir können uns auch morgen Abend sehen. Ich trainiere gleich nach der Schule, aber um acht Uhr hätte ich Zeit. Muss nur vorher zusammen mit Mama, Ralf und Opa Kurt Abendbrot essen. Das ist bei uns so üblich, und es gibt Ärger, wenn jemand schwänzt. Dass Mieke jetzt auf unserer Seite ist, freut mich total.

Ist sie das wirklich?

Warum fragst du?

Na ja, wenn Jonas befürchtet, sein Großvater könnte etwas mit der Sache zu tun haben, warum nicht auch Miekes Familie? Vielleicht will sie nur auf dem neuesten Stand sein.

Mieke ist meine beste Freundin. Sie ist immer ehrlich zu mir und würde das sagen. Warum misstraust du ihr?

Es gefiel mir nicht, dass Leone jetzt gegen Mieke hetzte. Es gab keinen Grund dafür. Bloß weil sie auf Jonas stand, musste das nicht bedeuten, dass sie mir in den Rücken fiel. Sie hätte mir ja gar nicht erst von ihren Überlegungen zu Jonas' Großvater erzählen müssen.

Kann es sein, dass du niemandem mehr vertraust?

Das musste ich loswerden. Ich haute immer ehrlich alles raus.

Immerhin gab Leone es zu.

Wenigen. Zu viel mitgemacht. Sorry. Denke grundsätzlich das Schlimmste. Ich lass mich aber gerne vom Gegenteil überzeugen. 😉 Du kennst sie besser.

Eben. 😉 Lassen wir das. Also bis morgen Abend? Dann hoffentlich mit neuen Erkenntnissen.

So ganz war ich mit dem Thema noch nicht durch. Wir versuchten, ihm zu helfen – und er? Säte Misstrauen. Verärgert legte ich das Handy beiseite.

Ich hatte getan, was ich konnte, mehr war vorerst nicht drin.

Wieder plingte mein Handy. Dieses Mal war es Mieke.

Es ist schön hier. 😊

Sie hatte ein Selfie von sich und Jonas geschickt. Beide hielten ein Glas Cola in der Hand und prosteten mir zu. Das war mir echt gerade zu viel alles. Das mit Jonas. Leones Verdacht. Und irgendwo dazwischen Mieke.

Schön, genieße es. Bin müde. Wir sehen uns morgen in der Schule.

Ich drückte auf »Senden« und stellte das Handy aus. Ich wollte nicht weiter nachdenken. Irgendwie bereitete es mir Bauchschmerzen, dass Mieke Jonas gerade jetzt näherkam.

23

Frau Minkner ist tot.

Leones Nachricht erreichte mich in der Mittagspause. Ich wollte gerade meinen Joghurt essen, legte den Löffel aber wieder weg. Ich musste mich erst sammeln. Mir wurde abwechselnd heiß und kalt, weil es mich sehr schockierte. Wie konnte das sein? Sie hatte verwirrt gewirkt gestern. Aufgebracht. Aber doch nicht so krank, als ob sie im Sterben läge.

Augenblicklich hatte ich wieder die Worte der Nachbarin im Ohr.

»Da hat jemand nach ihr gefragt, und gleich darauf hatte sie diesen Unfall.«

Jetzt waren wir bei ihr gewesen, hatten Fragen gestellt – und dieses Mal war sie endgültig aus dem Verkehr gezogen worden.

Wäre sie ohne unseren Besuch noch am Leben? Mir wurde ganz schlecht.

Jonas wusste, dass wir da gewesen sind, schoss es mir durch den Kopf. Und sein Opa auch. Es hat ihnen überhaupt nicht gepasst!

Opa Kurt war ebenfalls im Bilde. Und Mieke. Und Ralf. Und deine Mutter. Und Miekes Eltern.

Leone und ich hatten kein Geheimnis daraus gemacht, und weil es auch Miekes Mutter bekannt war, hatte die Info über unseren Besuch vermutlich schon mehrfach die Runde durch Mückemoor gedreht.

Oder es handelte sich wirklich nur um einen Zufall. Auch das gab es.

Ich konnte allerdings nicht so recht daran glauben. Und egal, was meine Gedanken mir einflüstern wollten, ich musste mich nach den Fakten richten und versuchte, sie für mich noch mal zu sortieren:

Jonas hatte sich lautstark über unsere Aktion aufgeregt, sein Opa war ein übler Typ, und es war nicht ausgeschlossen, dass Jonas versuchte, den Ruf seiner Familie zu wahren.

Hatte einer von beiden Frau Minkner auf dem Gewissen?

Schließlich hatte ich mich genug gesammelt, um Leone zu antworten.

Was ist genau mit ihr passiert? Weißt du das?

Keine Ahnung. Ich war noch einmal im Heim, nachdem ich zuvor ein zweites Mal bei Herrn Müller war. Nur hatte er keine Zeit, und wir treffen uns in einer Stunde. Vorsichtshalber haben wir unsere Nummern ausgetauscht.

Warum warst du im Heim? Was wolltest du dort?

Intuition. Mir ist prompt Schwester Dagmar über den Weg gelaufen, und sie hat erzählt, dass Frau Minkner überraschend verstorben ist. So hat sie sich ausgedrückt.

Kein Unfall?

Ich weiß es echt nicht. Das erzählt sie mir ja auch nicht. Darf sie wohl ohnehin nicht. Jonas' Opa war auch da. Der war schon wieder so giftig. Ich glaube, mit dem stimmt was nicht.

Auf jeden Fall ist der merkwürdig.

Für mich war vollkommen klar, dass ich dabei sein musste, wenn Leone sich mit dem Kommissar traf. Herr Müller war jetzt unsere letzte Hoffnung. Und dieses Mal würde ich keinem von unserem Besuch erzählen. Mit fliegenden Fingern tippte ich meine Nachricht ein.

Ich schwänze Sport und Kunst heute Nachmittag. Ich komme mit. Wo steckst du?

In der Stadt. Komm zum *Café am Markt*.

Bin gleich da!

»Was ist denn mit dir los?«, fragte Mieke entgeistert, als sie sah, dass ich meine Sachen packte. »Du kannst doch jetzt nicht schwänzen? Hallo, das Sportabi steht an!«

»Mensch, Frau Minkner ist tot!«

Mieke rollte mit den Augen. »Du hast die Frau gestern zum ersten Mal gesehen. Ja, das Timing ist gruselig, aber das finde ich echt übertrieben. Sie war alt. Und sie ist doch in vier Stunden auch noch tot. Kann das nicht bis Schulschluss warten?«

»Sag bitte, ich hätte Kopfschmerzen.« Ich hatte keine Lust, mit Mieke weiter zu diskutieren, denn offenbar hatte Jonas ihren Willen, uns zu helfen, schon wieder ins Wanken gebracht.

Zum Glück fragte sie auch nicht nach, wohin ich denn genau wollte.

Damit ich keinem meiner Lehrer über den Weg lief, verließ ich das Schulgebäude, so schnell es ging, und marschierte strammen Schrittes zum *Café am Markt*, wo Leone schon auf mich wartete.

24

»Das ging ja schnell.« Leone war noch blasser als gestern. Ihn schien die Situation ebenfalls sehr zu belasten.

Bestimmt vermutete er dasselbe wie ich. Deshalb fand ich nichts dabei, es direkt anzusprechen.

»Ich bin echt fertig«, sagte ich. »Das kann doch kein Zufall sein.«

»Daran glaube ich auch nicht«, bestätigte er. »Jemand muss Angst gehabt haben, dass sie doch redet.«

Ich klärte ihn mit wenigen Sätzen über den Buschfunk in Mückemoor auf und darüber, wie viele inzwischen Bescheid wussten.

»Okay, das sagt natürlich alles«, stöhnte Leone.

»Von unserem Besuch bei Herrn Müller heute weiß aber keiner was! Ich habe nicht einmal Mieke gesagt, wohin ich will. Sie wird sich allerdings denken können, dass wir uns treffen und was wir vorhaben.«

»Hauptsache, dieses Mal geht alles glatt.«

»Lass uns reingehen«, schlug ich vor, denn auf der Straße wollte ich das nicht weiter diskutieren.

Leone nickte und hielt mir galant die Tür auf.

Wir suchten uns einen Tisch hinten in der Ecke, wo wir ungestört reden konnten. Außerdem lief ich so nicht Gefahr, einem meiner Lehrer aufzufallen, falls sie ihre Mittagspause in der Stadt verbrachten.

Es roch verführerisch nach Kaffee und Törtchen. Ich hatte Hunger, weil ich seit dem Frühstück noch nichts gegessen hatte.

»Was möchtest du?«, fragte Leone. Er reichte mir die Karte, und zu meinem Erstaunen sah ich, dass sie Latte Macchiato und Cappuccino für Veganer sogar mit Mandelmilch anboten. Für so fortschrittlich hätte ich unser Kaff gar nicht gehalten.

»Ich nehme einen Latte, aber mit Kuhmilch«, sagte ich. »Und ein Heidelbeertörtchen.«

Wir gaben unsere Bestellung bei der Bedienung auf. Sie führten sogar eine vegane Kuchenvariation.

Unser Gespräch setzten wir erst fort, als wir das Gewünschte vor uns stehen hatten.

»So, noch einmal von vorn«, nahm ich den Faden wieder auf. »Frau Minkner ist plötzlich verstorben, und alle finden das normal?«

»In einem Pflegeheim ist das nicht ungewöhnlich, und da es keine besonderen Vorkommnisse gab – von unserem Besuch mal abgesehen –, wird sie jetzt sang- und klanglos beerdigt. Es gibt keinen Hinweis auf Fremdverschulden.«

»Und sie nimmt ihr Wissen mit ins Grab«, sagte ich düster.

Der Latte Macchiato schmeckte lecker, war nicht zu stark, sondern genau so, wie ich es mochte.

»Ich bin trotzdem froh, dass Schwester Dagmar unseren

Besuch nicht an die große Glocke gehängt hat.« Leone biss herzhaft in sein Stück Apfelkuchen. »Dann würde die Polizei vielleicht schon mal genauer bei uns nachfragen, und darauf kann ich getrost verzichten.«

»Auch wieder wahr. Aber ich glaube, es wäre keiner gekommen. Bloß weil wir ihr einen Besuch abgestattet haben.«

Ich starrte versonnen durchs Café und überlegte krampfhaft, was wir tun konnten.

Da klingelte Leones Handy. »Das ist Herr Müller«, raunte er und nahm das Gespräch an.

Er antwortete nicht viel, grunzte aber zustimmend, und so, wie ich es verstand, wollte der ehemalige Kommissar gleich hierherkommen.

Das bestätigte sich, als Leone auflegte.

»Er kommt«, sagte er knapp.

Es dauerte keine zehn Minuten, bis ein untersetzter alter Mann mit Halbglatze und Gehstock das Café betrat.

Er schaute sich suchend um, bis er uns entdeckte, weil Leone die Hand zum Gruß hob.

»Moin, ich bin Herr Müller.« Er ließ sich auf den freien Stuhl mir gegenüber fallen und musterte Leone. »Sie sehen ihr ähnlich. Hab ein Foto gesehen.« Dann fragte Herr Müller nach meinem Namen, winkte der Bedienung und bestellte einen extrastarken Kaffee samt Schwarzwälder Kirschtorte. »Ich weiß, was hier gut schmeckt!«, sagte er und rieb sich seinen Bauch.

Wieder warteten wir, bis seine Bestellung auf dem Tisch stand.

»Ihr wollt also Informationen zum Verschwinden von Maria Greco.« Herr Müller wechselte zum Du.

»Ich muss wissen, was mit meiner Nonna passiert ist.« Leones Kiefermuskeln mahlten.

»Viel kann ich dazu gar nicht sagen«, meinte der ehemalige Kommissar. »Wir haben keine Tote, keine Hinweise auf ein Verbrechen, keine Spuren, wo sie hingegangen sein könnte. Wenn ihr mich fragt: Sie ist im Moor geblieben.«

»Aber ihre Sachen in der *Linde* waren doch verschwunden«, wandte ich ein. »Wenn sie nur vorgehabt hätte, ein bisschen spazieren zu gehen, dann wäre noch alles da.«

Herr Müller fixierte mich mit einem so stechenden Blick, dass mir heiß und kalt wurde. Er hatte kleine Augen, fast wie ein Schweinchen. Und sie waren dunkel und Furcht einflößend. Unter diesem Blick waren bestimmt viele Verbrecher eingeknickt.

»Pass auf, min Deern. Ich sag das jetzt nur ein Mal und danach nicht wieder. Und ich mache das auch nur, weil der Fall abgeschlossen ist.« Er leckte sich die Lippen.

Leone beugte sich über den Tisch und sah ihn fragend an.

Herr Müller nahm erst noch einen Schluck von seinem Kaffee, bevor er sagte: »Meine persönliche Meinung zum Schicksal von Frau Greco ist, dass sie beseitigt wurde. Ins Moor gelockt oder in ein Wasserloch gestoßen, und dann hat man hinterher alle Spuren verwischt.«

»Warum glauben Sie das?«, fragte Leone sofort.

Seine Hände zitterten.

»Weil es merkwürdig war, wie sich die Leute aus Mückemoor verhalten haben. Ich konnte ihnen nichts beweisen, weil wir trotz intensiver Suche keine Leiche hatten. Aber niemand will irgendwas bemerkt haben, und mein Ermittlerinstinkt sagt mir, dass sie nicht weggelaufen ist, sondern eiskalt ermordet wurde. Nur spuckt das Moor seine Opfer oft nicht mehr aus.«

Herr Müller hatte seinen Kaffee ausgetrunken und die Torte blitzschnell verputzt. Er wischte sich mit der weißen Stoffserviette den Mund ab. »Leider stand ich von Beginn an mit meiner Meinung allein da. Die Staatsanwaltschaft hat alles rasch eingestellt. Mehr kann ich euch nicht sagen. Ehrlich gesagt wäre es mir lieb, wenn keiner wüsste, dass wir uns getroffen haben. Man weiß ja nie, und auch in meinem Alter hängt man noch am Leben.« Die letzten Sätze kamen eher scherzhaft, aber ich war mir nicht sicher, wie viel Wahrheit doch darin steckte.

Er hob warnend die Hand. »Sollte der Mörder noch am Leben sein oder jemand von seinen Nachkommen, denen euer Herumgestochere nicht passt … Wer weiß, was er tun würde, um sein Geheimnis zu wahren.«

»Wie bei Frau Minkner?«, fragte ich.

Jetzt bekam ich es richtig mit der Angst zu tun. Was, wenn Herr Müller recht behielt und Leone und ich in größter Gefahr schwebten?

Weil wir in der Vergangenheit herumbohrten.

»Was ist mit Frau Minkner?«

»Wir waren gestern bei ihr im Heim, haben ihr ein paar Fragen gestellt, und heute Morgen ist sie einfach so gestorben.«

»Das kann natürlich ein Zufall sein«, meinte Herr Müller. »Sie war ja schon recht betagt.«

»Aber eigenartig ist doch, dass ein anderer Mann kurz vor

Erscheinen ihres Artikels nach ihr gefragt hat und sie eine Stunde später im Park schwer gestürzt ist.«

»Das ist passiert?«, entfuhr es Herrn Müller, der jetzt ernsthaft erschüttert wirkte. »Ich wusste nichts davon. Nein, das ist bestimmt kein Zufall.«

»Sollen wir die Polizei informieren?«, fragte ich.

»Das wird wohl das Beste sein«, antwortete er. »Obwohl ich fürchte, dass nichts dabei herauskommen wird. Der Täter wird sich einer sehr sicheren Methode bedient haben ... Wer weiß denn alles, dass ihr bei Frau Minkner gewesen seid?«, fügte Herr Müller nach einer kurzen Pause hinzu.

Wieder musste ich zugeben, wie unvorsichtig ich mit meinen Informationen umgegangen war.

»Was sollen wir machen?«, endete ich mit zitternder Stimme. Ich hätte mich raushalten sollen, doch jetzt war es zu spät. Jetzt saß ich mittendrin im Schlamassel und kam aus der Nummer nicht mehr raus.

»Dann weiß also das ganze Dorf von Leones Suche?«, fragte Herr Müller.

»Ja, mit Sicherheit«, antwortete ich düster.

Leone schwieg noch immer, und ich befürchtete, er könnte gleich einfach umfallen, so blass war er geworden. »Jemand hat auch mein Zimmer durchsucht«, sagte er schließlich.

»Und er wurde bedroht«, ergänzte ich. »Zweimal.«

»So kommen wir nicht weiter«, stellte Herr Müller fest. »Ich würde an eurer Stelle keinem mehr erzählen, was ihr vorhabt. Geht aber zur Polizei und sagt, was ihr wisst. Und dann haltet ihr euch am besten aus allem raus.«

Ich versuchte, meine Gedanken zu ordnen. »Ich erzähle es

nur noch Mieke, das ist meine Freundin. Mit ihr muss ich einfach alles besprechen. Aber die kann schweigen.«

»Das sagst *du*«, kam es von Leone.

Ich beschloss, das nicht mit einer Antwort zu würdigen.

»Gibt es denn wen, den du im Verdacht hast?«, fragte Herr Müller mich. »Also jemand, der das Zimmer durchwühlt haben könnte? Oder weißt du von jemandem, der damals engeren Kontakt zu Frau Greco hatte und sich jetzt bedroht fühlen könnte?« Er hüstelte. »Ich habe damals eine Menge Leute befragt und kenne sie alle, aber jetzt erscheint es mir wichtig, einen unvoreingenommenen Blick zu haben und mir eure Version anzuhören.«

Ich zählte auf: »Ich könnte mir Jonas vorstellen. Das ist unser Pferdewirt. Sein Opa hat schon damals in Mückemoor gelebt und hat noch immer sehr marode und engstirnige Ansichten. Jonas könnte ihn schützen wollen.«

»Wo ist der Opa jetzt?«, fragte Herr Müller.

Ich schluckte, bevor ich mit düsterer Stimme sagte: »Er wohnt in Mückemoor in seinem alten Haus, und seine Frau lebt im *Heim der guten Engel*. Also in unmittelbarer Nachbarschaft von Frau Minkner.«

»Da haben wir es doch schon«, entfuhr es Leone. »Er kann Frau Minkner getötet haben.«

»Die beiden also auf die Liste«, sagte Herr Müller. Er nahm ein altertümlich wirkendes Notizbuch aus der Tasche und grinste, als er meinen skeptischen Blick bemerkte. »Ich bin noch vom alten Schlag, min Deern, da hat man alles noch handschriftlich vermerkt.«

Er schrieb die Namen sorgfältig hinein und auch ein paar Stichworte.

»Jetzt brauche ich Miekes Namen, selbst wenn sie deine Freundin ist. Wir müssen alle Verbindungen dokumentieren. Kennt sie Jonas?«

Ich nickte.

»Was ist mit ihren Großeltern?«, fragte Herr Müller mich weiter aus.

»Der Opa lebt, die Oma ist tot. Die Mutter ist eine Tratschtante und hat gesagt, da sei mal was gewesen. Mit den Gastarbeiterinnen.«

Herr Müller ließ sich Zeit mit seinen Notizen.

»Weiter!«

»Tant' Gerdes!«, schoss es aus Leone heraus. »Sie ist die Wirtin der *Linde* und hat einen Schlüssel für mein Zimmer. Aber sie wird wohl kaum ins Heim fahren, um jemanden umzubringen.«

»Nein, Tant' Gerdes können wir zumindest für den Mord ausschließen. Sie ist immer, wirklich immer, in der *Linde* und lässt sogar für sich einkaufen, damit sie das Haus nicht verlassen muss. Sie hockt darin wie eine Spinne.«

»Aber sie könnte jemanden in mein Zimmer gelassen haben«, wandte Leone ein, und dem konnte ich nicht widersprechen.

»Gut, wie sieht es in deiner Familie aus?« Herr Müller winkte der Bedienung. »Ich glaube, ich muss doch noch was essen.«

Er bestellte einen weiteren Kaffee und ein Stück Bienenstich. »Der ist hier nämlich auch ganz prima«, erklärte er.

»Meine Familie«, wiederholte ich, um Zeit zu gewinnen, »meine Familie hat damit nichts zu tun. Ganz sicher nicht!«

Nicht einmal Ralf, dachte ich. Obwohl er in meinen Augen ein kompletter Idiot war.

»Was ist mit deinem Vater?«, hakte Herr Müller nach.

»Der hockt in Figueres und hat mit Mückemoor nichts am Hut. Den können wir streichen.«

»Lebt dein Opa noch?« Der Kommissar ließ nicht locker.

»Ja, er hat versucht, mir zu helfen, und ein bisschen erzählt, was er wusste. Viel war es nicht. Maria Greco war auf ihre Art ein Mysterium.«

Herr Müller schrieb auch das auf und betrachtete die Notizen eine Weile konzentriert. »Ich gehe davon aus, dass Frau Minkners Tod kein Zufall ist und jemand große Angst hat, ihr könntet etwas herausfinden. So wie derjenige schon damals befürchtet hat, dass Frau Minkner ihn verraten würde. Jetzt hat er womöglich wieder zugeschlagen.«

»Und wenn es eine Frau war?«, fragte Leone. »Eine, die Angst hatte, meine Nonna könnte ihr den Mann abspenstig machen?«

»Nicht ausgeschlossen«, kommentierte Herr Müller.

»Und wir müssen im Auge behalten, gerade weil die Personen mit dem stärksten Motiv schon sehr betagt sind, dass es auch deren Nachkommen sein könnten, die nun befürchten, der Ruf der Familie könnte in Mückemoor beschädigt werden – selbst nach der langen Zeit.«

Die Bedienung brachte den Bienenstich.

Herr Müller steckte das Notizbuch weg und widmete sich Kaffee und Kuchen. Erst als alles verputzt war, sprach er weiter.

»Wenn noch was ist, meldet euch. Ihr habt jetzt zwar ein paar Namen genannt, aber theoretisch könnte es jeder aus dem Dorf gewesen sein, weil es eben kein Geheimnis ist, was ihr tut. Ich wäre an eurer Stelle weniger offen, dann grenzen wir das Ganze etwas ein.«

»Ich erzähle keinem mehr was«, versprach ich. Es war wohl wirklich das Beste, auch Mieke rauszuhalten.

»Gute Entscheidung. Passt auf euch auf. Ich gebe dir auch meine Nummer. Meldet euch, wenn ich helfen kann.« Er kritzelte sie auf einen Zettel und schob ihn rüber.

»Am liebsten wäre mir allerdings, ihr würdet die Finger von der Sache lassen. Wem ist heute noch damit geholfen, wenn ihr im Dreck wühlt?«

»Meiner Nonna«, gab Leone zurück. »Was Elsa tut, weiß ich nicht, aber ich lasse nicht locker, bis alles aufgeklärt ist.«

Nachdem Herr Müller sich verabschiedet hatte, wollte Leone direkt zur Polizei gehen, aber ich hielt ihn am Ärmel fest.

»Lass uns bitte noch warten, bis wir das melden.«

»Warum?« Leone runzelte die Stirn.

»Du kennst die Mückemoorer ja inzwischen auch ein bisschen. Sie halten zusammen.«

»Ja, und?«

»Miekes Onkel Mirko arbeitet bei der Polizei und Jonas' Vater auch. Wenn da was in Mückemoor war – ich weiß nicht, ob wir ihnen vertrauen können.«

Leone schien erleichtert. »Da wir ohnehin nicht aufgeben … gut, warten wir noch, bis wir mehr Beweise haben. Wir müssen es Herrn Müller ja nicht erzählen. Ich melde mich morgen.«

25

Ich konnte mich in der Schule kein bisschen konzentrieren. Wie auch, wo ich doch die ganze Nacht kein Auge zugemacht hatte. Ich fürchtete mich.

Nicht nur ein bisschen, nein, es war eine Scheißangst, die mir die Luft abschnürte und die mitten im Bauch richtig wehtat. Und dann meldete sich Leone nicht wie abgesprochen!

Ich war sogar versucht gewesen, Mieke zu schreiben, zwang mich aber, es bleiben zu lassen. Immerhin hatte ich gerade erst beschlossen, wirklich niemand mehr einzuweihen. Auch sie nicht. Es fühlte sich an wie Verrat.

Deshalb wollte ich nach meiner Rückkehr nur noch in mein Zimmer gehen und mich aufs Bett werfen.

Damit gab sich nur Mama leider nicht zufrieden. Ihr wäre es lieber gewesen, mich zum Arzt zu schleppen.

»Du hast schon gestern Kopfschmerzen gehabt. Da stimmt doch was nicht.«

»Alles gut«, hatte ich entgegnet. »Stress. Aufregung. Bin nur müde!«

Zum Glück hatte Mama nachgegeben und es nicht weiterverfolgt, sodass mir weitere Diskussionen erspart blieben.

Und jetzt saß ich wie gerädert im Kursraum und versuchte, mich zu konzentrieren. Ständig linste ich auf das Display meines Handys, aber Leone meldete sich nicht. Dabei war er der Einzige, mit dem ich noch offen über alles sprechen konnte.

Mieke musterte mich.

»Was hast du denn?«, flüsterte sie. »Ist es, weil ich mich mit Jonas getroffen habe?«

»Nein, ich freue mich für dich«, gab ich zurück. »Hast du ja gestern schon geschrieben. Alles gut!«

Ich war froh, dass sie meine Schweigsamkeit auf ihr Date bezog, so musste ich sonst nichts weiter erklären.

Aus dem Augenwinkel sah ich, dass Miekes Handy, das sie auf der Ablage unter dem Tisch liegen hatte, aufleuchtete.

Sie klickte die Nachricht an, schluckte und biss sich heftig auf die Unterlippe.

»Was ist?«, formte ich lautlos.

»Nichts.« Sie wandte sich ab, drückte die Nachricht weg und schaute betont konzentriert nach vorn.

Ich ließ Mieke in Ruhe und sprach sie erst in der Pause wieder an. »Du hast eben sehr erschrocken gewirkt«, sagte ich. »Ist alles in Ordnung?«

»Klar, alles okay«, sagte sie nur knapp.

Ich wurde aus ihr nicht schlau.

Die acht Unterrichtsstunden zogen sich endlos dahin, und ich war froh, als wir in den Bus steigen konnten. Mieke wich jedem richtigen Gespräch aus und zog es offensichtlich vor, sich lieber mit den anderen zu umgeben als mit mir.

»Sehen wir uns heute zum Training?«, fragte ich, bevor sich unsere Wege in Mückemoor trennten.

»Ich kann leider nicht.«

»Oh. Schade. Wie kommt's?«

»Gestern und vorgestern warst du verhindert, heute ist mal mir was dazwischengekommen«, war ihre knappe Antwort. Sie schaute betont zur Seite.

Das machte mich rasend. Verdammt, warum redete sie nicht mit mir? Aber ich war gerade nicht in der Position, ihr das vorzuwerfen.

»Hast du eigentlich heute schon was von Leone gehört?«, fragte sie beiläufig.

»Nein.« Jetzt gab ich mich wortkarg.

Mieke zuckte mit den Schultern. Wir verabschiedeten uns, und als ich mich umdrehte, sah ich, dass Jonas auf Mieke gewartet hatte. Sie spazierten in trauter Zweisamkeit davon.

Am besten lenkte ich mich mit Training ab. Schließlich konnte ich das auch allein. Ich wollte heute ein paar leichte Übungen machen, Cavaletti-Arbeit und ein paar Einheiten in der Bahn.

Auf dem Weg zum Hof zog ich das Handy aus der Tasche und checkte die Nachrichten erneut. Nichts.

Wo steckte Leone nur?

Nach kurzer Überlegung beschloss ich, ihn anzurufen. Er hatte versprochen zu schreiben, und dass er es nicht tat, passte nicht zu ihm.

Gespannt wartete ich ab, bis sich die Verbindung aufgebaut hatte, doch es ging nur die Mailbox ran.

Guten Tag, hier ist Leone.
Ich rufe zurück, versprochen! Ciao

Normalerweise würde ich mir den Kopf gar nicht zerbrechen, wenn jemand nicht gleich antwortete, aber nach allem, was passiert war, machte ich mir immer größere Sorgen.

Ich musste mich vergewissern, dass alles in Ordnung war, das Training konnte warten. Kurzerhand brachte ich meinen Schulrucksack nach Hause und machte mich auf den Weg zur *Linde*.

Dort kamen mir Mieke und Jonas entgegen. Meiner Freundin war unser Zusammentreffen sichtlich peinlich.

»Hättest du auch sagen können, dass du verabredet bist und deshalb heute nicht trainierst.«

»Das verstehst du jetzt falsch«, sagte sie, aber ich winkte ab. Was war daran falsch zu verstehen?

Wie weit würde Mieke gehen, um Jonas zu gefallen? Ich schämte mich selbst für den Gedanken, aber Herr Müller hatte niemanden ausschließen wollen. Und auch Leone hatte mich gewarnt, dass man niemandem über den Weg trauen sollte.

Aber sie war Mieke. Mieke, die im Kindergarten einem Jungen eins über die Rübe gehauen hatte, als der mir mein Pausenbrot abgezogen hatte. Mieke, die mal heimlich mitten in der Nacht zum Hof geradelt gekommen war, weil ich so schlimmen Liebeskummer hatte, dass ich nicht schlafen konnte.

Wenn ich meiner besten Freundin nicht mehr traute, wem dann?

So wütend ich jetzt auch war, weil sie sich mit Jonas verbündete: Mieke wäre zu solch schlimmen Dingen nicht fähig.

Sie würde mich nie hintergehen. Auch nicht, um ihren Opa oder sonst wen zu schützen. Und schon gar nicht für einen Typen.

»Gut, dann viel Spaß noch euch beiden«, sagte ich betont lässig. »Ich mache nachher nur ein leichtes Lockerungstraining.« Ich winkte, als wäre das alles hier das Normalste der Welt.

»Was machst du überhaupt hier?«, fragte Mieke. »Warum bist du noch nicht am Stall?«

»Muss nur kurz zu Tant' Gerdes«, erwiderte ich. »Was ausrichten.«

Natürlich glaubte Mieke mir kein Wort, das sah ich ihr an, aber sie fragte zum Glück auch nicht weiter nach.

Tant' Gerdes schrubbte den Tresen, als ich in den Gastraum trat. Sie hielt inne und musterte mich neugierig.

»Moin, was willst du, min Deern?«, fragte sie und unterbrach ihre Arbeit. »Wir machen heute erst um achtzehn Uhr auf, das weißt du doch.«

Ich lächelte so verbindlich wie möglich, um keinen unnötigen Verdacht zu erwecken. Schließlich wusste ich nicht, wer in Mückemoor Freund und wer Feind war. Ja, ob ich nicht vielleicht sogar das gesamte Dorf gegen mich hatte.

»Ist Leone oben in seinem Zimmer?«, fragte ich deshalb betont fröhlich.

»Der Italiener? Nee, der ist weg.« Tant' Gerdes begann wieder zu putzen. Der Lappen quietschte auf dem Holz.

Ich glaubte, nicht richtig gehört zu haben. »Wie, der ist weg?«

Tant' Gerdes zuckte mit den Schultern. »Ist so. Er hat seine

Siebensachen gepackt, heimlich das Geld für das Zimmer auf den Tresen gelegt und ist los.«

Ich konnte es noch immer nicht fassen. »Wohin? Weißt du, wohin er gegangen ist?«

Tant' Gerdes hielt noch einmal kurz inne. »Min *Deern*, woher soll ich das denn wissen? Ehrlich gesagt bin ich froh, dass er das Weite gesucht hat. Veganer! Das sagt doch alles! Hallo, jemand, der sich nicht normal ernährt von dem, was das Land hergibt, sondern sich von sonst wo auf der Welt sein Zeugs zusammensucht, der ist doch nicht normal. Sojamilch. Tofu!« Sie winkte abwertend mit der Hand.

Mich interessierte die Meinung von Tant' Gerdes zu Leones Essverhalten nicht besonders. Mir versetzte es vielmehr einen Stich, dass er sich nicht bei mir gemeldet hatte.

»Er hätte mir doch Bescheid gegeben«, murmelte ich. Leider laut genug, dass Tant' Gerdes es noch hörte.

»Sei froh, dass er weg ist. Was sollten denn die Fragen nach seiner Oma?! Wir mögen es nicht, wenn jemand in der Vergangenheit herumstochert. Nun kann wieder alles seinen Gang gehen.«

Ich wollte und konnte das so nicht stehen lassen.

»Mich würde an seiner Stelle aber auch interessieren, was aus meiner Oma geworden ist. Deshalb fand ich es okay und konnte nachvollziehen, was ihn angetrieben hat«, sagte ich.

Tant' Gerdes musterte mich nur kurz abschätzend, runzelte griesgrämig die Stirn und wienerte den Tresen weiter blank.

»Konzentrier du dich mal lieber auf den Wettkampf, Elsa«, murmelte sie. »Siehst ja, wie zuverlässig der junge Mann war.

Ist jetzt genauso verschwunden wie seine Nonna. Sachen gepackt und ab dafür. Es ist immer alles für etwas gut.«

Ich schluckte.

Sollte sich das Schicksal von Maria Greco mit Leone wiederholen? Weil er Fragen gestellt hat, die man in Mückemoor nicht hören wollte?

»Was weißt du, Tant' Gerdes?«, fragte ich.

»Nichts. Und jetzt lass mich meine Arbeit machen.« Sie wedelte mit dem Lappen und scheuchte mich hinaus.

Es hatte keinen Sinn. Mit einem dicken Grummeln im Bauch trat ich vor die Tür.

Es war wieder neblig geworden, und die Sonne stand schon tief. Ich war wie gelähmt vor Angst. Nichts war mehr übrig von der Heldin. Und Leone war irgendwo da draußen. Ich wusste es genau.

Ja, es war gefährlich, aber ich wollte ihn suchen. Um jeden Preis.

Kaum war ich zurück auf dem Hof, sattelte ich Pegasus und ritt ins Moor.

Die Dämmerung legte sich immer stärker übers Land und schien es mit ihren grauen Fängen zu umklammern.

Über dem Moorsee hingen Nebelschlieren, es war viel zu still.

Ich gruselte mich, aber wenn ich Leone finden wollte, musste ich nach ihm rufen.

»Leone! Leone!«

Meine Worte klangen hohl und gespenstisch, als Antwort bekam ich nur das typische Knarzen des Moores.

Pegasus tänzelte nervös hin und her. Pferde merkten sofort, wenn ihr Reiter unruhig war.

Mit jeder Sekunde, die verstrich, wurde deutlicher, wie aussichtlos mein Unterfangen war.

Was sollte ich nur tun, um Leone zu finden? Das Moor war viel zu groß, als dass ich es allein abreiten konnte, ganz abgesehen davon, dass ich mit Pegasus nicht überall hinkam, wenn ich uns nicht gefährden wollte.

Leone konnte überall sein. Sogar schon längst wieder zu Hause. Wer sagte denn, dass er sich im Moor versteckt hielt?

Ich ritt noch ein paar Wege ab, rief immer wieder seinen Namen. Doch mein »Leone, wo bist du?« schien von den Moorgeistern einfach eliminiert zu werden. Am Ende zweifelte ich sogar daran, überhaupt gerufen zu haben.

Als die Dunkelheit endgültig hereinbrach, musste ich aufgeben.

Wenn Leone nicht gefunden werden sollte oder wollte, würde es so sein. Da konnte ich mir meine Kehle noch so wund schreien und mich durch die Nebelschwaden kämpfen.

Und so ritt ich unverrichteter Dinge wieder zurück.

Ich konnte nur hoffen.

26

Zwar war ich unglaublich müde und kaputt. Aber ich konnte schon wieder nicht schlafen. Das lag allerdings nicht nur an meinen sorgenvollen Gedanken, sondern auch am Waldkauz, der in der großen Kastanie auf dem Hof saß und seinen schaurigen Ruf über Mückemoor schallen ließ.

Meine Oma hatte immer behauptet, wenn der Kauz schreit, stirbt jemand in der Nähe. Bis vor einer Woche hatte ich über einen solchen Aberglauben gelacht, aber nun?

Am liebsten hätte ich den Nachtvogel fortgejagt, damit er woanders sein gruseliges Lied sang.

Aber hätte das etwas geholfen? Er war schließlich schon da und hatte dem Schicksal seinen Wink gegeben.

War der Kauz mal still, krächzte ein Reiher, und von ferne hörte ich die Gänse schnattern, die bei uns in großer Zahl überwinterten.

Immer wieder hämmerte durch meinen Kopf, dass Leone irgendwo da draußen war. Genau dieselben Geräusche hörte und sich womöglich fürchtete.

Oder das Moor hat ihn bereits verschlungen. So wie seine Nonna!

Schließlich stand ich auf und wollte das Fenster schließen, obwohl ich echt eine Frischluftfanatikerin war und immer, wirklich immer, bei offenem Fenster schlief. Aber heute Nacht machten mich die Geräusche nervös. Im Haus war es still, meine Mutter und Ralf waren längst schlafen gegangen.

Ich blickte über den Hof, in der Hoffnung, dass es mich etwas beruhigte, und schloss das Fenster. Ich konnte mich nicht dazu aufraffen, wieder ins Bett zu gehen. Der Sichelmond erhellte die Stallungen und das Pflaster nur spärlich, immer wieder wanderten Wolken über den Himmel und verwehrten es ihm, sein Licht zu schicken.

Der Kauz rief nun von einem anderen Baum. Es beruhigte mich, dass er sich etwas weiter entfernt aufhielt. Das Hinausstarren machte mich endlich müde, und ich gähnte ausgiebig.

Gerade als ich mich wieder hinlegen wollte, sah ich eine Gestalt über den Hof huschen. Ich zuckte zusammen. Sie trug einen dunklen Mantel und hatte sich eine Mütze tief in die Stirn gezogen. Leider konnte ich nicht erkennen, um wen es sich handelte. Der Mantel ähnelte dem von Leone.

War er das gewesen?

Musste er mir irgendwas Dringendes erzählen?

Aber warum schrieb er mir dann nicht einfach?

Ich wollte gerade das Fenster aufreißen, doch ich war zu spät, denn die Gestalt war längst von der Dunkelheit verschluckt worden.

Vielleicht war das auch besser so. Was war, wenn es nicht Leone gewesen war, sondern derjenige, der sein Verschwinden zu verantworten hatte?

Mein Herz schlug wie wild.

Dann tauchte eine weitere Gestalt auf dem Hof auf. Ralf. Das erkannte ich diesmal sofort.

Ich machte unwillkürlich einen Schritt zurück. Meine Gedanken sprangen im Zickzack durch meinen Kopf.

War er es auch eben gewesen? Aber warum kam er gleich wieder, und vor allem: Wo hatte er sich herumgetrieben? Zu dumm, dass es so dunkel war und ich kaum etwas erkennen konnte.

An Schlafen war vorerst nicht mehr zu denken. Ralf stromerte also mitten in der Nacht über den Hof oder kam von wer weiß wo. Und Leone war fort. War er womöglich doch in die Sache verstrickt? Der Mann meiner Mutter! In mir sträubte sich alles. Das würde Mama nicht verkraften. Mein Hals wurde trocken, als ich über Ralfs Familie nachdachte.

Sein Vater hatte viele Frauen gehabt, das erzählten sich die Mückemoorer noch immer hinter vorgehaltener Hand. Ob er auch etwas von Maria Greco gewollt hatte? Vielleicht hatte sie ihn zum Teufel gejagt, und seine verletzte Eitelkeit war ihr dann zum Verhängnis geworden. Würde der gute Ralf nun alles dafür tun, dass die Weste seines Vaters sauber blieb?

Ich musste an Ralfs vorsichtige Warnung denken – vielleicht hatte er sich nicht verraten wollen und war deshalb vage geblieben.

Hatte ich Jonas unrecht getan, und derjenige, von dem Gefahr ausging, lebte mit mir unter einem Dach?

Ich musste sofort mit jemandem reden.

Nachts um vier Uhr?

Ja, es war noch mitten in der Nacht, aber ich wusste, dass Opa Kurt oft früh aufstand, weil er nicht schlafen konnte. Er nannte das »senile Bettflucht«, in Wahrheit hatte er das schon immer so gehalten. Früher war er dann entweder zur Jagd gegangen oder er hatte sich schon früh um die Pferde gekümmert.

Mein Großvater hätte bestimmt auch um diese Zeit ein offenes Ohr für mich.

Es war einfach herauszufinden, ob er schon wach war. Dazu genügte ein Blick in Richtung seines Wohntrakts. Von meinem Zimmer aus konnte ich das Wohnzimmerfenster sehen.

Tatsächlich brannte Licht. Zum Glück! Mit niemandem konnte ich momentan so gut reden wie mit ihm. Sonst hatte ich mich auch viel mit Mama ausgetauscht, aber sie war nun mal mit Ralf verheiratet. Wenn ich mit meinem Verdacht falschlag, wäre das eine Katastrophe. Und wenn es stimmte? Nein, Mama war jetzt nicht die richtige Gesprächspartnerin.

Mir blieb nur Opa Kurt. Ich sehnte mich nach seiner gemütlichen Stube mit dem roten Ohrensessel und der dunklen Couch. Dem leichten Duft seiner Pfeife und seiner unnachahmlich warmen Stimme, die stets beruhigend auf mich wirkte.

Kurzerhand schlüpfte ich in meinen kuscheligen Bademantel und die Hausschuhe und schlich mich quer durchs Haus zu Opas Wohntrakt.

Ich klopfte und wartete auf sein »Herein«.

Opa Kurt saß in seinem Ohrensessel und las Karl May. Ich amüsierte mich jedes Mal aufs Neue, warum er diesem so viel abgewinnen konnte, der war vielleicht vor Urzeiten mal modern gewesen.

Außerdem hatte er die Bücher schon so oft gelesen, dass er Winnetou und Old Shatterhand vermutlich auswendig kannte.

Aber er meinte mal, er würde ständig etwas Neues entdecken.

Als Opa mich sah, legte er das Buch überrascht zur Seite. »Elsa?«, fragte er. »Was machst denn du hier um diese Zeit? Da schlafen doch nur alte Leute nicht.«

»Darf ich mich setzen?«

Er wies mit der Hand zum Sofa. »Natürlich. Du gefällst mir gar nicht, du bist ja ganz blass.«

Ich erzählte von Leones Verschwinden und meinen Sorgen um ihn. Dass ich eben Ralf und jemand anderen auf dem Hof gesehen hatte, ließ ich aber aus. Es fiel mir schwer, ihm nichts von dem zu sagen, was Leone und ich inzwischen wussten, aber ich hatte das Versprechen gegeben zu schweigen.

Opa stand die Sorge ins Gesicht geschrieben, das alles schien ihn genauso zu beunruhigen wie mich – allerdings auf eine andere Art.

Er wiegte nachdenklich den Kopf, bevor er sagte: »Das Ganze nimmt sehr unangenehme Ausmaße an, Elsa. Wenn du meine Meinung hören möchtest: Konzentriere dich lieber auf den Wettkampf und vergiss Leone Greco. Ich glaube nicht, dass ihm etwas zugestoßen ist. Ich glaube auch nicht, dass Maria Greco im Moor geblieben ist. Du weißt, wie schnell Gerüchte entstehen. Und du weißt, dass es besser ist, ihnen keinen Glauben zu schenken.« Er stand auf, holte seine Pfeife, stopfte sie gemächlich und zündete den Tabak an. Sofort durchzogen süßliche Rauschschwaden das Zimmer. Ein Geruch, den ich schon von Kindesbeinen an mit meinem Opa in Verbindung brachte und den ich sehr liebte.

»Du meinst also, Leone sollte sich damit abfinden, dass seine Oma sich aus dem Staub gemacht hat«, hakte ich zaghaft nach. Wäre das nicht vielleicht für alle die beste Lösung?

»Ja, Elsa. Manchmal tun Wahrheiten weh, und man möchte sie nicht akzeptieren, sondern sucht krampfhaft nach einem Schuldigen, weil das einfacher zu ertragen ist. Ich finde es vernünftig, dass Leone offenbar akzeptiert hat, dass nicht mehr dahintersteckt, und weggegangen ist.«

In mir arbeitete es. »Aber warum meldet er sich dann nicht mehr bei mir?«

»Vermutlich will er sein Gesicht nicht verlieren. Es ist ihm peinlich, dich da mit reingezogen zu haben.«

Das versetzte mir einen leichten Stich. Leone hatte seine Antworten bekommen, also brauchte er mich nicht länger und ging einfach? Noch nicht mal ein Tschüss, gar nichts?

Vielleicht war es auch ganz anders. Da war immerhin auch noch Herr Müller.

Und dann rutschte es mir doch raus, dass wir uns mit dem ehemaligen Kommissar getroffen hatten.

»Er sagt, er glaubt nicht an ein freiwilliges Verschwinden von Maria Greco.«

Opa Kurt wirkte erst überrascht, was ich daran bemerkte, dass er einmal zu viel an der Pfeife zog, dann rollte er mit den Augen. »Ich kenne Herrn Müller. Er war schon immer ein Wichtigtuer. Heute ist er ein alter Mann, dem eine Aufgabe fehlt, und es hat ihm wahrscheinlich gutgetan, dass ihr seine

Meinung eingeholt habt. Wäre er damals wirklich der Überzeugung gewesen, dass an dem Verschwinden etwas faul ist, dann hätte er doch weiterermittelt und sich gegen den Staatsanwalt durchgesetzt, oder nicht?«

Das stimmte auch wieder. »Du meinst also, ich sollte seinen Aussagen keine große Bedeutung beimessen?«

»Du solltest sie zumindest mit Vorsicht genießen«, sagte Opa bestimmt. »Wenn es etwas zu finden gäbe, hätte er es doch damals entdeckt.« Seine Stimme wurde weich, und sofort verfiel ich in die Rolle der kleinen Enkelin, die sich an ihren Opa schmiegte, weil er ihr erklärte, dass er immer auf sie achtgeben würde. »Ich finde es unverantwortlich von ihm, dem armen jungen Kerl noch solche Flausen ins Ohr zu setzen. Der leidet doch schon genug unter seiner Familiengeschichte. Ihr müsst wirklich aufpassen, min Deern. Nicht dass Leone weg ist, weil ihm alles über den Kopf gewachsen ist.«

Es tat weh, was Opa sagte. Vor allem, weil ich befürchtete, dass er recht hatte und Leone einfach abgetaucht war, ohne mich ins Vertrauen zu ziehen. Wollte ich mich also wirklich weiter mit seinen Problemen belasten?

Ich atmete einmal tief durch.

Nein, das willst du nicht!

Ich wollte mich auf meinen großen Tag konzentrieren. Am Sonntag war der Distanzritt, für den ich schon so viele Monate trainierte. Nichts und niemand sollte mich davon abbringen, das durchzuziehen. Ich würde meine eigenen Ziele nicht verraten.

Von Minute zu Minute wurde ich ruhiger. Bestimmt gab es auch für Ralfs nächtlichen Ausflug eine vernünftige Erklärung. Und wahrscheinlich eine, die mich überhaupt nichts anging.

Ich würde Leones Besuch in Mückemoor vergessen.

Am Wochenende musste ich reiten wie der Teufel. Das allein war jetzt wichtig!

27

Kaum war ich zurück in meinem Zimmer, warf ich mich aufs Bett und kuschelte mich in die Decke. Opa hatte mir noch einen Tee gekocht, und nachdem ich ihn ausgetrunken hatte, war ich tatsächlich ein wenig schläfrig geworden.

Mir fielen sofort die Augen zu, und ich erschrak mächtig, als der Wecker nur eine Stunde später schrillte.

Natürlich war ich wie gerädert, denn mein Schlafdefizit hatte es in sich. Aber da musste ich durch. Heute wollte ich die paar Schulstunden durchstehen und mich dann um Pegasus und den Wettkampf kümmern.

Durch Leone hatte ich mein eigenes Ziel aus den Augen verloren, Pegasus und Mieke vernachlässigt und war mir selbst so fremd geworden, dass ich sogar meiner Freundin nicht mehr hundertprozentig getraut hatte. Wie krank war das?

Ich duschte kalt, was meine Lebensgeister glücklicherweise weckte, sodass ich einigermaßen frisch am Frühstückstisch erschien.

Ralf war schon mit Opa, Jonas und Paul im Stall, was mir gut in den Kram passte, weil ich keine Lust hatte, mich mit ihm zu unterhalten. Mama wirkte wie jeden Morgen sehr beschäftigt, sie machte für den Gutshof die Buchhaltung. Es stand eine Steuerprüfung an, weshalb sie heute in die Stadt zum Steuerberater musste.

Auch das kam mir sehr gelegen, denn je länger mein Gespräch mit Opa Kurt zurücklag, desto stärker arbeitete sich meine Sorge um Leone wieder hoch.

Was war, wenn ihm doch etwas zugestoßen war und alle sich irrten? Es passte nicht zu ihm, ohne ein Wort zu verschwinden.

Oder *wollte* ich das nur glauben?

Mama setzte sich jetzt doch zu mir und musterte mich mit ihrem typisch besorgten Blick.

»Du siehst krank aus, Elsa!« Sie strich mir übers Haar. »Nicht dass du noch zum Distanzritt ausfällst.«

Ich schüttelte den Kopf. »Ich bereite mich seit Monaten darauf vor. Da werde ich bestimmt jetzt nicht krank.«

Das Brot sprang aus dem Toaster, und ich belegte es mit Butter und Käse. Ich mochte zum Frühstück nichts Süßes und konnte es nicht verstehen, wenn sich jemand Marmelade aufs Graubrot schmierte.

Mama schob mir den Tee rüber und betrachtete mich weiter nachdenklich.

»Du warst viel mit diesem Leone unterwegs, und gestern hat mir Miekes Mutter erzählt, dass er weg ist. Ist er der Grund für deinen Kummer?«

Oje, Mama konnte man aber auch nichts vormachen! Irgendwie war es mir peinlich, dass es mich so beschäftigte, während Leone vielleicht keinen Gedanken daran verschwendet hatte, mir zu erzählen, warum er gehen wollte.

»Nee, hat damit nichts zu tun«, sagte ich ausweichend. Ich biss vom Brot ab und fragte dann: »War Ralf gestern noch unterwegs?«

Mama schüttelte den Kopf. »Nicht dass ich wüsste. Warum fragst du?«

Mir blieb fast das Herz stehen. »Er war die ganze Nacht zu Hause?«, hakte ich sicherheitshalber nach.

»Natürlich, warum fragst du?«

Mama wusste also nichts davon, dass ihr Mann sich in den frühen Morgenstunden draußen herumtrieb. Sie hatten allerdings getrennte Schlafzimmer, weil Ralf schnarchte.

»Ich dachte, dass vielleicht was im Stall los war«, erklärte ich.

»Das habe ich zumindest nicht mitbekommen«, meinte Mama. »Du fragst so komisch. Es kommt eben manchmal vor, dass er zu den Pferden muss. Hast du ihn gesehen?« Sie überlegte kurz. »Manchmal geht er ganz früh joggen. Das macht er, wenn er nicht schlafen kann.«

Mir fiel ein Stein vom Herzen. Das musste es gewesen sein. Ich wollte es so gern glauben.

An der Bushaltestelle herrschte große Unruhe. Ich begrüßte Mieke, die sehr besorgt aussah. Wir hatten uns gestern nicht mehr geschrieben, aber ich sah ihr an, dass etwas vorgefallen war.

»Was ist los?«

»Dass Leone nicht mehr in der *Linde* ist, weißt du?«, begann sie.

Ich nickte. »Ja, er hat vermutlich kalte Füße bekommen

und ist wieder nach Hause gefahren«, gab ich lapidar zurück, doch etwas an Miekes Gesichtsausdruck ließ mich stutzen. »Was ist?«

»Ein Jogger hat heute Morgen seinen Rucksack im Moor gefunden. Sie suchen ihn jetzt. Kann ja was passiert sein.«

In dem Augenblick fuhr ein Großaufgebot an Polizeiwagen an uns vorbei, in der Ferne knatterte ein Helikopter. Ich kam mir vor wie im falschen Film.

Ich musste mich an der Wand vom Bushäuschen abstützen. »Nein!«, stieß ich aus. »Nein.«

Warum zum Teufel hatte ich das Teil gestern nicht gefunden? Warum war ich an den falschen Stellen unterwegs gewesen, und das, wo Leone mir doch nah war? Wenn sein Rucksack im Moor lag, war er vermutlich nicht abgehauen, sondern ihm war etwas zugestoßen. Hätte ich ihn gestern retten können, wenn ich an der richtigen Stelle gewesen wäre?

Aber das Moor war so riesig, es hatte schon gedämmert … Am Ende hatte ich ja gar nichts mehr sehen können.

Dennoch krochen die Vorwürfe heran wie kleine züngelnde Giftschlangen, die mich einkreisten.

»Wo war der Rucksack?«, fragte ich.

Mieke erklärte mir den Fundort. Er lag nicht so weit vom Hauptweg weg entfernt, aber eben an einem unwägbaren Platz. Dort hätte ich mit Pegasus nicht hingelangen können.

Mieke nahm meine Hand.

»Es ist ganz sicher sein Rucksack. Meine Mutter hat es von Onkel Mirko.«

»Dann ist ihm also doch etwas passiert«, stammelte ich.

»Du hast es geahnt?« Mieke sah mich mitleidig an.

»Ich habe ihn gestern noch gesucht, aber nicht gefunden.«

Und Ralf war in der Nacht unterwegs.

Ich schob den Gedanken schnell beiseite, das half Leone jetzt gar nicht, das musste ich später klären. Es war einfach zu ungeheuerlich.

Mieke drückte mich fest. »Mist.«

Ich nickte nur und versuchte, die wieder aufkommende Lähmung in den Griff zu bekommen. Ich musste meine Sinne beisammenhalten, nur dann konnte ich Leone helfen. Ich hatte auch schon einen Plan. Also atmete ich einmal tief durch, bevor ich sagte: »Kannst du mir einen Gefallen tun?«

»Welchen?«, fragte Mieke und setzte gleich nach. »Ich glaube, ich weiß, was du vorhast. Du willst schwänzen.«

»Ja, ich komme zwar mit in die Stadt, gehe aber zu Herrn Müller. Er muss mir helfen.«

Wir hatten gestern die Nachricht bekommen, dass die beiden Nachmittagsstunden ausfallen würden, so würde ich also nur den Vormittag verpassen. »Dann können wir später trainieren. Es ist ohnehin nur leichte Bewegung angesagt.«

»Ist gut. Ich bin heute Nachmittag allerdings mit Opa Kurt verabredet«, sagte Mieke. »Er wollte mit mir noch über das Stutfohlen sprechen. Es gibt ja immer einige Dinge zu bedenken.«

»Gut, dann sehen wir uns um drei im Stall.«

Ich verabschiedete mich in der Stadt von ihr, schulterte meinen Rucksack und rief bei Herrn Müller an.

»Leone ist verschwunden, und ein Jogger hat seinen Rucksack im Moor gefunden.« Ich überfiel ihn sofort mit den neuen Kenntnissen. »Haben Sie davon gehört?«

Herr Müller reagierte wie erwartet entsetzt. »Nein, hab ich nicht. – Wo steckst du?«

»Bin in der Stadt.«

»Wir treffen uns im Park, Eingang West«, sagte er und legte auf.

Ich beeilte mich, dorthin zu kommen. Der Wind war aufgefrischt, und ich zupfte fröstelnd meinen Schal zurecht. Am Parkeingang lehnte ich mich an eine Bank, zum Setzen war es mir zu kalt. Außerdem war ich nervös, und das Herumsitzen hätte meine Aufregung noch mehr verstärkt.

Glücklicherweise kam Herr Müller kurz darauf angelaufen. Er keuchte, die Geschwindigkeit setzte ihm sichtlich zu.

Er wirkte beunruhigt. »Ich könnte schwören, dass mich eben jemand verfolgt hat«, schnaufte er.

Ich schluckte. »Es weiß doch niemand, dass wir uns treffen«, sagte ich.

Doch, Mieke!

»Ich bin froh, dass du gleich angerufen hast«, sagte Herr Müller und riss mich aus meinen Gedanken. »Lass uns ein Stück gehen!«

Wir spazierten los. Außer uns waren kaum Leute im Park, was mir ganz recht war. Ich wollte schließlich nicht entdeckt werden, denn Lehrer hatten fürs Schwänzen so gar kein Verständnis.

Herr Müller ließ sich von mir noch einmal im Detail erklären, was ich wusste, und stieß dann die Luft aus.

Er wirkte tatsächlich ein wenig wie Herr Oberschlau, da musste ich Opa Kurt recht geben.

»Weißt du, wo der Rucksack genau lag?«, fragte der alte Kommissar schließlich.

Ich erklärte es ihm und erzählte auch von meinem vergeblichen Versuch, Leone selbst zu finden.

»Ist dir sonst noch etwas aufgefallen? Also bevor Leone verschwunden ist?«, hakte Herr Müller weiter nach.

Auch wenn Opa Kurt an diesem Mann zweifelte: Mir tat es in der momentanen Situation so gut, mit ihm zu sprechen. Gerade weil er mich ernst nahm und meine Ängste teilte.

Ich erzählte Herrn Müller von der Gestalt auf dem Hof und von Ralfs Rückkehr kurze Zeit später.

»Der Erste könnte Leone gewesen sein. Vielleicht wollte er noch zu dir?« Herr Müller kraulte sich das Kinn. »Aber was könnte dein Stiefvater damit zu tun haben?«

»Ich weiß es nicht. Ich weiß gar nichts mehr, außer dass ich wirklich Angst um Leone habe.«

Der Kommissar schwieg dazu.

»Was mache ich denn jetzt?«, fragte ich.

»Zunächst warten wir mal ab, ob sie Leone finden oder er von allein wieder auftaucht.«

»Glauben Sie daran? Dass er von allein zurückkommt? Nach allem, was passiert ist?«

»Ich gebe die Hoffnung nie auf«, dozierte Herr Müller und kam mir vor wie ein Professor.

»Es könnte schließlich auch eine Finte von ihm sein.«

Ich blieb abrupt stehen. »Wie meinen Sie das? Wieso eine Finte?«

Mir kam das Gespräch mit Opa Kurt wieder in den Sinn und auch seine Worte, dass Leone verschwunden war, weil er letztlich eingesehen hatte, wie sinnlos sein Unterfangen war. Nur wie passte der Rucksack ins Bild?

»Ich will versuchen, dir meine Gedankengänge zu erklären«, sagte Herr Müller. Seine Schlüsse zielten allerdings in eine völlig andere Richtung als die meines Großvaters.

»Leone könnte unter Druck gesetzt worden sein. Und zwar so massiv, dass er um Leib und Leben fürchten musste. Ich denke da an die Briefe«, erläuterte Herr Müller. »Da blieb ihm nur die Flucht. Und damit alle glauben, dass er wirklich fort ist, hat er den Rucksack dagelassen.«

Ich fiel ihm ins Wort. »Und er wollte dann letzte Nacht kommen, um sich zu verabschieden, ist aber von Ralfs Auftauchen daran gehindert worden. Das würde eine Menge erklären.«

Herr Müller nickte zustimmend. »So waren meine Gedanken auch. Jetzt glaubt jeder, ihm wäre etwas zugestoßen.« Er tätschelte meinen Arm. »Wenn er das in der letzten Nacht wirklich war, spräche es dafür, dass er dir unglaublich vertraut.«

»Ich wollte ihm immer helfen!«

Der Kies knirschte unter unseren Sohlen, als wir schweigend weiterliefen. Inzwischen hatte sich auch die Sonne hinter den Wolken hervorgekämpft, und von den letzten Blättern der Bäume tröpfelte Tau.

»Haben Sie was wegen Frau Minkner gehört?«, fragte ich. »Ich meine, ob nicht doch jemand nachgeforscht hat, weil sie so plötzlich verstorben ist?«

»Nein, das wird seinen Weg gehen. Ihr habt es ja gemeldet.«

Ich atmete einmal tief durch, entschied dann aber, ihm nicht zu beichten, dass Leone und ich gar nicht bei der Polizei gewesen waren.

Herr Müller blieb stehen und sah mich mit ernstem Blick an. »Ich rate dir noch mal: Halt die Füße still. Meine Kollegen werden Leone suchen und dabei keinen Stein auf dem anderen lassen. Ganz anders als damals, weil es jetzt berechtigte Hinweise gibt, dass etwas passiert sein könnte. Das wird euren Gegner sehr, sehr böse werden lassen, und ich habe Sorge, dass er um sich schlägt.«

Herr Müller räusperte sich und wirkte ziemlich verlegen. »Und es ist besser, wenn auch wir den Kontakt abbrechen. Selbst wenn du keinem erzählt hast, dass du dich mit mir triffst. Ich bin schon alt, ich würde meine verbleibende Zeit gern in Frieden verbringen. Und nicht in Angst. Ich bin in meinem Beruf früher sehr oft in schwierige Situationen geraten und habe um mein Leben fürchten müssen. Das hat mich in ein schweres Burn-out getrieben. Meine Rettung war der vorzeitige Ruhestand. Es hat mich große Überwindung gekostet, mit euch zu sprechen, und ich merke, dass es mir nicht guttut.« Er hielt kurz inne, als ob er überlegen müsste, ob er es mir sagen wollte, doch dann entschied er sich dafür. »Ich habe in der letzten Nacht mehrere Anrufe erhalten.«

»Was für Anrufe?«, unterbrach ich ihn sofort.

»Unterdrückte Nummer, schweres Atmen. Drei Mal im Fünf-Minuten-Takt. Da muss ich nicht eins und eins zusammenzählen. Das war kein Zufall – und es war alles wieder da. Die Panik, die Angst! Ich kann das nicht mehr. Ich bin raus.« Er drückte zum Abschied meine Hand. »Mach es gut, Elsa!«

Er nickte mir noch einmal zum Abschied zu und ging dann seiner Wege. Ich sah Herrn Müller nach. Er drehte sich nicht mehr um.

28

Herr Müller war also raus aus unseren Ermittlungen und konnte mir nicht weiter zur Seite stehen. Plötzlich fühlte ich mich richtig allein. Ich stromerte zwei Stunden lang durch die Stadt, bis der Bus zurück nach Mückemoor fuhr.

Mieke wartete schon und kam mir ein paar Schritte entgegen.

Ich erzählte ihr knapp, was Herr Müller gesagt hatte. Aber dann brach es aus mir heraus. Egal, was ich Leone und Herrn Müller versprochen hatte, die Lage hatte sich mit Leones Verschwinden komplett verändert. Ich musste mit Mieke reden. Ihr alles erzählen, sonst würde ich wahnsinnig werden.

»Du musst mit deinen Nachforschungen aufhören«, sagte sie, als ich geendet hatte. »Krass, wenn sogar der Kommissar bedroht wird, da bekomme ich Gänsehaut.«

»Ich auch«, gab ich zu.

»Dann ist hoffentlich klar, was du zukünftig tust«, fuhr sie mit ernster Miene fort. »Aber ich frage Onkel Mirko gleich, ob sie Leone oder einen Hinweis auf ihn gefunden haben. Irgendwo muss er doch sein.«

Dankbar lächelte ich meine Freundin an.

Wie ich genau nach Hause kam, wusste ich nicht. Alles lief nur noch schemenhaft an mir vorbei. Ich ging wie in Trance in mein Zimmer, warf mich aufs Bett und versuchte, meine Gedanken irgendwie zu ordnen. Es gelang mir nicht. Ich schrak hoch, als mein Handy piepte. Es war Mieke.

> Die Suche nach ihm hat noch nichts ergeben. Tut mir leid. ☹

Ich wollte noch immer nicht daran glauben, dass Leone etwas zugestoßen war. Lag Herr Müller damit richtig, dass er wegen des Drucks hatte fliehen müssen, oder stimmte die Aussage von Opa Kurt, dass er eingesehen hatte, sich in etwas zu verrennen?

War ihm jedoch was zugestoßen, bestand die Gefahr, dass ich die Nächste sein würde, wenn ich mich nun nicht zurückhielt.

Es dauerte, ehe mein Pulsschlag sich beruhigte und meine Gedanken nicht mehr wie wild im Kopf herumtanzten. Ich musste mir schließlich eingestehen, dass ich nicht so stark war, wie ich gedacht hatte.

Ich wollte nicht mehr. Ich konnte nicht mehr.

Das Spiel war aus.

Ich würde nun in meinen Alltag zurückkehren und da ansetzen, wo ich vor noch nicht allzu langer Zeit aufgehört hatte. Hoffen, dass Leone sich eines Tages meldete und dass es ihm gut ging. Wie ich diese Ungewissheit allerdings ertragen sollte, war mir ein Rätsel.

Ich stand auf und fuhr mir durchs Haar, bis es einigermaßen saß. Irgendwie brauchte ich zumindest die Ordnung auf dem Kopf.

Von jetzt ab musste ich so tun, als wäre nichts und als ließe mich die Suche nach Leone und nach seiner Nonna kalt.

Ich nahm mein Handy und antwortete Mieke.

> Du hast recht. Ich halte mich von jetzt an raus. Ist feige, aber was soll ich sonst tun?

> Gute Entscheidung, Süße. Hab Jonas schon erzählt, dass sogar der Kommissar bedroht wurde. Er findet das auch krass. Bis gleich, ich ziehe mich jetzt um.

Jonas war also nach wie vor im Bilde. Nun, dann würde er auch wissen, dass ich nichts mehr unternahm. Irgendwie beruhigte mich die Vorstellung.

29

Ein Blick auf die Uhr sagte mir, dass ich aufstehen und zu Pegasus gehen musste, wenn ich noch vernünftig trainieren wollte.

Obwohl mir noch immer übel war, raffte ich mich auf, zog die Reitsachen an und ging in den Stall. Jonas war gerade dabei, die Boxen auszumisten.

»Hey, du bist ja schon da«, begrüßte er mich, freundlich wie immer.

»Ja, ich habe mich beeilt. Heute ist die letzte Möglichkeit, draußen im Training noch mal alles zu geben. Morgen werden wir die Pferde nur kurz warm machen.«

Ich gab mich betont fröhlich, sodass Jonas keinen Verdacht schöpfte, wie mies es mir wirklich ging.

»Im Moor ist jetzt ganz schön was los«, sagte er und hieb die Forke in den Pferdemist. »Sie suchen Leone noch immer.«

In diesem Augenblick dröhnte ein Hubschrauber über den Gutshof hinweg. Allein das Geräusch verursachte mir Gänsehaut. Den Gedanken, dass ihm etwas zugestoßen war, konnte ich einfach nicht verdrängen.

»Vielleicht ist er abgehauen, weil die Luft zu eng wurde«,

sagte Jonas. »Mieke meinte doch, ihr glaubt nicht an Frau Minkners natürlichen Tod, wolltet aber noch mehr Beweise sammeln, bevor ihr zur Polizei geht. Er war dafür, oder?«

Ich verstand nicht so recht.

»Ja, warum?«

Jonas machte eine Pause. »Elsa, ich will dir nichts Böses, das musst du mir glauben. Mieke und ich – wir sind uns in den letzten Tagen sehr nahegekommen, wie du weißt. Es ist also nicht die Eifersucht, die du mir unterstellst.«

»Okay, das habe ich verstanden, aber was möchtest du mir sagen?«

»Was ist, wenn Leone Frau Minkner was angetan hat? Weil sie vielleicht etwas herausgefunden hat bei ihren Recherchen und trotzdem beschlossen hat zu schweigen?«, fragte Jonas.

Ich erstarrte. Konnte das sein? Der sanfte Leone, der es nicht mal übers Herz brachte, Fleisch zu essen, ermordete aus Rache eine wehrlose Frau?

In mir sträubte sich alles gegen diese waghalsige Theorie. Aber wie gut kannte ich ihn wirklich? Und wie tief saß sein Schmerz? War es möglich, dass er tatsächlich abgetaucht war und sich an den Leuten in Mückemoor rächen wollte, weil sie nicht genug getan hatten, um Maria Grecos Verschwinden aufzuklären?

Ich wusste bald selbst nicht mehr, wo oben und unten war.

»Echt gruselig«, sagte Jonas. »Er hat sich nicht von dir verabschiedet, stimmt's?« Er fegte noch ein paar Strohreste zusammen.

Jonas wollte also Auskunft von mir? Die sollte er haben, aber nicht so, wie er es sich vorstellte.

Ich lächelte müde und hoffte, einigermaßen selbstsicher zu wirken. Ich konnte und wollte die Anschuldigungen gegen Leone nicht so im Raum stehen lassen. Und ich wollte mir mein Bild von ihm erhalten. Ich vermisste ihn – und ich glaubte daran, dass er ein guter Mensch und kein Mörder war.

»Weil ich ihm davor schon mitgeteilt habe, dass ich nicht weiter nach seiner Nonna suchen werde, war er sauer auf mich«, sagte ich. »Ich muss mich auf den Ritt konzentrieren. Und das Verschwinden seiner Nonna ist lange her. Es muss auch mal gut sein, finde ich.«

Wenn Jonas erstaunt war, zeigte er es nicht. Er fegte mit schwungvollen Bewegungen weiter und entgegnete nichts.

Kurz darauf kam Mieke. Sie sagte kaum etwas und wirkte so, als wollte sie mir etwas erzählen, wüsste aber nicht, wie.

Schweigend kümmerten wir uns um die Pferde.

»Warst du bei Opa Kurt?«, fragte ich sie schließlich.

»Ja, und ich möchte dieses supersüße Stutfohlen kaufen. Muss nur später noch mit meinen Eltern sprechen. Ich denke, das könnte etwas für mich sein.« Sie sah mir direkt in die Augen.

»Und wie geht es dir jetzt?«

Ich zuckte mit den Schultern und warf Jonas einen Blick zu, der uns neugierig beäugte.

»Schon mal was davon gehört, dass man Handys ausspionieren kann?«, fragte Mieke plötzlich. »Es muss doch einen Grund geben, dass derjenige immer wusste, was du vorhast. Der wusste, dass ihr bei Frau Minkner und dem Kommissar wart. Sonst wäre der wohl kaum angerufen und bedroht worden.«

»Hä?« Ich verstand nur Bahnhof. »Weißt du da Genaues?«, fragte ich.

»Software draufspielen, damit der andere weiß, wo du bist, und«, sie machte eine bedeutungsvolle Pause, »es gibt ein ganz krasses und verbotenes Programm, damit kann man sogar die Nachrichten des anderen lesen.«

Mir lief es plötzlich eiskalt den Rücken hinunter.

»Du meinst, jemand kann meine Nachrichten mitverfolgen? Kann mich orten und so?«

»Das meine ich.«

»Aber dann müsste derjenige doch an mein Handy gekommen sein.«

Mieke nickte. »Und nicht nur das: Er braucht auch das nötige Wissen. Die Nachverfolgung ist einfach, das machen viele mit den Handys ihrer Kinder, damit sie wissen, wo ihr Nachwuchs steckt. Aber um Nachrichten lesen zu können, bedarf es schon einiger Kenntnisse, zumal die Programme verboten sind. Aber im Darknet bekommt man ja alles.«

»Woher weißt du das alles?«, fragte ich.

»Weil ich mich informiert habe! Hallo? Da steckt meine Freundin plötzlich in Schwierigkeiten, eine Frau kommt auf fragwürdige Weise ums Leben, weil offenbar jemand über jeden Schritt meiner Freundin Bescheid weiß, und ihr Freund verschwindet spurlos … Da mache ich mir doch Sorgen!«

»Stellt sich jetzt die Frage, wer sich an deinem Handy vergriffen haben könnte«, überlegte Mieke weiter. »Du hast es doch immer bei dir. Könnte jemand in der Nacht in deinem Zimmer gewesen sein? Während du geschlafen hast?«

Ich schüttelte den Kopf. »Das hätte ich bemerkt.«

»Und sonst? Hast du das Telefon mal irgendwann verloren oder liegen gelassen?«

Erst verneinte ich, dann fiel es mir wieder ein. Der Abend mit Leone in der Sattelkammer! Da hatte ich mein Handy auf der Pritsche vergessen.

Ich erzählte Mieke davon.

Sie krauste die Stirn. »Leone könnte ja zurückgekommen sein.«

Ich schüttelte den Kopf. »War alles abgeschlossen. Er hätte die Stalltür knacken müssen, und das wäre doch aufgefallen.«

»Auch wieder wahr.« Mieke presste die Lippen fest zusammen, ehe sie sagte: »Dann müssen wir uns der Tatsache stellen, dass es jemand war, der Zugang zum Stall hat.«

Was unter anderem auf meine Familie zutraf. Doch andere Leute besaßen ebenfalls einen Schlüssel.

»Paul, Jonas und die fünf Pächter von den Stutenboxen«, zählte ich auf.

»Meinen Vater können wir schon mal ausschließen«, ergänzte Mieke. »Bleiben noch Ralf, deine Mutter und Opa Kurt.«

Ich wollte aufbegehren, ließ es aber, weil wir schließlich nur aufgezählt hatten, wer rein theoretisch infrage kam.

»Gut, dann können wir schon mal diejenigen streichen, die keine Ahnung von Software und Programmen haben«, schlug ich vor, aber Mieke winkte ab.

»Das können wir nicht wissen. Kaum einer würde damit hausieren gehen, wenn er illegale Programme auf Handys ziehen kann. Aber theoretisch ist es jedem möglich.«

»Ich will nicht mehr. Ich kann nicht mehr!«, brach es aus

mir heraus, und ich hatte Mühe, mein Zittern unter Kontrolle zu bekommen.

Mieke nahm mich kurz in den Arm. »Ist alles ganz schön viel, was? Ich bin bei dir. Immer.«

Es tat gut, meine Freundin so verständnisvoll zu erleben. Als ich mich beruhigt hatte, fuhr Mieke fort.

»Es könnte ja auch jemand den Schlüssel gestohlen haben. Das ist am wahrscheinlichsten, oder? Hier gehen doch oft Leute ein und aus. Da ist es ein Leichtes, einen der Schlüssel zu entwenden.«

»Was den Kreis an Verdächtigen mal eben verzigfacht.«

»Ich weiß.« Mieke seufzte. »Dir bleibt nur eine Wahl«, schlug sie vor: »Kauf dir ein anderes Handy. Alles muss neu sein. Nummer, SIM-Card …«

Im Prinzip fand ich die Idee super, aber was war, wenn Leone mich doch noch erreichen wollte? Es half wohl nichts, denn wenn Mieke recht hatte, musste ich mich zukünftig schützen. Ich konnte das alte Handy behalten und nicht nutzen. Für den Fall der Fälle wäre ich so noch für Leone erreichbar. »Ich besorge mir am Montag ein neues Handy«, beschloss ich.

Mieke nickte. »Trotzdem müssen wir uns ab und zu über das alte schreiben. Können unwichtige Dinge sein. Nur fällt es auf, wenn wir es nicht mehr tun, denn dann weiß dein Gegner, dass du ihn entlarvt hast.«

»Auch wieder wahr.« Ich seufzte. Es wurde nicht einfacher.

Wir machten die Pferde fertig und ritten los. Es tat gut, für einige Zeit mal an etwas anderes zu denken.

Der Wind wehte noch immer unangenehm und zeigte mit jeder Böe, dass der Herbst das Zepter übernommen hatte.

»Das wird heute eine harte Prüfung für die Nerven der Tiere«, sagte Mieke, denn über dem Mückemoor kreiste noch immer der Helikopter, und am Kanal stand ein Streifenwagen. »Pferde mögen es nicht so gern, wenn am Himmel große unbekannte Wesen herumfliegen.«

Das stimmte zwar, aber Pegasus und Tommy waren gut trainiert und ließen sich auch jetzt nicht großartig von der Unruhe beeindrucken.

In meinem Hals formte sich allerdings wieder ein dicker Kloß. Es war schwer, sich abzulenken.

»Das ist aber echt ein großes Polizeiaufgebot«, stöhnte Mieke, als deutlich wurde, was sich da wirklich im Moor abspielte. »Die gehen noch immer mit Hundertschaften auf die Suche.«

Der Kloß im Hals verstärkte sich immer mehr. Ich versuchte, locker zu bleiben, betete, dass Opa Kurt recht hatte und Leone abgetaucht war.

»Oje, hoffentlich dürfen wir da überhaupt rein«, meinte ich. Meine Unruhe übertrug sich jetzt doch auf Pegasus, der nervös hin und her tänzelte.

Wir näherten uns dem Streifenwagen, hinter dem ein Absperrband sichtbar wurde.

»Heute nur rechtsherum!«, rief uns Miekes Onkel entgegen und winkte mit dem Arm. »Hier könnt ihr nicht rein. Aber dahinten sind wir durch, deshalb ist der Bereich freigegeben.«

Ich war mir nicht sicher, ob das ein gutes oder ein schlechtes Zeichen war. Wie ich diese zermürbende Ungewissheit hasste.

Wir wandten uns nach rechts und trabten forsch an.

Pegasus hatte sich wieder ein bisschen beruhigt, und so konnten wir mit dem Training beginnen.

»Wenn es am Wochenende so gut läuft wie jetzt, kann uns nichts mehr passieren«, meinte Mieke nach der ersten Teilstrecke, während wir die Atemfrequenz unserer Pferde kontrollierten. Sie war sichtlich um ein bisschen Lockerheit bemüht. »Ich freu mich wahnsinnig auf den Wettkampf.«

»Ich mich auch!«

Mir ging es tatsächlich besser, je weiter wir uns von den Polizisten entfernten. Es wurde immer ruhiger, und wir konnten uns ganz aufs Training und die Pferde konzentrieren.

Der Hubschrauber war abgedreht, und schon bald herrschte eine angenehme Stille über dem Moor. Ab und zu quakte ein Frosch, dann wieder flog ein Graureiher lautlos über uns hinweg. Von ferne schnatterten Gänse und Enten.

Mieke wies zum Himmel. Über uns hinweg flog ein laut trötender Schwarm Kraniche. Dieser Lärm war unverkennbar. Und immer wieder faszinierend.

Doch kaum waren diese wunderschönen Vögel weitergezogen, erklangen laute Rufe. Hatten wir eben noch gedacht, die Hundertschaft wäre weit weg, wurden wir nun eines Besseren belehrt.

Die Stimmen der Einsatzkräfte schallten gespenstisch zu uns, hörten sich hohl und gruselig an.

»Fund! Fund!«

Mir war, als erstarrte mir das Blut in den Adern.

»Fund!«

Auch Mieke wurde leichenblass. Wir stoppten den Ritt und verharrten still, in der Hoffnung, Genaueres zu verstehen.

Doch wieder hörten wir nur »Fund!«.

»Leone«, sagte ich zu Mieke. »Leone, o mein Gott, sie haben Leone gefunden.«

30

Es war die Hölle, nach Hause zu reiten und nicht zu wissen, was sie gefunden hatten. Obwohl für mich eigentlich klar war, dass es sich um Leone handeln musste. Mir war so übel, dass ich dachte, ich müsste mich jeden Moment übergeben.

Mieke sah mir an, wie schlecht es mir ging. »Komm, wir machen ganz langsam, damit uns nicht auch noch etwas passiert. Wer weiß, vielleicht steckt etwas komplett Harmloses dahinter. Und wenn doch geschehen ist, was wir befürchten, bin ich für dich da. Uneingeschränkt. Versprochen!«

Mir kamen die Tränen. Es tat so gut, jetzt nicht allein zu sein. Ich schaute Mieke an. »Ich habe echt Schiss. Erst Leones Oma, dann Frau Minkner, Leone selbst und nun …«

»Ich weiß. Wenn es wirklich so ist, bist auch du in Gefahr«, führte Mieke meinen Gedanken fort. »Selbst wenn du dich jetzt zurückziehst – es könnte zu spät sein, weil der Täter weiß, wie tief du in alles verstrickt bist.«

Ich nickte.

Mieke nahm die Zügel in eine Hand, beugte sich zu mir

und drückte meinen Arm einmal fest. »Wir müssen dich schützen.«

»Aber wie?« Meine Stimme war nur noch ein Flüstern.

»Indem du dich unauffällig verhältst. Du bist schon auf einem guten Weg, indem du deinen Alltag wieder aufgenommen hast.«

»Und wenn das nicht reicht?«

Mieke krauste die Nase. »Du schreibst mir noch einmal eine Nachricht, dass du ganz sicher aufhörst. Ich weiß, das hast du schon gemacht, aber es könnte noch zu vage geklungen haben. Wir müssen es richtig deutlich machen. Wenn der Täter dein Handy gehackt hat, dann wird er das zur Kenntnis nehmen und dich mit etwas Glück verschonen. Eine Garantie gibt es dafür leider nicht.«

Ich nickte zustimmend. Ich war so froh, meine beste Freundin an meiner Seite zu wissen. Ganz allein war ich nicht.

»Das machst du nachher, wenn ich zu Hause bin. Dann schreibst du mir. Damit können wir unseren Gegner hoffentlich ruhig halten.«

Mieke hatte von unserem Gegner gesprochen, nicht von meinem. Das tat so gut!

Wir ritten langsam zurück und versuchten, uns nicht vollkommen verrückt zu machen. Das war nicht ganz einfach, weil der Helikopter zurückgekehrt war und das Moor mit seinem Knattern überschallte. Auch die vielen Streifenwagen mit den blinkenden Blaulichtern sorgten für eine gespenstische Atmosphäre. Aus der Ferne war das Bellen der Suchhunde zu hören.

»Es ist gruselig«, sagte Mieke und drückte damit aus, was auch mir durch den Kopf gegangen war.

Ich schaute bewusst nicht dorthin, wo die Polizisten waren, und versuchte, die furchtbare Situation auszublenden, so gut es eben ging.

Wir waren beide froh, als wir das Moor verlassen hatten und wieder im Dorf angelangt waren. Der Hufschlag unserer Pferde hallte auf dem Pflaster, sonst wirkte der Ort wie ausgestorben.

»Morgen bewegen wir Tommy und Pegasus wie geplant nur leicht, oder?«, fragte Mieke, vermutlich in der Hoffnung auf etwas Normalität. »Hast du gehört? Jonas fährt uns und die Pferde am Sonntag mit dem Pferdeanhänger zum Wettkampf und bleibt mit Paul vor Ort, bis der Ritt vorbei ist.«

Ich nickte mechanisch und war froh, als wir den Trautmannshof erreichten.

Dort war nicht viel los. Jonas und Paul fuhren mit den Treckern hin und her und hatten auf den Greifern Stroh- und Heurundballen geladen, die sie in den Ställen verteilten. Die meisten Pferde waren auf den Koppeln und freuten sich, der Stallluft entkommen zu sein. Vor allem die jüngeren Tiere zeigten es, indem sie mit hoch erhobenen Köpfen über die Wiese rannten und teilweise übermütig bockten.

Tommy und Pegasus schwitzten nicht so stark, und wir hatten sie schnell wieder trocken gerieben, sodass wir auch ihnen ein bisschen Auslauf schenken konnten.

»Gehst du heute noch einmal zu Opa Kurt wegen des Stutfohlens?«, fragte ich.

»Ja, gegen Abend, wenn ich mit meinen Eltern gesprochen

habe. Ich denke aber, sie werden keine Einwände haben, es war ja abgemacht, dass wir ein weiteres Pferd kaufen. Und das Tier ist genau das, was ich mir vorgestellt habe.«

Zum Abschied nahm Mieke mich fest in den Arm, denn ich benahm mich wie ein ferngesteuerter Roboter. Etwas Halt tat gut.

Meine Gedanken purzelten wild durch den Kopf, eckten überall an und drehten sich dann wieder in einer Endlosschleife. Am liebsten hätte ich geschrien, gewütet und getobt.

Aber ich war zum Nichtstun verdammt.

Mir blieb nichts anderes übrig, als abzuwarten, was oder wer im Moor gefunden worden war. Und ich musste mich selbst schützen, damit mir nicht auch plötzlich etwas geschah.

Ralf hatte Mieke und mich gesehen und kam auf uns zu. Er hatte die Hände lässig in den Taschen seiner grünen Latzhose vergraben und trug wie immer ein Käppi.

»Alles klar bei euch?«, fragte er. »Ihr guckt so bedröppelt. Liebeskummer, weil der Italiano das Weite gesucht hat?«

Ich schaute ihn wütend an. Feingefühl war wirklich nicht seine Stärke.

»Hast du nicht gehört, was im Moor los ist?«, fragte Mieke.

»Hier kam noch nichts an. Da kreist der Hubi, aber sonst? Ist etwas passiert?«

»Sie haben was oder *wen* entdeckt«, erklärte Mieke. »Und da sie zuvor Leones Rucksack gefunden haben, ist nicht ausgeschlossen …« Mieke brach ab, weil ich aufschluchzte.

»Wartet es doch erst einmal ab«, meinte Ralf. »Es kann doch auch sein, dass sie etwas ganz anderes gefunden haben. Muss schließlich nicht der Italiano sein.«

»Sag nicht immer Italiano!«, fuhr ich meinen Stiefvater an. »Er heißt Leone und ist ein guter Freund von mir!«

»Schon gut. Aber was ist das denn für ein Freund, der dich so tief in seinen Mist mit hineinzieht?«, erwiderte Ralf.

Was sollte das denn jetzt?

»Du warst kürzlich nachts unterwegs«, rutschte es mir heraus.

Ich Idiotin! Hatte ich nicht eben noch mit Mieke vereinbart, mich still zu verhalten?

Ralf stutzte bei meinen Worten kurz, fing sich aber sofort wieder.

»Na und?«, fragte er und legte den Kopf schief. »Ist ja wohl meine Sache, wann ich zurückkomme und was ich draußen mache.«

»Am nächsten Tag haben sie Leones Rucksack gefunden.« Ich konnte einfach nicht aufhören, ihn zu attackieren. Es war, als würde Luft aus einem Ballon gelassen, weil er sonst zu platzen drohte.

Ralf lachte hämisch auf. »Elsa, Elsa«, begann er in einem ekelhaft schmalzigen Ton. »Du meinst also, ich hätte mich nachts aus dem Haus geschlichen und seinen Rucksack extra dort hinterlegt, damit die Polizei ihn auch sofort sucht und findet, und wäre dann zurück zum Hof gekommen? Überleg doch mal! Geballter Schwachsinn! Dazu hätte ich Leone zuvor entführen müssen. Tant' Gerdes sagt, er wäre am Nachmittag schon weg gewesen und hätte heimlich bezahlt.«

Mir gefiel es nicht, aber Ralf hatte uneingeschränkt recht.

Mieke knuffte mich in die Seite. »Komm runter, Elsa. Es stimmt, was er sagt. Und es macht Mut und Hoffnung, was den Fund im Moor angeht. Wenn jemand Leone ermordet hätte, dann wäre es doch blödsinnig, den Rucksack dort stehen zu lassen. Den hätte der Täter gleich mitversenkt, damit ihm keiner auf die Schliche kommt!«

Ich senkte den Blick. An den beiden Stellen hakte es tatsächlich. Warum sollte jemand den Rucksack so offensichtlich auf dem Weg platzieren, dass er auf jeden Fall gefunden wurde? Und wie hätte Ralf Leone tagsüber ungesehen aus der *Linde* bis ins Moor bekommen sollen? Dazu hätte er ihn zuvor betäuben müssen. Oder töten … Ach, es ergab alles keinen Sinn.

Aber Leones Rucksack hatte nun mal im Moor gelegen!

»Vielleicht wurde der Mörder gestört und musste alles liegen lassen«, gab ich zu bedenken, aber wieder lachte mein Stiefvater mich aus.

»Elsa! Hör auf, hier alle und jeden zu verdächtigen. Dein Leone hat sich aus dem Staub gemacht, weil er wusste, dass er einer fixen Idee nachjagt. Und um sich nicht vollkommen unglaubwürdig zu machen, hat er den Rucksack als Zeichen dagelassen, dass ihm was passiert ist. Das ist so durchschaubar! Glaub mir: Der ist längst wieder zu Hause und liegt in seinem Kuschelbett. Aber ganz bestimmt nicht im Mückemoor. Da haben sie bestimmt ein totes Tier gefunden. Oder eine uralte Moorleiche.«

Ich knickte immer mehr ein.

Herr Müller und Opa Kurt hatten auch gemutmaßt, dass Leone noch lebte. Allerdings waren sie von unterschiedlichen Motiven ausgegangen.

»Es ist auch gleichgültig«, meinte Mieke und nickte mir auffordernd zu. »Elsa hat ohnehin beschlossen, dass sie der

Sache nicht weiter nachgeht. Wir haben am Sonntag unseren Wettkampf, das ist das Einzige, was zählt! Also zerbrechen wir uns jetzt nicht mehr den Kopf, okay?« Sie stieß mich in die Seite.

»Ja, genau«, bestätigte ich. Was sollte ich auch sonst sagen?

Mieke zwinkerte mir zu, und ich verstand. Ich würde ihr eine Nachricht schicken und das Ganze endgültig beenden. Sonst würde ich vermutlich an allem zerbrechen, und wenn ich es nicht allein tat, war es nicht ausgeschlossen, dass mein Widersacher dafür sorgte.

Ralf winkte kurz. »Ich geh dann mal wieder an die Arbeit. – Und übrigens: Ich war joggen. Wie jeden Morgen, an dem ich früh aufwache und nicht wieder schlafen kann.«

»Dann hoffen wir mal, dass Ralf recht hat und es wirklich nicht Leone ist, den sie gefunden haben«, sagte Mieke in versöhnlichem Ton.

Wenn sie doch nur richtiglag! Ich wünschte es so sehr.

31

Es ist eine alte Leiche. Und stell dir vor, sie haben sie exakt da gefunden, wo unsere Pferde wegen der Kreuzotter gescheut haben. Ist das nicht irre?

Mich überkam Gänsehaut bei der Vorstellung, wie nah wir einem toten Körper gewesen waren.

Mieke wusste natürlich schon wieder genau Bescheid, weil sie durch ihren Onkel Mirko direkt an der Quelle saß. Er war die schlimmste männliche Tratschtante, die ich kannte. Kurz überlegte ich, ob es schlau war, das alles übers Handy zu kommunizieren, entschied mich dann aber dafür, denn es wäre unplausibel, diese News nicht zu besprechen. Außerdem *musste* ich einfach wissen, was Sache war.

Wie lange lag die dort schon?

Schließlich konnte es sich auch um eine jahrhundertealte Moorleiche handeln, so wie Ralf gemutmaßt hatte.

Kein Plan. Aber wohl nicht soooo lange, und auf jeden Fall ist es eine Frau. Da ist sich Onkel Mirko sicher. Stell dir vor, er war bei der Bergung direkt dabei und hat alles aus nächster Nähe gesehen.

Das interessierte mich jetzt weniger. Damit konnte er gern hausieren gehen und angeben. Was mich viel mehr beschäftigte, war, dass die Moorleiche nicht aus einem vorigen Zeitalter stammte, sondern neueren Datums war.

Ist es Maria Greco?

Vermutlich. Jedenfalls hab ich das auch sofort gedacht, als Onkel Mirko davon erzählt hat. Die Tote hat lange Haare, die von den Torfmoosen natürlich rot verfärbt sind, so wie bei allen Moorleichen. Und das Gesicht ist erstaunlich gut erhalten. Da hat man bei den Toten aus dem Moor immer Glück, weil oft sogar noch die Gesichtszüge zu erkennen sind.

Typisch Mieke, haute sie mal wieder Wissen raus, das ich so spontan nicht parat gehabt hätte. Ich wusste zumindest, dass das Moor Kleidung aus Leinen zerfraß, Leder sich hingegen lange hielt. Dass der menschliche Körper aber regelrecht konserviert wurde und Knochen und Zähne entkalkten. Der Zustand der Toten interessierte mich dennoch nicht so, das fand ich eher abstoßend.

Ich wollte wissen, ob es wirklich Leones Nonna war.

Wie geht es jetzt weiter? Wann weiß man, um wen es sich handelt?

Keine Ahnung. Die Leiche wird jetzt gefriergetrocknet, behandelt und untersucht!

Irgendwie eklig!

Aber notwendig, wenn wir wissen wollen, ob es sich um Leones Nonna handelt.

Mir wurde schon nur bei dem Gedanken schlecht, und ich fragte mich, wie jemand freiwillig Rechtsmediziner oder Rechtsmedizinerin werden und sich tagein, tagaus mit solchen Dingen beschäftigen konnte. Aber jeder, wie er mochte.

Sehr witzig!

Hauptsache, du weißt jetzt Bescheid. Wenn ich mehr Infos habe, melde ich mich.

Gerne. Das interessiert mich ja schon. Jedenfalls gut zu wissen, dass Leone anscheinend in Sicherheit ist. Auch wenn es bedeutet, dass er abgehauen ist, ohne ein Wort zu sagen, der Idiot! Damit hat sich die Sache dann auch für mich erledigt.

Richtig so.

Abgemacht war abgemacht. Nach den letzten Nachrichten fühlte ich mich gleich sicherer.

Ich war fix und fertig und legte mich aufs Bett. Einen Augenblick lang überlegte ich, ob ich mit Mieke zusammen zu Opa Kurt gehen sollte, denn mich interessierte das Stutfohlen wahnsinnig, und es würde mich ablenken. Es war immer wieder ein Highlight, wenn neue Pferde auf den Hof kamen. Ich musste sie neu kennenlernen, einschätzen. Herrlich! Nur schlief ich bei dem Gedanken völlig übermüdet ein.

Ein Klappern am Fenster ließ mich zusammenzucken. Es war schon fast dunkel draußen. Ich setzte mich auf.

Hatte ich mich getäuscht und es womöglich nur geträumt?

Nein, da war es wieder. Jemand warf Steinchen an mein Fenster.

Ich schaute hinaus und entdeckte Jonas auf dem Hof, der heftig mit den Armen ruderte, als er mich entdeckte.

Ich öffnete das Fenster und fragte: »Was willst du?«

»Komm bitte runter!«, raunte er.

Ich wunderte mich, dass er einen solchen Aufriss veranstaltete, schließlich hätte er auch eine Nachricht schicken können.

Ich zog mir schnell den Troyer über, schlüpfte in meine Jogginghose und lief die Treppen hinunter nach draußen.

»Warum machst du so ein Theater?«, fragte ich genervt. »Ich hatte mich gerade hingelegt!«

»Hast du was von Mieke gehört?«, stieß er hervor.

»Ich habe gepennt, sagte ich doch schon. Kurz vorher haben wir uns geschrieben, nachdem wir im Moor ausreiten waren. Warum fragst du?«

»Weil ich sie nicht erreichen kann. Wir hatten uns aber verabredet, und du weißt, dass sie eine Pünktlichkeitsfanatikerin ist. Wenn sie sagt, um sieben, dann meldet sie sich um Punkt sieben. Hat sie aber nicht. Das kommt mir komisch vor.«

Ich atmete tief durch. Denn es stimmte. Mieke war die zuverlässigste Person, die ich kannte. Wenn sie einen Termin hatte, hielt sie ihn ein oder meldete sich ab. Immer.

Trotzdem konnte es doch sein, dass sie das Treffen mit Jonas vergessen hatte. Oder sie hatte keinen Empfang … Ich versuchte, erst einmal ruhig an die Sache ranzugehen.

»Sie wird bei Opa Kurt sein, wahrscheinlich achtet sie da nicht auf ihr Handy. Opa hat doch das Stutfohlen für sie gefunden.«

»Das weiß ich doch. Aber so lange? Nein, sie hätte sich gemeldet, ganz sicher.«

Jonas biss sich auf die Unterlippe. »Bitte lass uns nachsehen, ob sie bei Kurt ist. Die ganze Sache kommt mir komisch vor.«

Ich schluckte. Und dann war alles wieder da. Leones Verschwinden, Frau Minkner, die Moorleiche – und jetzt war Mieke nicht zu erreichen?

Sie hatte mit den Nachforschungen aber doch nichts zu tun.

»Vielleicht schläft sie auch?« Ein letzter Hoffnungsschimmer. Es könnte doch sein, dass sie, genau wie ich, vollkommen übermüdet eingenickt war.

Jonas schüttelte vehement den Kopf. »Das glaub ich nicht. Komm, wir sehen nach!«

Ich folgte ihm über den Hof zum Wohntrakt meines Großvaters. Dort klingelten wir, und kurz darauf öffnete Opa Kurt die Tür.

»Ihr?«, fragte er erstaunt. »Ich habe mit Mieke gerechnet, denn ich warte schon seit zwei Stunden auf sie.«

Nun überkam mich Panik. Echte Panik!

Die Welt um mich herum begann, sich zu drehen.

»Sie ist nicht bei dir?«, vergewisserte ich mich.

»Nein, aber kommt doch erst einmal rein. Es wird kalt.«

Wir folgten Opa Kurt in die Stube, wo das Feuer im Kamin prasselte, und setzten uns an den Esstisch.

»Das war Leone«, behauptete Jonas.

»Was war Leone?«, hakte Opa Kurt sofort nach.

»Was weiß ich. Er hat sie weggelockt, ihr was angetan, keine Ahnung …«

»So ein Quatsch!«, machte ich ihn an. »Warum, bitte schön, sollte er das tun? Das ergibt doch keinen Sinn.«

»Weil sie wollte, dass du dich zukünftig raushältst. Weil sie ihm nie richtig über den Weg getraut hat.«

Jonas war erstaunlich gut informiert.

»Sie hat sich total Sorgen gemacht!« Er wirkte aufgewühlt.

»Moment!« Ich hob die Hand und versuchte, meine Gedanken zu ordnen und Sinn in die Argumentation zu bringen.

»Frau Minkner und Herr Müller waren auf Leones Seite. Warum sollte er ihnen etwas antun oder den Kommissar bedrohen?«

»Weil sie nicht alles getan haben, um seine Nonna zu finden, vielleicht?« Wieder ritt er auf dieser Rachegeschichte herum. »Du bist die Einzige, die er von vorne bis hinten manipulieren konnte, und jetzt bist du offiziell ausgestiegen jedenfalls tust du so. Das weiß ich von Mieke. Vielleicht braucht er dich noch und kann sich das nicht bieten lassen.«

»Du hast doch einen Knall!«, schimpfte ich. »Ich versuche jetzt, Mieke zu erreichen.«

Sollte ich von hier nichts erreichen, würde ich eben zu ihr nach Hause fahren.

Zuerst schrieb ich eine Nachricht.

Jonas sagt, du bist nicht zu erreichen?
Melde dich bitte!

Die Nachricht bekam nur ein Häkchen, und das änderte sich auch in den nächsten zehn Minuten nicht. Ich rief Mieke an, es meldete sich aber nur die Mailbox.

Moin, Mieke hier. Ich und Tommy sind
wahrscheinlich gerade im Moor unterwegs.
Nachrichten nach dem bekannten Piep.

Ich verzichtete darauf, ihr etwas zu hinterlassen.

»Ich fahre zu ihr. Bis gleich!«

32

Ohne Opas und Jonas' Antwort abzuwarten, rannte ich raus, schwang mich aufs Fahrrad und fuhr zu den Blohms.

Miekes Mutter öffnete mir. Neben ihr stand Onkel Mirko und drehte seine Polizeimütze in den Händen.

Ich hörte noch, wie er sagte: »Jedenfalls sind die Moorleichen voller Wasser und richtig prall.«

Er schien sich ungeheuer wichtig zu fühlen, aber so kannte ich ihn.

»Elsa?«, fragte Frau Blohm. »Was machst du denn hier? Mieke ist doch bei deinem Opa.«

Nun wurde mir noch mulmiger, und ich rang nach Worten.

»Ich war unterwegs und hab sie auf dem Handy nicht erreicht«, erklärte ich schnell.

»Vielleicht erwischst du sie auf dem Hof noch«, sagte Miekes Mutter. »Sie ist schon vor über zwei Stunden los!«

Weil ich mich nicht von der Stelle rührte, sah sie mich abwartend an. »Ist noch was?«

»Die Moorleiche …«, begann ich vorsichtig.

»Das ist eine Frau«, mischte sich Miekes Onkel ein. »Wir«,

er betonte das *Wir* sehr, vermutlich, um seine Wichtigkeit zu betonen, »gehen davon aus, dass es sich um die abgängige Person der Maria Greco aus dem Jahr 1957 handelt. Die erste Einschätzung der Gerichtsmedizin ist zu diesem Urteil gelangt. Alles Weitere erfahrt ihr dann aus der Presse.«

Er redete so geschwollen, dass ich mir, trotz der ernsthaften Lage, auf die Lippe beißen musste, um nicht breit zu grinsen.

»Ich geh dann mal«, sagte ich.

Frau Blohm schloss die Tür nachdrücklich und schien froh darüber, dass ich wieder weg war.

Ich stand einen Augenblick unschlüssig vor meinem Rad und dachte nach. Wo war Mieke?

Mein Hals schnürte sich zu, und ich musste mich regelrecht konzentrieren, damit ich weiter Luft bekam.

Ich atmete ein paarmal tief durch, dann endlich war ich in der Lage loszuradeln. Ich legte mich ordentlich ins Zeug. Am Gutshof angekommen, warf ich das Fahrrad gegen die Hecke und stürmte zu Opa Kurt in die Wohnung. Jonas war auch noch da und sah mir erwartungsvoll entgegen.

»Immer langsam mit den jungen Pferden«, begrüßte mich Opas wohlig warme Stimme, die mich schon von klein auf immer beruhigt hatte.

Gleich wird alles gut, dachte ich. Mieke sitzt bestimmt inzwischen auf dem Sofa und studiert total begeistert die Fotos von ihrem neuen Fohlen.

»Hast du sie angetroffen?«, fragte Opa Kurt.

All meine Hoffnung schmolz zusammen, als hätte man eine Kerze ins Feuer geworfen.

Mieke war nicht da.

Mir war kalt, obwohl das Feuer im Kamin flackerte. Auch der Duft von Opas Pfeifentabak konnte mich heute nicht dazu bewegen, Ruhe zu finden.

Was geschah bloß um uns herum?

»Du hast sie nicht angetroffen«, sagte Opa mir auf den Kopf zu.

»Nein.« Und dann brachen sämtliche Zweifel und Verdächtigungen aus mir heraus. »Ich weiß einfach nicht mehr, was ich denken soll. Es kommt mir vor, als wäre meine ganze Welt mit dem Auftauchen von Leone zusammengebrochen«, schloss ich müde.

»Das ist sie wohl auch«, sagte Opa Kurt.

Jonas nickte und knetete seine Hände.

»Wo könnte Mieke denn stecken?«, überlegte ich.

»Sie kann doch nicht weit sein«, meinte Opa und fasste zusammen: »Mieke hat sich also vor zwei Stunden von zu Hause auf den Weg gemacht. Wir wissen nicht, ob sie auf dem Trautmannshof angekommen ist, was ich aber für sehr wahrscheinlich halte. Wo sollte sie denn im Dorf weggekommen sein?«

Auch wieder wahr. Opas Worte beruhigten mich etwas.

»Ich denke, sie ist noch im Stall oder in den umliegenden Gebäuden. Es könnte doch sein, dass sie sich verletzt hat und deshalb nicht mehr laufen kann.«

»Dann hätte sie eine Nachricht geschickt oder angerufen«, wandte ich ein.

»Es sei denn, sie hat das Handy zum Beispiel bei Tommy gelassen.«

Das war der Strohhalm, an den ich mich klammern wollte. Was Opa sagte, klang logisch.

»Dann nichts wie los! Wir finden sie.«

»Passt auf, wir suchen zuerst den Stall und das ganze Gelände ab. Dann sehen wir weiter.« Opa tätschelte meine Hand. »Ich bin sicher, wir finden Mieke gleich, und alle Sorgen lösen sich in Wohlgefallen auf.«

Opa Kurt ging in den Flur und nahm die Joppe vom Haken. »Denn man tau!«

Jonas und ich folgten ihm.

Im Stall trafen wir auf Paul.

»Habt ihr Mieke gefunden?«, fragte er sofort. »Jonas sagte, sie wäre weg.«

»Leider nein. Aber jetzt schwärmen wir aus und gucken, ob sie auf dem Hof ist. Nicht, dass sie irgendwo verletzt herumliegt, und wir hängen irgendwelchen Verschwörungstheorien nach.« Ich warf einen bitterbösen Blick in Richtung Jonas.

»Im Stall ist sie jedenfalls nicht«, verteidigte der sich sofort. »Da hab ich natürlich schon nachgesehen.«

»Ich nehme mir die Scheune vor.« Entschlossen stapfte ich los. »Mieke!«, rief ich, in der Hoffnung, von irgendwoher gleich ihre Stimme zu hören.

»Mieke!«

Ich schrak zusammen, als erst eine Maus und dann unser schwarzer Kater aus der Ecke sprangen.

»Mieke!«

Aus den weiteren Gebäudeteilen ertönten die Rufe der anderen.

Nach zwanzig Minuten trafen wir uns wieder auf der Stallgasse.

»Nichts«, sagte Jonas.

»Nichts.« Paul kratzte sich am Kopf.

»Nichts.« Jetzt wirkte auch Opa besorgt.

Ich konnte ebenfalls nichts Konstruktives beitragen. Mieke war weg.

Dieses »Nichts« klang aber so endgültig. So grausam. Meine beste Freundin war verschwunden. Sie hatte sich auf den Weg zum Trautmannshof gemacht und war hier vermutlich nie angekommen.

»Wollte sie das Rad nehmen?«, fragte Opa Kurt.

»Ich denke nicht«, sagte ich.

Während ich liebend gern auf zwei Rädern unterwegs war, um schnell von A nach B zu kommen, machte sich Mieke stets zu Fuß auf den Weg. »Ich kann dann besser nachdenken«, erklärte sie immer. Und von uns zu ihrem Elternhaus waren es auch nur fünf Minuten.

Ratlos schauten wir uns an.

»Wir sollten sofort die Polizei benachrichtigen.« Opa Kurt war der Erste, der das Schweigen brach.

»Dazu müssen wir aber erst mit Miekes Mutter sprechen«, meinte ich. »Sie fällt sonst aus allen Wolken.«

»Ich übernehme das!« Opa Kurt lief zurück ins Haus.

Ich ging zu Tommy und kraulte ihm nachdenklich den Hals.

»Hast du Mieke gesehen?«, flüsterte ich.

Ich durchsuchte zweimal das Stroh in seiner Box, fand Miekes Handy aber nicht.

Es sah so aus, als wäre Mieke nie auf unserem Hof angekommen.

33

Morgen war der Distanzritt, und Mieke blieb verschwunden. Ich schrieb ihr immer wieder Nachrichten, versuchte ständig, sie anzurufen, doch ihr Handy blieb aus.

Die Polizei hatte eine Fahndung rausgegeben, aber bislang erfolglos. Von Mieke fehlte jede Spur. Onkel Mirko beruhigte uns damit, dass es nicht ungewöhnlich war, wenn junge Frauen sich absetzten.

»Kummer. Stress mit der Liebe …« erklärte er ein ums andere Mal, schien aber selbst nicht dran zu glauben.

Immerhin schickten sie noch einmal eine Hundestaffel ins Moor, aber es gab einfach keinen Hinweis darauf, dass ihr etwas zugestoßen war. Nicht wie bei Leone, wo der Rucksack im Moor gefunden worden war. Nichts.

Miekes Verschwinden setzte mir arg zu. Ich war völlig fertig und wusste auch nicht, ob ich wirklich morgen am Wettkampf teilnehmen sollte. Ohne meine Freundin erschien es mir sinnlos. Wir hatten uns das zusammen vorgenommen, hatten zusammen trainiert, wollten zusammen Erfolge feiern. Aber zu Hause wurde ich schier wahnsinnig.

Es klingelte, und ich schleppte mich nach unten.

Vor der Haustür standen zwei Männer, die sich als Polizisten auswiesen. »Moin. Sind Sie Elsa Trautmann?«, fragte der eine. »Ich bin Herr Herold, Polizeioberkommissar. Das ist mein Kollege Larsen.«

»Sie sind wegen Mieke da?«, fragte ich.

»Genau. Dürfen wir reinkommen?«

Ich nickte und führte die beiden in die Küche. Das erschien mir als der beste Raum für eine Befragung. Hier war es, dank Mama, immer aufgeräumt, und ich konnte Gästen aus dem Kaffeeautomaten schnell ein Getränk ziehen.

»Kann ich Ihnen etwas anbieten?«, fragte ich. »Kaffee?«

Beide nickten.

Ich wartete, bis die drei Becher gefüllt waren, und setzte mich dann zu den Beamten an den Tisch.

»Sie sind also die beste Freundin von Mieke Blohm, und sie ist gestern, entgegen einer Verabredung, nicht auf dem Gutshof aufgetaucht?«

»Genau. Es ist insofern merkwürdig, als sie auch nicht per Handy zu erreichen ist«, erklärte ich.

»Sie könnte nicht gefunden werden *wollen*«, meinte Herr Larsen. »Das kommt vor.«

Ich gab mir einen Ruck. Egal, was ich Mieke geschworen hatte, jetzt ging es um ihr Leben, und ich würde nicht länger schweigen. Auch wenn ich den anderen Polizisten schon alles erzählt hatte, erklärte ich die Umstände ein weiteres Mal. Ich wählte meine Worte sorgfältig und erzählte alles, beginnend bei Leones Auftauchen in der letzten Woche. Vielleicht hätten wir uns doch viel früher an die Polizei wenden sollen.

Herr Herold schaute etwas amüsiert, Herr Larsen eher skeptisch. Auch sie glaubten mir kein Wort – ich hätte es wissen müssen.

»Da haben Sie sich ja eine hübsche Theorie zusammengebastelt«, sagte Larsen am Ende.

Seine Skepsis war nicht zu überhören.

»Immerhin haben Sie gestern wahrscheinlich Frau Greco gefunden«, erwiderte ich. »Und es könnte doch sein, dass wem daran gelegen ist, die Umstände ihres Todes nicht aufzudecken.«

»Dass wir auf die Tote gestoßen sind, war reiner Zufall, weil der Rucksack von Leone Greco im Moor gefunden worden war«, erklärte Herold. »Ich befürchte eher, dass Ihre Freundin mit ihm eine Beziehung hatte und sie zusammen einen kleinen Fluchtplan ausgeklügelt haben, der alle durcheinanderbringt. Er verschwindet, und kurz darauf ist Ihre Freundin auch weg. Ich wette, die beiden lassen es gerade richtig krachen und lachen sich über alle tot, während Sie hier vor Sorge vergehen.«

»Niemals!«, entgegnete ich mit Entschiedenheit. »Das würde Mieke keinem antun. Sie war so glücklich, dass sie und Jonas sich endlich nähergekommen sind. Wo sie doch so lange schon für ihn schwärmt. Warum sollte sie ihr Verschwinden also inszenieren?«

Herr Larsen zuckte die Achseln. »Weil ihre Eltern sie womöglich nicht hätten gehen lassen? Frau Blohm ist erst siebzehn Jahre alt. Ohne das Einverständnis ihrer Eltern wäre ein Fortgehen ausgeschlossen gewesen.«

Ich hob abwehrend die Hände, denn diese Vorstellung konnte ich nicht ertragen.

»Sie hätte mir erzählt, wenn sie in ihn verliebt gewesen wäre. Und auch, falls sie vorgehabt hätte zu verschwinden. Dazu wäre eine solche Lüge unnötig gewesen. Und es passt auch nicht zu ihr. Überhaupt nicht!«

»Glauben Sie uns, es gibt nichts, was es nicht gibt. Und wie viele Menschen sind schon von der Realität überrascht worden, als sie gemerkt haben, zu was Freunde oder Angehörige fähig sind.«

Das mochte zwar sein, aber bei Mieke passte es trotzdem nicht.

»Und was ist mit Frau Minkner?«, fragte ich provokativ.

Herr Herold verdrehte die Augen. »Frau Trautmann! Frau Minkner war alt und krank und ist in der Nacht friedlich eingeschlafen. Das wünscht man doch jedem. Wo sehen Sie einen Mord?«

»Erst hat sie einen Unfall, nachdem sie einen Artikel über Maria Greco verfasst hat«, sagte ich. »Dann ist sie tot, weil Leone und ich sie aufgesucht haben. Wegen exakt dieses Berichts.«

»Im Augenblick wirkt es tatsächlich eher so, als hätte sich Ihre Freundin mit Leone abgesetzt. Aber wir ermitteln natürlich in alle Richtungen.«

Bullshit, dachte ich, sprach es aber lieber nicht aus, sondern suchte weiter nach Argumenten.

Ich wollte nicht aufgeben. Never!

»Doch, es muss so sein. Jemand hat mein Handy manipuliert und konnte mich deshalb verfolgen und …«

Die beiden Polizisten wechselten einen kurzen Blick, und mir wurde bewusst, wie verrückt ich mich anhören musste.

»Wie gesagt, wir ermitteln in alle Richtungen. Eine letzte Frage noch. Wussten Sie, dass Leone Greco und Ihre Freundin sich schon vor seinem Aufenthalt hier in Mückemoor kannten?«

»Wie bitte, *was*? Nein, die beiden sind sich hier zum ersten Mal begegnet.«

Herr Herold schaute mich mitleidig an. »Es gibt bei Facebook einen Chat. Sie haben sich darüber geschrieben. Schon vor Wochen!«

Nun wurde mir eiskalt.

Ich wollte das nicht glauben. Niemals hätte Mieke mich so hintergangen. Und Leone auch nicht. Das musste eine Verwechslung sein. Wieso hätten die beiden mir das verschweigen sollen?

Herr Herold erhob sich. »Das war's für heute, vielen Dank für Ihre Mithilfe! Wir werden jetzt eine Fahndung rausgeben, aber wir gehen davon aus, dass Frau Blohm eines Tages von allein wieder auftauchen wird. Wir fürchten, da sind Sie einer gut inszenierten bösen Moorgeschichte aufgesessen.«

»Das glaube ich nicht!«

Es *musste* für alles eine gute Erklärung geben!

»Schon gut. Wenn es etwas Neues gibt: Hier sind unsere Kontaktdaten.« Er reichte mir ein Kärtchen.

Ich steckte es ein, ohne draufzugucken, beschloss aber, sofort zu Opa zu gehen. Ich musste jetzt mit jemandem reden, alles noch einmal neu beleuchten, sonst würde ich wahnsinnig werden.

34

Mieke und Leone. Das konnte nicht sein, das *durfte* nicht sein. Es ergab auch einfach keinen Sinn. Wieso sollte Mieke mit einem Typen auf Facebook schreiben und mir nichts davon sagen? Und dann auch noch so tun, als würde sie ihn nicht kennen, als er dann plötzlich bei uns im Dorf aufgetaucht war. Und doch hatte die Polizei offensichtlich einen Chat gefunden, in dem die beiden sich ausgetauscht hatten. Wie passte das zusammen?

Ich wusste gar nicht, was ich fühlen sollte. Es war eine Mischung aus Wut und Trotz. Verzweiflung und Unglauben.

Und doch –

Plötzlich vibrierte mein Handy.

Bestimmt Jonas, der wissen wollte, ob ich inzwischen irgendwas von Mieke gehört hatte.

Ich zuckte zusammen, als ich Leones Nummer erkannte.

Sie haben meine Nonna gefunden.

Mich durchströmte Erleichterung: Egal, was die Polizei mir einreden wollte, das war gerade zweitrangig. Leone lebte. Mir zitterten die Hände, und ich atmete tief durch. Doch schnell gesellte sich ein anderes Gefühl dazu. Misstrauen. Was war dran an der Aussage des Polizisten, dass Leone und Mieke sich kannten, und was wollte er nun von mir?

Ich wartete, bis sich mein Herzschlag wieder etwas beruhigt hatte. Ich schwankte zwischen Wut und Hoffnung. Mit zitternden Fingern schrieb ich:

Wo steckst du?

Das mit seiner Nonna wusste ich bereits. Ich wollte wissen, wo *er* war – und Mieke.

Doch kaum hatte ich das geschrieben, fiel mir siedend heiß ein, dass mein Handy vermutlich gehackt worden war. Verdammt, ich musste zwar mit Leone in Kontakt bleiben, durfte aber nicht so offen kommunizieren. Oder stimmte das alles sowieso nicht, weil Mieke und er unter einer Decke steckten? Ich entschied mich für die sichere Variante. Nur musste schnell eine Lösung her. Mir brach vor Panik der Schweiß aus, weil mir so rasch nichts einfiel. Zum Glück blieb er selbst zunächst vage.

Kann ich dir nicht sagen. Aber mir geht es gut. Plan aufgegangen.

Ging es noch rätselhafter? Noch immer suchte ich fieberhaft nach einer Lösung, dann kam mir eine Idee.

Schön, dass du dich gemeldet hast und es dir gut geht. Ich möchte dir nicht mehr schreiben. Besser so. Aber es gibt für dich und mich sicher die Hoffnung!!!!, dass alles gut wird.

Ich hoffte, dass er sich an die Bank erinnerte und meine Nachricht verstand.

Mach's gut, und lass dir die Hoffnung nicht nehmen. Hoffnung ist ein stiller Ort der Gedanken.

Er hatte es kapiert. Ich antwortete nicht mehr und machte mich sofort auf den Weg.

Leone erwartete mich schon. Ich war unsicher, wie ich ihm begegnen sollte, und blieb zunächst auf Abstand. Ihm schien es ähnlich zu gehen.

»Hallo, Elsa«, begrüßte er mich.

»Hi. Ich bin froh, dass du noch lebst.« Ich senkte den Blick. »Warum bist du abgehauen?«

»Später. Sag erst, weshalb du mir nicht schreiben konntest.«

Ich erzählte kurz von Miekes und meinem Verdacht. »O Shit, das ist echt übel. Gut, dass wir die Bank der Hoffnung haben.« Er sagte es scherzhaft, aber ich konnte nicht lachen. Es stand zu viel zwischen uns.

Ich wusste auch gar nicht, wo ich beginnen sollte. Schließlich beschloss ich, erst nach seiner Nonna zu fragen. »Woher weißt du von der Moorleiche?«

»Steht im Netz.« Er sah mich abwartend an. Ich gab mir einen Ruck. »Wo ist Mieke?«

»Mieke? Keine Ahnung. Wovon sprichst du?«

Er wirkte tatsächlich überrascht, das machte mir Mut, aber es konnte auch sein, dass er mich hinhielt. Nur wäre er dann gekommen?

»Mieke ist verschwunden. Wo steckt sie?«

»Und woher soll ich wissen, wo sie ist?«

Ich beobachtete seine Mimik – er wusste von nichts. So gut würde er nicht schauspielern können.

»Mieke ist seit gestern spurlos verschwunden. Sie wollte zu Opa Kurt und ist da nie angekommen.«

»Das gibt es doch nicht. Shit! Ich habe mit alldem nichts zu tun, das musst du mir glauben!«

»Ich schon, aber der ermittelnde Kommissar ist der Ansicht, du wärst mit Mieke durchgebrannt.«

Leone lachte kurz auf, fing sich dann aber, denn wir mussten leise sein. Es war besser, wenn uns keiner entdeckte. »So ein Quatsch! Ich weiß nicht, wo Mieke ist, jedenfalls ganz bestimmt nicht bei mir.«

»Und warum bist du dann so mir nichts, dir nichts verschwunden, ohne mir auch nur ein Wort zu sagen?«

Leone zögerte. »Ich musste so tun, als ob mir etwas passiert ist. Deshalb habe ich den Rucksack auf den Weg gestellt.«

Ich verstand nicht, worauf Leone hinauswollte.

»Ich versuche, es zu erklären.«

Fragend schaute ich ihn an. Er war mir in diesem Augenblick ein vollkommenes Rätsel.

»Ich dachte, wenn man bei meinem Verschwinden von

einem Verbrechen ausgeht, werden sie gucken, ob mir im Moor etwas zugestoßen ist. Und mit Glück meine Nonna finden. Sie ist schließlich nie richtig gesucht worden. Dass es so schnell klappt, damit habe ich auch nicht gerechnet.«

Ich brauchte eine Weile, ehe ich das verdaut hatte. Deshalb unternahm ich mehrere Anläufe, bis ich eine passende Antwort parat hatte.

»Ganz schön abgebrüht!« Mehr fiel mir dazu echt nicht ein. Und es schmerzte, dass er mich nicht ins Vertrauen gezogen hatte.

Leone schürzte die Lippen. »Ich finde es eher effektiv. Weil ich nicht weiterwusste, erschien es mir eine gute Idee. Ich wollte dich da nicht mit reinziehen, denn du hättest lügen müssen.«

»Ich habe dich die ganze Zeit unterstützt«, hob ich an, aber Leone unterbrach mich sofort.

»Gab auch noch einen anderen Grund. Jetzt kann ich es dir ja sagen, nun denken alle, ich sei weg, und meine Nonna ist gefunden worden. Ich wurde bedroht! Nicht nur ein bisschen, nein, richtig, und ich hatte Angst.«

»Womit hat man dich bedroht?«

»Ich werde es nicht überleben, wenn ich nicht aufgebe.«

Damit war wohl fast alles gesagt. Zwei Dinge schwebten noch ungesagt über unseren Köpfen. Ich begann mit dem ersten und hoffte, es klang nicht zu flehend: »Kommst du zurück?«

Leone schüttelte den Kopf. »Vorerst nicht. Zu gefährlich. Elsa, ich muss los, ich bin unruhig, wenn wir hier zu lange herumstehen.« Er nahm meine Hände, hielt sie fest und schaute mich mit seinem warmen Blick an. »Es fällt mir schwer, aber es geht gerade nicht anders. Ich melde mich. Versprochen.« Er ließ mich los und wollte davoneilen, doch ich musste ihm die letzte Frage noch stellen. Dann würde ich wissen, ob er mich die ganze Zeit angelogen hatte.

»Warte!«

»Was ist?«

»Die Polizei sagt, du und Mieke, ihr kanntet euch. Von Facebook.« Jetzt war es heraus, und Leone wurde blass. Seine Kiefer mahlten. Ich hatte ihn erwischt. Doch bevor er mir antworten konnte, hörten wir Stimmen, die sich unserem Versteck näherten. Es waren Jonas und Ralf. Noch waren sie weit genug entfernt, sodass sie Leone nicht entdecken konnten, wenn er sich auf der anderen Seite des Gebüschs herausstahl. »Lauf«, zischte ich ihm zu. »Aber ich will das wissen!«

Er bückte sich und huschte wie eine Raubkatze durch die Büsche davon. Auch für mich wäre es eine unangenehme Situation, wenn Ralf und Jonas mich hier entdeckten und Fragen stellten. Deshalb zog ich es vor, ebenfalls zu verschwinden. Die Dunkelheit würde mir Schutz bieten.

Ich entwischte gerade noch rechtzeitig, ehe die beiden am Dorfplatz angekommen waren.

Mieke und Leone hatten sich also gekannt. Es wurde immer verzwickter.

35

In der Nacht träumte ich von Moorleichen. Wie Zombies kamen sie mit hängenden Armen und vor Nässe triefenden Sachen aus dem Mückemoor und schlurften mit dumpfen Schritten auf unser Dorf zu. Sie blieben erst vor der *Linde* stehen und beschimpften Tant' Gerdes, dann stapften sie weiter und hinterließen feuchte, morastige Spuren.

Ich sah sie auf dem Weg zum Trautmannshof. Sie hatten Stöcke in der Hand und schimpften. Es wurden immer mehr. Inzwischen waren es Hunderte von Moorleichen, die unseren Gutshof umzingelten.

»Kein Grab!«, riefen sie. »Kein Grab!«

Andere grummelten: »Rache für Maria.«

Und wieder: »Kein Grab!«

Ich hatte Angst wie noch nie in meinen Leben. Diese Gestalten würden uns alle töten.

»Komm raus!«, hörte ich jetzt. Etwas flog gegen mein Fenster. Um Himmels willen, sie wollten mich holen. Sie würden mich zerfleischen, weil ich Maria Grecos Totenruhe gestört hatte.

»Kein Grab!«

»Rache!«

»Komm raus!«

Wieder schepperte es, und es war so nah. So laut.

»Komm raus!«

Ich öffnete die Tür, ging die Treppe hinunter.

Ich musste mich opfern. Meinen Kopf hinhalten.

Ich hätte mich nicht auf das Spiel einlassen sollen.

Alle Seelen des Moores waren durch unsere Aktion befreit – und sie waren wütend, weil wir sie nicht in Ruhe gelassen hatten.

Ich dachte an die Moorleichen in den Museen, die sich in ihrer Nacktheit auch noch täglich bestaunen lassen mussten.

Mit einem Ruck öffnete ich die Tür.

Doch der Platz vor mir war leer. Die Leichen waren weitergezogen und standen nun vor dem Trakt meines Großvaters. Dann lösten sie sich nach und nach auf.

»Komm runter!«

Ich schreckte schweißgebadet auf und stellte fest, dass ich noch immer in meinem Bett lag.

Was für ein bescheuerter Traum, dachte ich.

»Elsa!«

Die Stimmen waren immer noch da.

Irgendjemand rief wirklich nach mir.

Ich sprang aus dem Bett und entdeckte Leone auf dem Hof. Er drückte sich also nicht.

Ich öffnete das Fenster.

»Bin gleich da, warte!«

Es war gerade drei Uhr vorbei.

Leone antwortete nicht, sondern nickte und sah sich dann nach allen Seiten um.

»Bitte, Elsa, ich muss mit dir reden!«, flüsterte er. Ich verstand gerade noch, was er mir sagen wollte, seufzte und beschloss, das Wagnis einzugehen, ihn unten zu treffen. Ehrlich gesagt wollte ein Teil von mir ihn auch einfach schon wieder in meiner Nähe haben.

Ich schlich, wie eben noch im Traum, die Treppen hinunter und schloss die schwere Haustür auf.

Doch da war kein Leone.

»Hallo?« Ich wollte nicht laut rufen, und so klang meine Stimme etwas verloren in der nebligen Nacht. Die feuchten Schwaden verharrten regungslos im Licht der Hoflaterne, die Kristalle schwirrten in den Strahlen.

»Hallo?«

Ich bekam keine Antwort, lief ein Stück auf den Hof, aber Leone war wie vom Erdboden verschluckt.

Ich schloss die Tür wieder.

Hatte ich auch nur geträumt, dass er auf dem Hof gewesen war? Ich hatte meine Sinne offenbar nicht mehr ganz beisammen.

Das konnte doch nicht wahr sein!

Leise schlich ich die Treppen zurück nach oben und legte mich aufs Bett.

Immer wieder nahm ich das Handy in die Hand und schaute, ob er eine Nachricht geschickt hatte. Aber das Telefon blieb stumm.

Und in wenigen Stunden war der Wettkampf. Der Tag, auf den ich so viele Monate mit Pegasus hingearbeitet hatte.

Nun wusste ich nicht einmal mehr, ob ich daran teilnehmen wollte.

Am liebsten hätte ich mir nur noch die Decke über den Kopf gezogen und mich in dem Dunkel verloren.

Mieke fehlte mir so sehr.

Ich konnte nicht mehr schlafen und wusste absolut nicht, wie ich den kommenden Tag überstehen sollte.

Mir fiel die Decke auf den Kopf, ich bekam kaum noch Luft, weil ich so unsicher geworden war.

Plötzlich war mir, als hörte ich Miekes Stimme. »Du musst auf jeden Fall reiten, Elsa. Bitte!«

»Ich kann nicht!«, flüsterte ich.

»Du musst! Es darf nicht alles umsonst gewesen sein.«

Ich schloss die Augen und versuchte, Miekes Stimme aus meinem Kopf zu verbannen. Wie sollte ich einen guten Ritt hinlegen, wenn ich nicht wusste, wie es meiner besten Freundin ging? Und ob sie mich tatsächlich mit Leone hintergangen hatte? Ich fühlte mich einfach zu schwach dazu.

Ich überlegte hin und her. Doch dann wuchs in mir das Gefühl, Mieke könnte recht haben. Der Ritt würde mir guttun und mich von dem ganzen Schlamassel ablenken. Wenn ich hier herumlag, änderte ich schließlich nichts. Kurz bevor der Wecker klingelte, hatte ich meinen Entschluss gefasst. Ich würde reiten.

36

Ich musste doch noch eingeschlafen sein, denn ich wurde vom Schrillen des Weckers aus dem Schlaf gerissen.

Es war sieben Uhr. Eigentlich war ich um neun mit Mieke am Stall verabredet. Wir wollten Tommy und Pegasus gemeinsam putzen und für den Transport fertig machen.

Es war wichtig, rechtzeitig beim Wettkampf anzukommen, weil wir unsere Pferde richtig warm machen wollten, damit sie beim Ritt locker und entspannt waren. Hatten sie sich erst einmal an die fremden Pferde, Gerüche und Geräusche gewöhnt, würden auch die Pulsfrequenzen und anderen Vitalzeichen schnell wieder im Normalbereich sein. Pegasus neigte nämlich dazu, sich in für ihn ungewohnten Situationen aufzuregen.

Ja, so war es geplant. Aber Mieke war nicht da. Ständig schaute ich mich um, in der irren Hoffnung, sie würde gleich einfach hier auftauchen. Mein Bauch krampfte sich vor Schmerz und Sorge zusammen.

Hatte Leone gestern doch gelogen, und sie war bei ihm? Was wollte er letzte Nacht auf dem Hof? Und wieso war er dann doch wieder abgehauen? Hatte ihn der Mut verlassen, mir die Wahrheit zu sagen?

Es wurden nur immer mehr Fragen, und ich bekam einfach keine Antworten.

Ich quälte mich aus dem Bett, sprang unter die Dusche und versuchte, wach zu werden. In der letzten Woche hatte ich kein einziges Mal gut geschlafen.

»Schlaf wird überbewertet«, machte ich mir selbst Mut. »Da musst du jetzt durch.«

Mit diesen Gedanken schleppte ich mich in die Küche, wo Opa Kurt schon mit der Tageszeitung in der Hand am Tisch saß und ein aufgeschnittenes Brötchen vor sich liegen hatte. Es duftete nach frischem Kaffee und gekochtem Ei.

»Da bist du ja«, begrüßte er mich.

Mama gab mir einen Kuss auf die Wange.

»Ich habe kaum geschlafen, aber beschlossen, heute anzutreten.«

»Das ist eine gute Entscheidung«, sagte Opa und setzte nach: »Mieke wäre vermutlich empört, wenn sie wüsste, dass du auch nur darüber nachdenkst, nicht an dem Wettkampf teilzunehmen.«

»Das glaube ich auch«, bekräftigte Mama. »Wenn du das durchziehst, kommst du auf andere Gedanken. Ich glaube ohnehin, dass Mieke sich schon bald meldet. Sie wird sicher bei diesem Leone sein, so wie der Kommissar sagt.«

Ich zweifelte nach wie vor an dieser Theorie, aber ich zweifelte auch an allen anderen Hypothesen. Ich zweifelte sogar schon an mir selbst.

»Mach es«, wiederholte Mama. »Du hast so hart dafür trainiert, und Mieke kommt auch nicht schneller wieder, wenn du verzichtest. Ich mach mir Sorgen um dich. Seit Tagen habe ich dich nicht *ein Mal* lächeln sehen. Gönn dir den Tag Ablenkung. Es ist alles vorbereitet. Ralf und Jonas haben den Hänger bereits fertig. Paul steht parat.«

Ich nickte nachdenklich. Sie hatten ja recht. Und irgendwie fand ich den Gedanken, den Tag heute einfach nur mit Pegasus und den Wiesen und Wäldern rund um Mückemoor zu verbringen, wirklich tröstlich.

Ich nahm mir ein Brötchen und schimpfte insgeheim mit meinem Magen, der laut knurrte und mir wie ein Verräter vorkam.

»Die Moorleiche ist wohl wirklich Maria Greco«, sagte Opa. »In der Zeitung steht, die Leiche sei etwa sechzig bis siebzig Jahre im Moor gewesen, und es handele sich eindeutig um eine Frau Anfang zwanzig. Das passt alles.«

Obwohl ich mit nichts anderem gerechnet hatte, schnürte sich mir die Kehle zu.

»Traurig, oder?«, fragte ich und entschied mich, die zweite Brötchenhälfte mit Käse zu belegen. »Dann ist sie doch im Moor gestorben.«

Opa zuckte bedauernd mit den Schultern. »Warum auch immer sie sich dort verirrt hat oder sich das Leben nehmen wollte.«

»Vielleicht hat sie doch jemand dort hingelockt?«, fragte ich.

»Das wird man nach all den Jahren wohl nicht mehr feststellen können.« Er las weiter und runzelte die Stirn. »Oje, jetzt verstehe ich.«

Ich ließ die Hand mit dem Brötchen sinken. »Was verstehst du?«

»Sie war schwanger!«

»Schwanger?« Ich war fassungslos. »Du meinst, sie hat sich umgebracht, weil sie ein Kind erwartet hat?«

Opa Kurt bestätigte das. »Das war in der damaligen Zeit eine Katastrophe, wenn man nicht verheiratet war.«

»Die arme Frau.« Mama seufzte. »Das muss man sich mal vorstellen. Allein in einem fremden Land, wahrscheinlich wusste sie nicht, an wen sie sich wenden sollte.«

»Und wer war der Vater?«, fragte ich sofort.

Opa Kurt schürzte die Lippen. »Das steht hier natürlich nicht. Sie hatte viele Verehrer, aber ich wüsste nicht, dass sie mit irgendjemandem aus dem Dorf eine Beziehung gehabt hätte.«

Ich schluckte, plötzlich wusste ich, dass ich nicht würde aufhören können, bis ich die Wahrheit herausgefunden hatte. »Es wäre gut, wenn das alles geklärt werden würde. Richtig gut.«

»Du gibst nicht auf, was?«, fragte Opa Kurt.

Ich nickte nur.

Denn heute wollte ich reiten.

Für mich. Für Mieke.

Und für meine Seele, die dem Ungeheuer, das uns bedrohte, die kalte Schulter zeigen wollte. Ich würde mich nicht unterkriegen lassen.

37

Paul und Jonas hatten den Pferdeanhänger zum Parkplatz gefahren. Am Start waren schon etliche Reiterinnen und Reiter versammelt, aber es war eine ruhige und entspannte Atmosphäre. Zuerst ging es zum Tierarzt, der die Pferde durchcheckte. Ich hatte die Startnummer 10 und würde früh losreiten können. Paul wollte den Ritt am Hänger abwarten. Ich hatte es Jonas nicht ausreden können, auf Tommy mitzureiten. Er war der Ansicht, es Mieke schuldig zu sein.

»Außerdem ist Pegasus viel ruhiger, wenn sein Pferdekumpel dabei ist.«

Das war für mich das schlagkräftigste Argument, denn die beiden hingen wie Freunde aneinander.

Das Wetter spielte am heutigen Tag insofern mit, als dass es nicht regnete. Allerdings hing der Nebel fest über dem Land und ließ die Welt klein und trüb erscheinen. Es passte zu meiner Stimmung.

»Lüttje Welt« nannten wir Norddeutschen diesen Zustand, und das traf es sehr genau.

Die Richterin winkte mit der Hand, und wir konnten los.

Die Hufe unserer Pferde klangen dumpf auf dem Grasboden, als wir antrabten. Schnell fanden wir unseren gemeinsamen Rhythmus, schnell wurden wir zu der unschlagbaren Einheit, die uns schon immer verband. Es ging am Kanal entlang, dann durch ein kleines Birkenwäldchen, und schließlich gelangten wir ans südliche Ende vom Moor. Die Strecke war abwechslungsreich. Mal trabten wir durch Weidegebiete auf kleinen Trampelpfaden, dann wieder ging es durch Tannenschonungen, und schließlich waren wir mitten im Wald.

Die Sicht wurde etwas klarer, ein Specht hämmerte kräftig gegen einen Baumstamm. Die Etappen waren insgesamt gut ausgeschildert, notfalls hatten wir auch noch Karten dabei, mit denen wir uns orientieren konnten. Natürlich war es besser, sich nicht zu verreiten, denn das kostete unnötig Zeit und Kraft. Deshalb achtete ich mit Argusaugen auf die Wegpunkte. Für unseren Wettkampf mussten wir den roten Kreisen folgen, die an jeder Wegbiegung angebracht waren. Die kürzere Strecke war in Grün ausgeschildert.

Wir trabten locker, spürten, dass unsere Pferde konzentriert, aber nicht angespannt waren. Eine gute Voraussetzung für einen erfolgreichen Ritt.

An der nächsten Lichtung wurden wir in eine Radarfalle gebeten. Die Richterin prüfte Atemfrequenz und Puls unserer Pferde. Es war alles im grünen Bereich, und wir konnten ohne Zwangspause weiterreiten, doch da ging plötzlich Jonas' Handy.

Ich wollte weiter und war genervt, weil er die Nachricht unbedingt lesen wollte.

»Dein Ernst? Wer dir jetzt schreibt, muss eben warten. Es kommt auf jede Minute an.«

»Reite ruhig schon mal weiter«, schlug er vor. »Ich will kurz gucken, wer das ist.« Er warf einen Blick aufs Display. »Opa Kurt. Ich hol dich schon ein!«

»Wenn du gleich mehr Tempo machst und Tommy bei der nächsten Überprüfung in die Zwangspause muss, dann warte ich aber nicht!«

Miekes und meine Strategie war, den Ritt in ständigem, aber gemäßigtem Gang zu bestreiten, und wenn Jonas mir gleich in wildem Galopp hinterherpreschte, bestand die Gefahr, dass wir in der nächsten Kontrolle abwarten mussten, bis die Werte sich normalisiert hatten. Denn mit jedem Kilometer wuchs die Belastung für die Pferde, und es würden auch Schrittphasen nötig sein.

Pegasus hatte seinen Rhythmus gefunden und schritt kräftig und mit Freude aus. Es schien, als würde er den Ausflug in vollen Zügen genießen und als wäre es auch für ihn spannend, mal in einer anderen Gegend unterwegs zu sein.

Wir wurden von einer Gruppe anderer Reiterinnen und Reiter überholt, die johlend an uns vorbeipreschten. Die würde ich bestimmt bei der nächsten Kontrolle wiedersehen, denn die Pferde waren schon jetzt vollkommen durchgeschwitzt.

Ich ließ mich nicht beirren und ritt entspannt weiter im leichten Trab. Jonas war noch immer nicht wiederaufgetaucht. Mir ging es wirklich nicht in den Kopf, wie man an einem Wettkampf teilnehmen und sich dann von Handy-Nachrichten abhalten lassen konnte.

Aber eigentlich war es mir auch ganz recht, dass Jonas nicht ständig an meiner Seite war, so konnte ich mich voll und ganz auf Pegasus und mich konzentrieren.

Ich hatte das Waldstück hinter mir gelassen, wurde an der nächsten Kontrolle rausgewinkt und fand dort tatsächlich die Gruppe mit den abgehetzten Pferden vor. Ein Tier wurde ganz aus dem Wettkampf genommen, weil es schon jetzt völlig erschöpft war.

Pegasus aber war noch fit, und ich durfte sofort weiter. Laut Karte hatte ich bereits die Hälfte der Strecke hinter mir.

Ich lag gut in der Zeit, und Pegasus' Werte waren grandios, wie die Richterin bestätigte. Das ausgiebige Training zahlte sich aus, und tatsächlich war ich so auf Pegasus und darauf konzentriert, keinen der Wegpunkte zu übersehen, dass ich es schaffte, einfach mal ein paar Momente lang nicht an Mieke und Leone zu denken.

Der schwierigste Teil der Strecke lag aber erst noch vor mir. Als Erstes kam ein Wasserloch, das ich durchreiten musste. Ich konnte nicht erkennen, wie tief es war, und viele Pferde scheuten an solchen Suhlen und weigerten sich hindurchzugehen.

Pegasus hingegen war furchtlos, denn auch solche Situationen hatten wir oft geübt. Schließlich war es bei längeren Ausritten manchmal unumgänglich, auch durch Pfützen zu reiten.

Vor mir war eine andere Gruppe, deren Pferde sich strikt weigerten, sich aufbäumten und auch sonst ein ziemliches Theater veranstalteten.

Ich hatte die Befürchtung, dass Pegasus sich von der Panik der anderen Pferde anstecken lassen könnte.

»Würdet ihr mich vorlassen?«, fragte ich. Mir würde sonst wertvolle Zeit verloren gehen, wenn ich wartete, bis sie ihre Pferde überzeugt hatten.

»Ach, bist du eine ganz Ehrgeizige?«, fragte der eine Reiter und hieb seinem Pferd mit Wucht die Gerte auf die Flanke.

»Ich möchte verhindern, dass mein aufgewärmtes Pferd kalt wird«, gab ich ruhig zurück. »Mit etwas Glück folgen eure Tiere Pegasus.«

Der Typ lachte laut auf. »Ach, und du glaubst, dein Gaul geht durch diese Brühe anstandslos durch?«

»*Mein Gaul* kennt solche Gräben, deshalb glaube ich nicht, dass er durchs Wasser geht, ich weiß es.«

»Dann mach mal vor.« Der Mann zügelte seinen Rappen und ließ ihn ein paar Schritte rückwärtsgehen. »Madame Superschlau: bitte!«, sagte er.

Ich spürte, dass auch Pegasus merklich nervöser wurde, denn die Unsicherheit der anderen Pferde übertrug sich auch auf ihn. Es wurde Zeit, dass ich hier wegkam.

Ich klopfte seinen Hals, schnalzte einmal und versammelte ihn unter mir. Sofort war unsere Verbindung wieder da.

Ich trieb ihn an, ließ die Zügel etwas lockerer, damit er die Suhle sehen konnte, und er stapfte vorsichtig, aber ohne Schwierigkeiten hindurch.

»Gibt's ja nicht!«, hörte ich den Mann hinter mir rufen. »Der Gaul macht das tatsächlich.«

Die anderen Pferde schien Pegasus' Sicherheit allerdings nicht zu beeindrucken, sie kämpften weiter mit ihren Reitern. Da war wohl Hopfen und Malz verloren.

Ich hörte noch, wie einer der Richter, der das Durchreiten des Wasserlaufs kontrollierte, den Mann ermahnte, er solle aufhören, so mit dem Pferd umzugehen, sonst werde er disqualifiziert.

Bevor es zurück ins Moor ging, musste ich noch einmal ein Wäldchen durchqueren. Dazu ging es erst einen Hügel hinunter und wieder hinauf, aber auch das war für Pegasus kein Problem. Plötzlich schien sogar ein Sieg möglich. Ich spürte förmlich, wie ihm heute Abend die Siegerplakette angesteckt werden würde, denn er war wunderbar in Form. Auch ohne Tommy.

Als der Wald besonders dicht wurde, hörte ich lautes Hufgetrappel hinter mir, und da Pegasus wieherte, vermutete ich, dass es Jonas war, der uns endlich eingeholt hatte. Die Wassersuhle dürfte auch für Tommy kein Problem gewesen sein.

Ich drehte mich kurz um – ein fataler Fehler.

Pegasus scheute, bäumte sich so heftig auf, dass er beinahe hintenüberfiel, drehte abrupt um – und schleuderte mich aus dem Sattel.

Ich sah noch im Augenwinkel, dass hinter dem Busch eine Tüte flatterte, dann war alles schwarz.

38

Ich war noch nicht richtig wach und versuchte, mich zu orientieren.

Hatte ich vorhin noch gedacht, ich röche Laub, so überwog nun ein anderer Duft. Es roch sauber, ein bisschen nach Desinfektionsmittel.

Ich konnte mich kaum bewegen, weil mir alles, wirklich alles, wehtat. Mein Schädel dröhnte, als hätte jemand die Glocken des Kölner Doms kurzfristig in meinem Kopf platziert, mir war speiübel, die Welt drehte sich, und irgendwie konnte ich das rechte Bein nur unter großen Schmerzen bewegen. Also ließ ich es und versuchte, mich auf die Geräusche rings um mich herum zu konzentrieren.

Es piepte unentwegt.

Von ferne hörte ich ein Murmeln, neben mir stampfte und zischte etwas. Unter mir ein Laken, aalglatt.

Dann kapierte ich es: Ich lag in einem Krankenhaus!

Vorsichtig versuchte ich, die Augen zu öffnen, und sah, dass in meinem rechten Arm eine Plastiknadel steckte, an der ein durchsichtiger Schlauch hing. Vorsichtig ließ ich meinen Blick weiter nach oben wandern und erkannte eine Infusionsflasche, aus der es regelmäßig tröpfelte.

»Na, sind wir wieder wach?«, hörte ich.

Wir? Wer denn noch? Ich versuchte, den Kopf zu drehen, doch das ging nicht, weil es höllisch schmerzte. »Lieber nicht so viel bewegen, du hast ein Schleudertrauma!«, hörte ich die helle Stimme von eben wieder.

»Okay«, flüsterte ich.

»Schleudertrauma« klang dramatisch. Fehlte mir sonst noch was? Ich versuchte, mich aufzusetzen, aber auch das musste ich aufgeben.

»Was ist passiert?«, flüsterte ich.

»Ein Reitunfall.«

Langsam kam die Erinnerung zurück, die Fäden liefen zusammen und formten einen Rahmen.

Pegasus!

Die Tüte.

Jonas im Galopp.

Erschrocken schnellte ich jetzt doch hoch, musste mich aber sofort wieder hinlegen, weil es sich anfühlte, als hätte Obelix mir eins mit der Wildschweinkeule übergebraten.

»Deinem Pferd geht es gut«, beruhigte mich die Schwester, die wohl sofort verstanden hatte, was mir durch den wirren Kopf geschossen war.

»Ich reite auch und kann mir denken, dass du dir Sorgen machst. Euer Pferdewirt war sofort zur Stelle und hat Pegasus wieder eingefangen.«

So langsam setzten sich die Puzzleteile zusammen. Mir fiel nach und nach ein, was sich zugetragen hatte. Und damit kam auch alles zurück, was in der vergangenen Woche passiert war.

Und jetzt lag ich hier.

Im Krankenhaus, weil eine Tüte hochgeflogen war.

Oder jemand hat sie hochfliegen lassen!

Jemand, der wusste, dass ich dort entlangkam.

Jemand, der wusste, dass ich allein und ohne Jonas unterwegs war.

Und Jonas selbst.

Und im Grunde jeder, der wusste, dass Mieke verschwunden war und der nicht mitbekommen hatte, dass Jonas mich stattdessen begleitete. Also kam auch der große Unbekannte infrage. Der, der vermutlich mein Handy ausspionierte.

Oder hatte Jonas sich heimlich mit jemandem abgestimmt und war deshalb bei der Kontrolle zurückgeblieben?

Ich musste daran denken, wie er darauf bestanden hatte, mit zum Wettkampf zu kommen. Unangenehmer Druck machte sich in meinem Magen breit.

Aber Jonas liebte Pferde – er würde doch nicht riskieren, dass Pegasus sich ernsthaft verletzte. *Oder?*

Und was sollte das bringen? Wenn man mich aus dem Weg schaffen wollte, gäbe es effektivere Methoden. Sollte ich nur Angst bekommen?

Wenn ja, hatte das bestens funktioniert.

Wären doch nur Leone und Mieke da, damit ich mit ihnen sprechen könnte!

Ich fühlte mich so allein wie nie zuvor, obwohl es ringsumher piepte und dröhnte, zischte und pfiff, ich Schritte und Stimmen hörte, ab und zu auch mal ein Lachen.

»Dein Opa kommt nachher«, sagte die Schwester. »Deine Mutter hat Stunden an deinem Bett verbracht und musste sich mal hinlegen.«

Ich nickte nur. Hauptsache, die Schmerzen wurden bald besser. Doch das war vermutlich ein frommer Wunsch.

»Ich gebe dir mal was«, erklärte die Krankenschwester. »Ich sehe doch, dass es dir schlecht geht.«

Kurz darauf wurde mir wohlig warm. Ich fühlte mich wie in Watte gepackt, und meinetwegen hätte der Zustand ewig so anhalten können.

39

Heute konnte ich endlich wieder klar denken, und sie verlegten mich auf die Normalstation. Ich bekam sogar ein Einzelzimmer und lag am Fenster.

Die Sonne schien, und meine Beschäftigung bestand darin, den Blättern beim Fallen zuzusehen und nachzudenken. Allerdings drehte ich mich im Kreis.

Mieke blieb verschwunden, Jonas meldete sich gefühlt jede Stunde, um zu fragen, wie es mir ging, und Leone ließ nichts von sich hören.

Jedes Mal, wenn ich Schritte auf dem Flur hörte, die sich meiner Zimmertür näherten, machte sich Unruhe in mir breit.

Wie oft hatte ich in Fernsehkrimis gesehen, dass Menschen direkt im Krankenhaus um die Ecke gebracht worden waren. Etwas in die Infusion gespritzt. Ein Kissen aufs Gesicht gedrückt. Es gab viele Möglichkeiten, das hatte ich schließlich bei Frau Minkner mitbekommen.

Auf der Intensivstation hatte ich unter ständiger Beobachtung gestanden, und nur Mama und Opa waren zu mir gelassen worden.

Aber hier? Ich lag allein im Zimmer, und jeder hatte Zutritt. Natürlich ahnte niemand, dass mein sogenannter Unfall möglicherweise ein Anschlag gewesen war.

Noch immer hoffte ich inständig, dass Mieke sich melden würde, aber sie war und blieb verschollen, und die Polizei tappte im Dunkeln.

Die Tür klackte, und Mama kam mit Ralf herein. Der Mann war so ziemlich der Letzte, den ich an meinem Krankenbett sehen wollte. Am liebsten hätte ich mir die Decke über den Kopf gezogen und so getan, als wäre ich gar nicht da. So, wie ich es früher als kleines Mädchen gemacht hatte, wenn mir etwas unangenehm gewesen war.

»Du siehst schon wieder richtig gut aus.« Mama nahm mich fest in den Arm. »Was habe ich mir für schreckliche Sorgen gemacht!«

Drei Tage war der Ritt mit meinem Sturz jetzt her. Übermorgen durfte ich wieder nach Hause, sollte mich aber weiterhin schonen und durfte nicht aufs Pferd.

»Jonas reitet Pegasus und Tommy regelmäßig«, wusste Ralf zu berichten.

Mein Herz wurde ganz schwer bei dem Gedanken, so schnell nicht wieder auf Pegasus' Rücken zu sitzen. Aber es war gut, dass er etwas Bewegung bekam.

»Gibt es Neuigkeiten wegen Mieke?«, fragte ich.

»Das hätten wir dir doch erzählt«, sagte Mama. »Ich hätte dich sofort angerufen. Miekes Mutter ist nur noch ein Schatten ihrer selbst. Sie kann den Verlust kaum verwinden. Ich fühle so mit ihr. Allein die Vorstellung, du könntest ohne ein Wort aus unserem Leben verschwinden!«

Ich strich Mama über den Handrücken und schluckte. Es war alles so unwirklich. Mieke gehörte zu meinem Leben. Es konnte nicht sein, dass meine Freundin unauffindbar war.

»Maria Greco wird in Kürze zu ihrer Schwester überführt und kann beerdigt werden«, fuhr Mama fort.

»Dann kommt sie also nicht als Moorleiche ins Museum?«, entfuhr es mir, weil ich wieder an meinen schrecklichen Traum denken musste.

»Du hast vielleicht merkwürdige Ideen.« Ralf schüttelte den Kopf. »So etwas macht man doch nicht mit Toten, deren Identität man feststellen kann und die noch nicht so lange dort liegen.«

Sofort fühlte ich mich wie ein kleines, dummes Mädchen. Wie machte Ralf das bloß immer?

»Nun hört schon auf«, bat Mama. »Wir sollten doch zusammenhalten.«

Ich verkniff mir also jeden weiteren Kommentar und bemühte mich um höfliche Konversation.

Dass Mieke noch immer nicht aufgetaucht war, floss in fast alles mit ein, worüber wir sprachen.

»So ein nettes Mädchen. Nie ist sie laut oder unangenehm, nie mischt sie sich ungefragt ein«, sagte Mama. »Ich versteh es nicht. Sie muss zur falschen Zeit am falschen Ort gewesen sein.«

Der Satz ließ mich aufhorchen, und plötzlich machte es klick in meinem Kopf.

Mieke war, im Gegensatz zu mir und Leone und den anderen beiden, gar nicht in die Suche nach Leones Nonna verstrickt gewesen.

Es gab nur eine Erklärung, warum auch sie zum Opfer geworden war.

Mieke hatte zufällig etwas herausgefunden, was dem Täter gefährlich werden konnte.

Nur was?

Ich musste wissen, womit sie sich in den Stunden nach unserem Chat beschäftigt hatte. Ohne ihr Handy würde das allerdings schwierig werden.

Ob mich ihre Mutter an den Computer ließ? Aber den hatte die Polizei längst auf Hinweise durchsucht. Immerhin wussten sie vom Facebook-Chat.

»Du wirkst plötzlich sehr entschlossen«, sagte Mama und schaute mich prüfend an.

»Mir ist da gerade nur etwas eingefallen.«

»Und was?« Ralf beugte sich vor.

»Ich möchte schon heute nach Hause«, wich ich aus. »Kann ich nicht auf eigene Verantwortung gehen? Ich benehme mich auch vorbildlich! Es ist so langweilig hier.«

Mama stand auf. »Ich spreche mal mit dem Arzt. Vielleicht geht es ja.«

Ralf sah mich noch immer skeptisch an. »Ich finde, du solltest dich lieber noch etwas erholen.«

»Das kann ich genauso gut zu Hause«, erwiderte ich.

Dass ich alles vorhatte, aber nicht, mich auszuruhen, musste ja niemand wissen.

40

Sie ließen mich am nächsten Tag auf eigene Verantwortung gehen.

In Mückemoor waren sich alle einig, dass Leone etwas mit Miekes Verschwinden zu tun hatte oder sie wirklich mit ihm durchgebrannt war. Dieses Gerücht schwappte wie eine Welle durch alle Straßen und wurde in jedem Haus genährt.

Und so fahndete die Polizei mit Nachdruck nach ihm und Mieke.

Zur Schule brauchte ich noch nicht wieder, denn inzwischen hatten die Herbstferien angefangen, und ich konnte mein verstauchtes Bein und den angeschlagenen Kopf in Ruhe auskurieren.

Opa Kurt kam oft vorbei und erzählte Neuigkeiten von den Pferden. Mama versorgte mich mit Leckereien wie frischem Obst und Schokolade.

Unter anderen Umständen wäre es mir richtig gut gegangen. So aber gelang es mir nur selten, den Gedanken an Mieke zu verdrängen.

Trotzdem war ich erschrocken, wie schnell sich der Alltag wieder einpendelte und das Grauen ein Teil davon wurde.

Mieke war verschwunden, und das Leben ging weiter. Nur ohne sie.

Alle fanden ihr Verschwinden furchtbar, aber nach und nach eignete es sich nicht mehr als Dorfklatsch, weil einfach keine neuen Informationen hinzukamen, und andere Gerüchte nahmen wieder ihren Platz ein.

Plötzlich wurde das angebliche Verhältnis des neuen Postboten mit der Pastorenfrau wieder spannender.

Auch über Maria Greco wurde nur noch vereinzelt gesprochen, ihre Schwangerschaft interessierte keinen mehr, als die Frau des Pastors tatsächlich ein Kind erwartete und in die Stadt zum Postboten zog.

Jetzt brachte ein anderer die Briefe und Pakete.

Ich lag auf meinem Bett und versuchte, mich aufs Lesen zu konzentrieren, was mir aber überhaupt nicht gelang. Ständig schweiften meine Gedanken ab und landeten immer genau dort, wovon ich mich doch eigentlich ablenken wollte. Bei Mieke und Leone. Es ging gar nicht anders.

Ich schrak zusammen, als es an meiner Zimmertür klopfte, bevor sie auch schon aufgerissen wurde – und Leone im Raum stand.

Einen Moment lang wusste ich nicht, was ich sagen sollte. Passierte das gerade wirklich?

»Hi.« Er lächelte schief.

Ohne weiter nachzudenken, sprang ich auf und nahm ihn in den Arm. Er drückte mich fest an sich. Er war zu mir gekommen!

»Ich muss dir wohl eine Menge erklären«, sagte er. »Habe es nicht länger ausgehalten.«

Viel zu schnell holten mich jetzt all die Fragen, all die Zweifel, die ich hatte, wieder ein, und ich löste mich von ihm.

»Ja, ich weiß so viel noch nicht, aber dass du hier bist, macht mir Mut. Wie bist du überhaupt ungesehen reingekommen?«

»Ich habe mich auf dem Hof versteckt und abgewartet, bis die Luft rein war und die Tür offen stand.«

Ich schüttelte fassungslos den Kopf. Wo mein Zimmer war, musste er sich zusammengereimt haben. Immerhin hatte er schon unten vor der Tür gestanden.

»Bitte hilf mir! Ich wusste nicht, wohin, und muss mich irgendwo verstecken. Dringend.«

»Bei mir?« Ich lachte laut auf. »Nicht dein Ernst, oder?«

»Doch. Die Polizei hätte mich fast gehabt, und ich konnte gerade noch türmen. Jetzt, da jeder zu denken scheint, dass ich weiß, wo Mieke ist, kann ich nicht mit denen reden. Wer weiß, ob sie mich wieder gehen lassen.«

»Du sitzt hier in der Höhle des Löwen«, sagte ich. »Mama und Opa oder auch Ralf können jederzeit reinkommen!«

Er zuckte mit den Schultern. »Hab keine Wahl, notfalls muss ich in den Schrank.«

Ich klopfte auf die Bettkante. Ehe ich keine Klarheit hatte, wollte ich ihm nicht wieder vertrauen.

»Setz dich erst mal«, begann ich vorsichtig und wählte meine Worte mit Bedacht. »Ich weiß inzwischen, warum du das mit dem Rucksack und deinem Verschwinden getan hast. Ich verstehe, dass du dich verstecken musst, damit dich weder die Polizei noch der Mensch findet, der vermutlich deiner Nonna etwas angetan und dich bedroht hat. So weit korrekt?«

Leone nickte.

Ich schluckte, dann platzte mir die Frage doch heraus. »Aber was ist mit dir und Mieke? Warum hast du mir nie erzählt, dass ihr euch kennt?«

Leone biss sich auf die Lippe.

»Das war ein blöder Zufall, das musst du mir glauben. Ich fand sie vom Foto her nett und habe sie geaddet. Immerhin kam sie aus Mückemoor, das fand ich interessant.«

Ich hatte kein Konto bei Facebook, vielleicht hätte er sonst mich angeschrieben. »Gut, und dann?«, fühlte ich ihm weiter auf den Zahn. Offensichtlich hatte der Polizist mir wirklich keine Lüge aufgetischt.

»Ich hab sie gefragt, wie das so ist bei euch auf dem Dorf. Aber ihr kam das vermutlich eigenartig vor. Sie hat plötzlich nicht mehr geantwortet.«

Das klang so weit plausibel, aber es erklärte nicht, warum Mieke und er mir das verschwiegen hatten. »Warum habt ihr ein solches Geheimnis daraus gemacht?«

Leone ruckelte unruhig hin und her. »Ich kann es nur so erklären, dass sie vermutlich gar nicht wusste, dass ich das war. Ich bin da als ›Legro Italiano‹ gemeldet, mein Foto ist ein PC, und du erzählst ihr bestimmt auch nicht von jedem Chat.«

Ich atmete erleichtert aus. »Dann hat sie dich nicht erkannt.«

»Wahrscheinlich.«

»Und du? Du wusstest doch sofort, wer sie war!«, sagte ich ihm auf den Kopf zu.

»Schon, aber hey, es waren zwei Nachrichten, und ich wollte sie nicht vor den Kopf stoßen. Nachher hätte sie geglaubt, ich stalke sie. Warum die Polizei uns direkt eine Beziehung andichtet, verstehe ich sowieso nicht.«

Ich wusste nicht, ob es der Wahrheit entsprach, aber momentan blieb mir keine Wahl, als es als Tatsache hinzunehmen.

Außerdem wollte ich es glauben. Ich wollte Leone nah sein, und ich wollte, dass er mich in den Arm nahm und alles gut würde.

Ich spürte, wie er näher rückte, doch bevor er mich endlich umarmen konnte, hörten wir Schritte auf der Treppe.

»Wenn man vom Teufel spricht. Keine Ahnung, wer von den dreien das ist.« Ich überlegte fieberhaft, was wir jetzt am besten tun konnten. Es blieb nur sein lustig gemeinter Vorschlag von eben. »Ab in den Schrank!«, befahl ich in einem Tonfall, der Leone sofort gehorchen ließ.

Es war natürlich die denkbar klischeehafteste Idee und absolut filmreif. Aber etwas Besseres als der Schrank oder ein Versteck unter meinem Bett fiel mir auf die Schnelle nicht ein.

Leone quetschte sich zwischen meine Kleider und Hosen und schloss die Tür von innen.

Kurz darauf stürzte Ralf ins Zimmer.

»Kannst du nicht anklopfen?«, fuhr ich ihn an. »Schon mal was von Privatsphäre gehört?«

Ralf beachtete meinen Einwand gar nicht. »Komm mit in den Stall! Schnell!«

Ich war sofort alarmiert. »Was ist los?«

»Pegasus! Es geht ihm schlecht. Der Tierarzt ist gleich da, wir haben ihn sofort benachrichtigt.«

Ich sprang von meinem Bett auf. »Was ist mit ihm?«

»Ich weiß es nicht«, antwortete Ralf. »Kolik? Vergiftung? Er schwitzt, schlägt mit dem Kopf und ist sehr schwach.«

So schnell war ich vermutlich noch nie im Stall gewesen. Wenn es um mein Pferd ging, konnte ich die Welt um mich herum vergessen. Ich liebte ihn wie einen Bruder oder besten Freund, und die Vorstellung, er könnte nicht mehr an meiner Seite sein, war unerträglich.

Nicht auch noch er, dachte ich verzweifelt. Das wäre zu viel des Guten.

Ich riss meine Fleecejacke vom Haken und folgte Ralf in den Stall.

Pegasus' Stöhnen schallte mir schon von Weitem entgegen. Mir drehte sich fast der Magen um, als ich ihn in der Box sah. Er ließ den Kopf hängen, hatte das Maul geöffnet, Schaum tropfte heraus.

Die Flanken waren eingefallen, und er atmete schwer.

»Er hat irre Schmerzen«, sagte Ralf.

Ich legte meine Hand an Pegasus' Nüstern, doch er schlug sie mit dem Kopf weg, obwohl er diese Geste normalerweise sehr mochte.

Opa kam nun ebenfalls um die Ecke. »Was zum Teufel …« Er verstummte, als er Pegasus sah.

»Wann kommt der Veterinär?«, fragte er. Wenn Opa sich sorgte, sprach er immer so geschwollen.

»Müsste gleich da sein«, meinte Ralf knapp.

»Hoffentlich.«

Ich konnte gar nichts sagen, mir war die Luft abgeschnürt und die Stimme abhandengekommen.

In der Stallgasse lag noch ein Heuballen. Ich ließ mich darauf sinken und stützte den Kopf in die Hände.

Nicht auch noch Pegasus, dachte ich. Ich wiederholte den Gedanken wie ein Mantra.

Nicht auch noch Pegasus.

Und in diesem Moment leistete ich innerlich einen Schwur. Wenn er das überstand, würde ich mich in Zukunft aus allem raushalten.

Hast du das gehört? Ich gebe auf!

41

Doktor Janßen blieb lange. Viel zu lange, als dass es mich auch nur ansatzweise beruhigte. Im Gegenteil: Ich flippte fast aus vor Angst.

Ich begann sogar wieder zu beten, obwohl ich das vor geraumer Zeit aufgegeben hatte. Nur fand ich es im Augenblick sinnvoll, irgendwelche Mächte – oder auch den lieben Gott – um Hilfe zu bitten.

Ich stöhnte auf. Ich *musste* an ein Wunder glauben. Wenn es nicht eintraf, wüsste ich nicht, was ich tun sollte.

Sekunden dehnten sich zu Minuten, zogen sich zu *Stunden*? Nach einer unendlich lang erscheinenden Zeit trat der Tierarzt auf die Gasse und schaute mich an. »Was hat das Pferd zu fressen bekommen?«

Für die Fütterung war Jonas verantwortlich. Wo steckte der überhaupt?

Paul hatte zwischendurch wenigstens mal kurz vorbeigeschaut und sich nach Pegasus erkundigt.

»Das normale Futter«, stammelte ich. »Da müssen Sie Jonas fragen. Von mir hat er nichts bekommen.«

Doktor Janßen krauste die Stirn. »Es sieht mir ganz nach einer Vergiftung aus.«

»Nein.« Ich vergrub meinen Kopf in den Händen. »Das darf nicht sein.«

»Tut mir leid!«

»Wird Pegasus es überleben?« Das war momentan das Einzige, was mich interessierte.

»Ich habe getan, was in meiner Macht steht. Es ist noch etwas auf der Kippe, aber ich bin guter Hoffnung.«

Gute Hoffnung war längst keine Gewissheit. Für mich war eines klar: Der Täter wollte sicherstellen, dass ich seine Warnungen verstand. Darum drohte er mir jetzt auf diese Weise. An Zufälle glaubte ich nicht mehr. Und mein Pferd musste alles ausbaden. Warum auch immer er wusste, dass Mieke und ich bei unseren Chats gelogen hatten. Wir waren wohl keine besonders guten Schauspielerinnen.

»Nun braucht dein Pegasus Ruhe und darf weder fressen noch trinken. Ich habe ihm eine Infusion gelegt, die wir später sicher entfernen können. Dazu schaue ich noch einmal rein. Er muss allerdings auch in der Nacht überwacht werden. Es wäre möglich, ihn in eine Tierklinik zu bringen, aber ich denke, dass ihr hier in der Lage seid, bestmöglich für ihn zu sorgen. Pass auf, dass er sich nicht hinlegt.«

»Ich bleibe die Nacht im Stall«, erklärte ich sofort. »Wann ist er denn vergiftet worden? Können Sie sagen, wann ihm jemand etwas zu fressen gegeben hat?«

»Ich schätze, es ist keine drei Stunden her«, gab Doktor Janßen Auskunft.

Spätestens jetzt war klar, dass es jemand vom Hof gewesen sein musste. Ein Fremder aus dem Dorf wäre aufgefallen.

Um nichts in der Welt hätte ich Pegasus in diesem Moment jemand anders anvertraut. Die Hinweise verdichteten sich, dass jemand aus meinem nahen Umfeld mit alldem zu tun hatte. Jemand, der das Geheimnis um Leones Nonna um jeden Preis hüten wollte.

Gab es nicht auch noch eine andere Lösung? Etwas, das ich bisher einfach nur nicht in Betracht gezogen hatte?

Es sollte endlich aufhören. Ich legte den Kopf auf meine Knie und ging im Geiste noch einmal alle durch, die Pegasus das hätten antun können – ich drehte mich im Kreis. Nicht einmal Ralf traute ich eine solche Niedertracht zu. Jonas' Opa?

Bitte nicht. Allein wäre er zu alldem nicht fähig, und ich wollte nicht, dass unser Pferdewirt etwas mit diesen Scheußlichkeiten zu tun hatte.

Mir war kalt, es war wohl besser, sich für die Nacht eine Decke zu organisieren. Einen dicken Pulli und was zu essen und zu trinken.

Ich fuhr zusammen. Leone hockte wahrscheinlich auch noch in meinem Zimmer. Ich musste ihn rauslassen.

»Ich geh mir rasch etwas Wärmeres anziehen, dann komme ich sofort wieder.«

Ich wollte die Zeit nutzen, in der Doktor Janßen noch da war und deshalb keiner meinem Pferd etwas antun konnte.

Auf dem Weg ins Haus überlegte ich krampfhaft, was ich wegen Leone tun sollte.

Solange er in meiner Nähe war und ich ihm bei seiner Suche half, war nicht nur ich, sondern auch mein Pferd in Gefahr. Und wer wusste schon, auf welchen Kreis mein Widersacher es noch ausweiten würde.

Ich sah meinen Opa in seinem Blut vor mir liegen. Meine Mama …

Er schreckte vor nichts zurück, und auch wenn mir keiner glaubte, so wusste ich es doch besser. Diese Warnung hatte mich aufgerüttelt. Ich hasste Mr Unbekannt aus tiefstem Herzen. Er war schuld, dass es Mieke vermutlich schlecht ging. Er war ein Mörder. Und er würde weitermachen, solange er sich verfolgt fühlte.

Leone musste leider woandershin. Bei mir konnte er nicht bleiben. Pegasus ging vor.

42

»Leone?«

Ich schaute im Schrank und unter dem Bett nach. Er war verschwunden. Ich musste so ehrlich zu mir selbst sein und den Gedanken zulassen, dass er doch ein falsches Spiel mit mir trieb. Es gab einfach nichts mehr, was ich ausschließen konnte.

Hatte er Pegasus Gift gegeben und wollte mich mit seinem Auftauchen nur auf eine falsche Fährte locken? Ich verscheuchte den Gedanken schnell wieder, weil er keinen Sinn ergab.

In Windeseile suchte ich zusammen, was ich glaubte, für eine Nacht zu benötigen. Ich putzte mir vorsichtshalber sogar schon die Zähne, falls ich dazu nicht mehr kommen würde.

Am Ende bewaffnete ich mich noch mit einer dicken Wolldecke und etwas Proviant und ging in den Stall.

Opa Kurt und Doktor Janßen waren noch da und debattierten, wie weiter vorzugehen war.

Doktor Janßen wies mich in die Medikation ein, zeigte mir, auf was ich bei der Infusion achten musste.

»Ich komme in zwei Stunden vorbei und entferne sie. Im

Augenblick ist Pegasus' Zustand stabil, Herz und Kreislauf sind in Ordnung.«

Er klopfte mir aufmunternd auf die Schultern. »Das wird schon. Dein Pferd ist glücklicherweise in einer guten Verfassung und hervorragend trainiert.«

Ich war froh über jede Aufmunterung, mochte aber fast nicht dran glauben. Ich klammerte mich jedoch an jeden Strohhalm. Was blieb mir auch anderes übrig?

Doktor Janßen verließ den Stall. Ich sah ihm versonnen nach und überlegte, wo genau ich mein Lager aufschlagen wollte.

»Am besten in der Box«, schlug Opa Kurt vor. »Dann bist du am nächsten bei ihm.«

Er sah sehr besorgt aus, und ich war froh, ihn an meiner Seite zu wissen.

»Ich habe solche Angst um Pegasus«, sagte ich.

»Zu Recht«, brachte Opa Kurt mühsam zwischen zusammengebissenen Zähnen hervor. »Wenn ich das Schwein erwische! Ich frage mich, warum jemand dein Pferd vergiften sollte. Du bist aus dem Wettkampf rausgeflogen und durch deine Verletzung im Augenblick niemandes Konkurrenz.«

Ich überlegte, ob ich Opa etwas von meinen Befürchtungen sagen sollte. Ob es sinnvoll wäre, ihm zu erzählen, dass Leone vorhin in meinem Zimmer aufgetaucht war.

Obwohl er mich fragend ansah und offensichtlich auf eine Antwort wartete, schwieg ich. Denn mich plagte ein schlechtes Gewissen, weil ich seinen Ratschlag nicht befolgt hatte.

Ich kuschelte mich in die Ecke. Ich hatte Pegasus so kurz

angebunden, dass er sich nicht hinlegen konnte. Es würde eine anstrengende Nacht werden.

Die Stunden zogen sich endlos.

Doktor Janßen war zwar nach der Infusion mit Pegasus zufrieden gewesen, aber mein Pferd quälte sich noch immer.

»Er hat ordentlich Luft im Bauch«, hatte der Doc gesagt. »Wenn die raus ist, geht es ihm besser.«

Ich saß auf meiner Wolldecke, dick eingemummelt in eine weitere, und ließ Pegasus keine Minute aus den Augen.

Jonas hatte vorhin seine letzte Runde gedreht, wusste aber auch nicht, warum Pegasus so krank war. Sagte er.

»Ich habe ihn nach Plan gefüttert, er hat dasselbe bekommen wie die anderen. Ich zerbreche mir doch selbst die ganze Zeit den Kopf, wie das passieren konnte!«

Plötzlich vibrierte mein Handy.

Sorry, dass ich mal wieder verschwunden bin.

Leone. Dieses Mal war mir egal, wer mitlas. Mein Pferd kämpfte um sein Leben, Mieke war fort. Es wurde Zeit, das hier zu Ende zu bringen – und zwar so, dass mein Gegenspieler es auch mitbekam.

Bitte komm nicht hierher zurück. Jemand hat Pegasus vergiftet. Als Warnung an mich. Er ringt noch immer um sein Leben.

Ich dachte an den schaurigen Ruf des Waldkauzes – dass es mein Pferd treffen könnte, damit hatte ich nicht gerechnet.

Was? O Gott, das tut mir leid! Ich weiß, wie viel er dir bedeutet …

Ja. Ich darf mir gar nicht vorstellen, was passiert, wenn er es nicht schafft. ☹ Pass auf, ich bin raus. Ich kann nicht mehr. Das Ganze ist außer Kontrolle geraten.

Schon gut. Darüber wollte ich eh mit dir sprechen. Ich weiß jetzt, dass ich nie herausfinden werde, was mit meiner Nonna passiert ist, aber – sie kommt nach Hause. Wir haben sie gefunden, und ich kann Abschied nehmen.

Und damit gibst du dich zufrieden?

Ich fasste es nicht. Es war zu schön, um wahr zu sein. Es war vorbei. Nicht nur von meiner Seite. Ich atmete erleichtert auf. Leone hatte mit allem nichts zu tun. Er hatte mir stets alles plausibel erklären können.

Ja. Man muss wissen, wann es Zeit ist aufzugeben.

Die Aktion »Finde mich!« war also abgeschlossen.

Ich hoffte, dass nun auch Mieke wieder unversehrt auftauchen würde. Ich wusste nicht, ob ich mich freuen sollte oder nicht. Aber dass es vorbei war, fühlte sich gut an.

Dann bleiben alle Morde ungesühnt.

Das ließ sich nicht leugnen. Das war der Preis, den wir zahlen mussten. Bevor noch jemand starb.

Pegasus wurde zunehmend unruhiger. Ich durfte ihm aber noch keine weiteren Medikamente geben. Also versuchte ich, ihn zu beruhigen.

Dann merkte ich, warum er sich nicht mehr still verhielt. Auf dem Hof waren Schritte zu hören.

Ich schob mich aus der Box und öffnete die Stalltür. Es war eine klare Nacht, und über mir blitzte eine Sternschnuppe auf. *Mieke und Pegasus*, schoss es mir durch den Kopf. Aber zwei Wünsche würden wohl nicht Erfüllung gehen. Nun vermutlich keiner.

»Leone?«, raunte ich.

Da sah ich eine Gestalt in die Scheune huschen und zuckte zusammen. Wer war das? So schnell konnte ich es nicht erkennen, hätte aber schwören können, dass es sich um Paul handelte. Diese gebückte Haltung, die Größe …

Nur was wollte er hier? Sein Arbeitstag war schon lange vorbei.

Ich schloss die Stalltür schnell und verriegelte sie. Dann schlich ich zurück zu Pegasus, denn ich durfte ihn jetzt unter keinen Umständen aus den Augen lassen. Wer weiß, ob der Täter zurückgekommen war, um zu Ende zu bringen, was er angefangen hatte. Er könnte gleich über die Scheune in den Stall kommen.

Ich hatte Leone geschrieben. Das hatte mein Widersacher natürlich gesehen – und leider nicht die richtigen Schlüsse gezogen.

Wenn es nicht Paul gewesen war: Wer sonst kam infrage?

Wieder blieben nur Jonas und Ralf.

Und jeder, der sich unbemerkt einen Schlüssel besorgt hat.

Nur wäre Ralf nicht über den Hof, sondern gleich durchs Haus gegangen. Normalerweise.

Jonas hatte für alle Gebäude einen Schlüssel, er kam definitiv infrage. Aber warum wählte er den Weg durch die Scheune, wenn er Pegasus etwas antun wollte? Außerdem wusste er, dass ich hier mein Nachtlager aufgeschlagen hatte.

Das war es! Er – wer auch immer *er* war – wartete in der Scheune, bis ich mal kurz ins Haus ging, um auf die Toilette zu gehen oder mir etwas zu trinken zu holen. Wäre er durch die Stalltür gegangen, hätte ich ihn doch sofort bemerkt!

»Na warte«, murmelte ich. »Diese Suppe werde ich dir gehörig versalzen!«

Ich würde meinen Posten in Pegasus' Box auf keinen Fall verlassen – und wenn ich ins Stroh pinkeln musste.

Eine Thermoskanne mit Tee und eine Brotdose hatte ich mir ja vorsichtshalber mitgenommen. Ich konnte es folglich gut bis zum nächsten Morgen aushalten.

Es klopfte an der Stalltür.

»Ich bin's, Leone!«, hörte ich seine heisere Stimme.

Leise tapste ich über die Stallgasse zur Tür und ließ ihn ein.

Ich war froh, nicht mehr allein zu sein, denn egal, wie sehr ich mein Pferd auch verteidigen würde, mein Gegner schreckte schließlich vor nichts zurück.

»Bist du eben über den Hof in die Scheune gelaufen?«, fragte ich statt einer Begrüßung. Ich musste alle Möglichkeiten ausschließen.

»Nein, warum sollte ich? Da komme ich doch ohne Schlüssel gar nicht rein.«

Stimmte auch wieder.

Ich schloss die Tür mit Nachdruck.

»Warum fragst du das?«

Ich senkte die Stimme und wies mit dem Kopf zur Scheune. »Weil da jemand war oder sogar noch ist. Echt gruselig. Ich bin froh, dass du jetzt da bist.«

»Shit! Wer auch immer sich da rumtreibt.«

Ich nickte und überprüfte den Riegel. Er war fest verschlossen. Von dieser Seite würde uns keiner überfallen können.

»Wie geht es deinem Pferd?«, fragte Leone besorgt.

»Besser, er scheint über dem Berg zu sein. War aber wohl eine knappe Kiste. Was auch immer man ihm zu fressen gegeben hat. Ich glaube, ich war noch nie so fertig.« Ich zögerte. »Doch, war ich wohl. Als Mieke verschwunden ist.«

»Hey, komm, du musst mir nichts erklären. Ich verstehe das.«

An der Box angekommen, bemerkte ich, dass Pegasus inzwischen noch unruhiger geworden war.

»Pass auf!«, sagte ich zu Leone. »Ich glaube, er muss weitere Schmerzmittel nehmen. Bislang wollte ich ihn nicht allein lassen, und mein Opa geht nicht ans Handy. Aber jetzt bist du ja da. Ich laufe rasch zu ihm, der weiß in solchen Fällen immer, was zu tun ist.«

»Auch mitten in der Nacht?«, flüsterte Leone.

»Ja, Opa kann ich immer fragen. Ist eben Opa. Es kann sein, dass ich die Dosis des Medikaments erhöhen muss, und ich weiß nicht genau, *wie* hoch. Doktor Janßen hat zwar etliche Anweisungen gegeben, aber ich würde mich gern absichern.«

»Gut, ich halte hier die Stellung und pass auf dein Ross auf.« Leone kniff kurz die Lippen zusammen. »Aber sei vorsichtig. Du hast nicht gesehen, ob noch wer in der Scheune ist, oder?«

Ich schüttelte den Kopf. Das war natürlich etwas heikel, aber ich konnte schließlich auch über den Hof zu Opas Wohnbereich laufen und würde so leise sein wie nur irgendwie möglich.

»Hauptsache, Pegasus bleibt nicht unbeobachtet!«

»Gut, ich lasse ihn keine Sekunde aus den Augen, und du bist ja auch schnell zurück.«

Ich zeigte auf mein Handy. »Das habe ich dabei, falls was ist.«

Das schien Leone zu beruhigen. »Alles klar, bis gleich!«

Er hielt mich noch einmal kurz auf. »Ich bringe dich zum Tor und schließe hinter dir ab. Wenn du zurückkommst, klopfst du dreimal, dann weiß ich, dass du das bist«, raunte er.

Wir schlichen zur Stalltür. Ich schaute mich ständig um, ob sich jemand hinter der Scheunentür versteckte, doch es blieb still. Hatte ich mich getäuscht? Oder es war doch Paul gewesen, der nur etwas vergessen hatte?

»Pass gut auf dich auf. Und auf meinen Freund. Ich will ihn nicht auch noch verlieren.«

»Dein Freund ist auch meiner«, flüsterte Leone, und für einen langen Moment sahen wir uns in die Augen.

Dann räusperte ich mich und trat in die kühle Nacht hinaus. Ich schaute mich erst mal auf dem Hof um. Nichts Auffälliges zu entdecken. Um nicht gesehen zu werden, drückte ich mich an der Hauswand entlang, denn der Mond spendete heute für mein Vorhaben etwas zu viel von seinem fahlen Licht.

Als ich Opas Wohntrakt erreicht hatte, überlegte ich erst zu klingeln, drückte dann aber die Klinke hinunter und war erstaunt, dass nicht abgeschlossen war.

Das kam mir merkwürdig vor, und ich trat mit klopfendem Herzen ein. Im Flur roch es nach Opa und Pfeifentabak. Nach Kamin und geräucherter Wurst.

»Opa?«, rief ich, aber niemand antwortete. Ich hörte auch kein Schnarchen. Das war normalerweise so laut, dass es durch alle Räume schallte.

Weil in Opas kleiner Küche Licht brannte, wandte ich mich dorthin.

Auf dem Tisch lag auf einem Brett eine dicke Salami, von der etliche Scheiben abgeschnitten waren.

»Opa?«, rief ich ein weiteres Mal.

Ich ging weiter und schaute in sein Schlafzimmer. Das Bett war leer.

In mir wuchs eine unbestimmte Angst, die ich in dieser Wohnung noch nie empfunden hatte.

Sie kam nicht mit Wucht, sondern schleichend wie eine Katze, die sich einer Maus näherte.

Ich spürte die Gefahr, ohne sie benennen zu können.

Am liebsten wäre ich weggelaufen, aber ich konnte nicht

einfach verschwinden, ohne zu klären, was mit meinem Großvater passiert war.

Er hatte doch mit der Suche nach Leones Nonna nichts zu tun, und daher gab es keinen Grund, ihm etwas anzutun.

Ich schlich weiter durch die Wohnung, denn ich musste Gewissheit haben. Mir rauschte das Blut in den Ohren, sodass ich kaum etwas anderes wahrnahm. Ich fürchtete, jeden Moment meinen Opa irgendwo liegen zu sehen.

»Opa?«, rief ich ein letztes Mal, es klang verzweifelt und dünn. Mir war klar, dass er nicht da war.

Ich wollte die Wohnung jetzt, so schnell es ging, verlassen und Leone zu Hilfe eilen, als mein Blick am Sofatisch hängen blieb.

Dort stand die Blechkiste, die sonst immer im Schrank stand, und daneben lagen Briefe verstreut und ein Stapel mit alten Fotos.

Magisch angezogen, näherte ich mich und knipste die kleine Lampe neben der Couch an. Ich konnte nicht anders. Ich musste einen Blick darauf werfen.

Ich hätte es lassen sollen, denn das, was ich da sah, ließ mein Weltbild in sich zusammenschmelzen. Nicht langsam, als wenn eine kleine Flamme daran fraß.

Nein, es war eine Feuerwalze, die nichts übrig ließ.

Opa!

Das durfte nicht wahr sein.

Was hast du getan?

43

Ich musste zu Leone und ihm sofort sagen, was ich entdeckt hatte. Und ich musste ihn warnen, denn Opa Kurt hielt sich mit großer Wahrscheinlichkeit noch in der Scheune auf.

Mir ratterten die Gedanken durch den Kopf, weil ich nicht wusste, was ich zuerst tun sollte.

Ich hatte nur den einen Brief gelesen. Diese Worte waren so aufschlussreich gewesen, dass es keinen Zweifel an Opas Lüge gab. Er hatte Maria Greco gekannt. Sogar sehr gut. Womöglich war er der Vater ihres Kindes und hatte meine Oma betrogen.

Meine Hände verharrten über den anderen beiden Briefen, die dieses Geheimnis lüften würden.

Sollte ich sie hier lesen, damit Opa nicht wusste, dass ich ihn überführt hatte? Oder sie einpacken, Leone zeigen und alles auf eine Karte setzen?

Du musst ihn erst warnen. Eins nach dem anderen.

Erst wenn ich Leone in Sicherheit wusste, konnte ich nachdenken.

Du musst verschwinden. Es ist Opa Kurt.

Doch dann löschte ich die Nachricht. Opa Kurt konnte schließlich mitlesen, und wenn Leone den Stall verließ, war Pegasus meinem Großvater schutzlos ausgeliefert.

Es half nichts: Ich musste so schnell es ging zurück und die Beweismittel mitnehmen. Ließe ich sie hier, würde Opa sie vermutlich schnell verschwinden lassen.

Ich durfte keine Zeit verlieren. Davon hing zu viel ab.

Leones und vielleicht auch Miekes Leben.

Das von Pegasus.

Und die Aufklärung rund um Maria Grecos Verschwinden.

Ich raffte die drei Briefe und das Foto zusammen und rollte sie ein. Dann schob ich alles in den Ärmel meines Pullis und stürzte aus der Wohnung.

Mit Opa musste ich später sprechen, denn in mir glomm noch ein winziger Funken Hoffnung, dass mein Großvater alles erklären konnte und nichts so war, wie es jetzt schien. Allein die Vorstellung, dass Opa nicht der nette und verlässliche Mann war, für den ich ihn immer gehalten hatte, war unerträglich!

Trotzdem: Das Durcheinander, das Vertuschen – es musste ein Ende haben.

Vor lauter Aufregung wäre ich beinahe die Treppe runtergefallen und konnte mich gerade so noch am Geländer festhalten. Vor der Tür blieb ich kurz stehen – entschied mich anders und nahm den Weg durchs Haus und die Scheune, damit Leone die Box nicht verlassen musste, wenn ich das Klopfzeichen gab.

Opa wusste sicher ohnehin längst, dass ich nicht mehr im Stall war.

Ich zog vorsichtshalber die Schuhe aus, um im Haus keinen aufzuwecken, wenn ich zur Scheune schlich.

Ich huschte durch die Diele zur Scheunentür, die natürlich abgeschlossen war.

Ich drehte den Schlüssel, leider gab ausgerechnet diese Tür ein Ächzen von sich, was mich vor Schreck regelrecht erstarren ließ.

Dann stand ich in der großen Scheune und konnte im Licht des einfallenden Mondes gerade noch sehen, wie sich die Tür zum Hof schloss.

Ich atmete einmal tief durch. Es war gut gewesen, den Weg durchs Haus zu nehmen, sonst wäre ich Opa direkt in die Arme gelaufen.

Hauptsache, mit Leone und Pegasus war noch alles okay. Mir schlug das Herz bis zum Hals. Der Mond schickte einen zaghaften Strahl durchs Fenster und zeigte mir einen leeren Raum. Ich zog die Schuhe wieder an und sprintete über den Beton zum Stall.

44

Dort schien alles in Ordnung zu sein.

Leone hockte mit müden Augen in der Ecke neben Pegasus und sah mich mit warmem Blick an.

»Da bist du ja wieder. Ich habe gute Neuigkeiten. Dein Kamerad hier hat eben wahre Windstürme abgelassen, seitdem geht es ihm wesentlich besser. Sieh nur, wie entspannt er ist!«

Ich musste völlig unerwartet lachen. Es war tatsächlich ein krasser Unterschied zu der Situation, als ich ihn verlassen hatte.

»Dann waren es jetzt wohl fiese Blähungen, die ihm zugesetzt haben«, sagte ich. »Wie der Doc prophezeit hat.«

Endlich mal gute Nachrichten!

»Hast du deinen Opa erreicht?«, fragte Leone und wurde ernst, als er mich genauer anschaute.

»Du wirkst etwas verwirrt«, sagte er. »Anders. Was ist passiert?« Er deutete auf meine Hände, weil ich inzwischen die Briefe und das Foto aus dem Ärmel gezupft hatte.

Ich konnte nicht antworten, also hakte er nach.

»Was ist los? Hast du deinen Opa nicht angetroffen?«

»Ihn nicht, aber ich habe das hier gefunden.«

Ich wollte ihm den Stapel Briefe und das Foto reichen, als wir erneut Schritte in der Scheune vernahmen und zusammenzuckten.

Da ich die Tür offen gelassen hatte, erkannten wir Jonas, der durch die Scheune huschte und sie durch die Tür zum Hof verließ.

»Er auch«, entfuhr es mir.

»Wie, er *auch*?« Leone sah mich fragend an.

»Ich muss dir ein paar Dinge erklären«, sagte ich und ließ mich mit dem Rücken an der Boxenwand nieder, weil mir die Beine den Dienst versagten.

»Mein Opa scheint in die Sache verwickelt zu sein«, sagte ich. Ausgesprochen klang es noch viel schlimmer, als wenn es nur durch die Gedanken geisterte.

»Opa Kurt?«, hakte Leone fassungslos nach. »Ihm vertraust du doch? Wieso hast du deine Meinung so plötzlich geändert?«

»Ich habe in seiner Wohnung Hinweise gefunden. Er hat gelogen, das weiß ich nun sicher.« Ich streckte Leone die Briefe hin. »Ich habe erst einen gelesen, aber der sagt alles. Ich erkläre es dir, sobald ich alle angeschaut habe. Ich muss erst zu hundert Prozent sicher sein. Er ist mein Opa!« Meine Stimme brach.

Leone nagte an der Unterlippe und brauchte etwas, um die Information zu verdauen. »Dann hat sich jetzt wohl so einiges verändert.«

»Das hat es, und ich fürchte, er und Jonas stecken hinter allem, und sie haben mein Handy manipuliert. Beide sind Technikfreaks. Jonas hatte Zugriff auf mein Handy. Weißt du noch, als wir uns zum ersten Mal in der Sattelkammer getroffen haben?«

Leone nickte.

»Da habe ich es auf der Pritsche liegen lassen und es erst am nächsten Morgen geholt. Man hat gesehen, dass jemand es in der Hand hatte.«

»Das erklärt, warum Jonas mich von vorneherein nicht hierhaben wollte.« Leone schüttelte den Kopf, offensichtlich fassungslos. »Dann könnten sie auch wissen, wo Mieke steckt.«

»Ja«, antwortete ich. »Das könnten sie. Ich werde Opa zur Rede stellen müssen, wenn ich alles in Ruhe gelesen habe. Und das werde ich nun tun.«

»Warte!« Leone legte eine Hand auf meinen Arm.

»Warum?«

»Weil ich eine Idee habe.«

Ich sah ihn fragend an.

»Was wollten die beiden eben in der Scheune?«, fragte er, anstatt mir eine Antwort zu geben.

Ich zuckte mit den Schultern. »Wahrscheinlich haben sie gehofft, dass ich Pegasus allein lasse, damit sie mir den nächsten Warnschuss geben können.«

»Das glaube ich nicht«, widersprach Leone. »Mit deinem Pferd hatte das nichts zu tun.«

»Sondern?« Ich war müde. Überfordert. Und wollte das alles, so schnell es ging, zu Ende bringen.

»Gibt es einen Raum, der nur durch die Scheune zu erreichen ist? Nicht das Haus!«

Wieder nur eine Frage und keine Antwort. Es fing an, mich zu nerven.

Aber dann begriff ich, was Leone meinte. Vor lauter Aufregung war mir das Naheliegendste gar nicht in den Sinn gekommen.

»Der Keller«, sagte ich nur und sprang auf. »Der Eingang liegt etwas versteckt hinten in der Ecke.«

Ralf hatte den Hof vor ein paar Jahren so umbauen lassen, dass der Keller nur noch über die neu errichtete Scheune zugänglich war. Da die Räumlichkeiten ohnehin kaum genutzt wurden – ich wusste zumindest nicht, was Opa und Ralf dort lagerten –, hatte ich überhaupt nicht daran gedacht, dass sich dort jemand aufhalten könnte. Ich war als kleines Mädchen mal da unten gewesen und hatte mich fürchterlich gegruselt, weil mir eine Ratte ans Bein gesprungen war.

Danach hatte mich nichts mehr dorthin gezogen. Doch Leones Fragen brachten mich nun auf eine ganz neue Idee.

Der Keller war optimal, um jemanden zu verstecken. Und derjenige musste auch versorgt werden. Natürlich in der Nacht, damit es nicht auffiel.

»Was ist, wenn Mieke dort ist?«, fragte ich.

»Das meinte ich eben. Wie groß ist der Keller dort unten denn?«

»Weit verzweigt«, gab ich Auskunft. So genau wusste ich das gar nicht, aber das Gewölbe erstreckte sich unter dem gesamten Gemäuer des Gutshofs und auch ein Stück in den Park. Es gab sogar einen Fluchtweg. Als Kinder hatten wir den Eingang stets ehrfürchtig bestaunt. Er war allerdings vergittert und deshalb vom Park her nicht zugänglich.

Das erzählte ich Leone alles mit wenigen Worten.

»Wir müssen Mieke suchen. Ich bin mir sicher, sie steckt irgendwo dort unten«, sagte er.

»Dann müssen die Briefe warten«, beschloss ich und rollte alles erneut zusammen. In meinem Ärmel waren sie weiterhin gut verstaut.

Wir durften keine Zeit verlieren. Wenn es eine Möglichkeit gab, meine Freundin zu befreien, mussten wir sie nutzen.

Pegasus war nach seinem Pupsanfall ausgesprochen ruhig. Ob wir es wagen konnten, ihn kurz allein zu lassen?

Leone schien dasselbe durch den Kopf zu gehen.

»Deinem Ross geht es besser, er schwitzt nicht mehr, und die Schmerzen sind wohl auch weg. Wenn unsere Theorie stimmt, ist er gerade gar nicht mehr in Gefahr. Wir sind hoffentlich gleich zurück.«

Ein wenig plagte mich doch das schlechte Gewissen, weil ich mein Pferd sich selbst überließ, aber er hatte die Augen geschlossen und döste ganz gelassen vor sich hin.

»Los, beeilen wir uns!«

45

Es war kalt und feucht, als wir die Treppen in den muffigen Keller hinabstiegen. Ich war seit Jahren nicht mehr hier unten gewesen, und den vielen Spinnweben nach war der Gang auch nur selten oder gar nicht genutzt worden. Ich wollte Licht anknipsen, aber die Beleuchtung war kaputt, und wir waren auf die Taschenlampen unserer Handys angewiesen.

Zum Glück war es damit hell genug, sodass wir nicht gleich die steile Treppe hinunterstürzten.

Je tiefer wir kamen, desto modriger wurde der Geruch. Zunächst konnten wir nur geradeaus gehen. Die Wände waren feucht, an ein paar Stellen wuchsen Pilze aus dem Mauerwerk.

Doch nach und nach wurde es trockener, und es roch nicht mehr so unangenehm. Besser machte es das Ganze trotzdem nicht.

Schließlich gelangten wir an eine Abzweigung. Es bestand die Möglichkeit, nach rechts oder links abzubiegen oder geradeaus weiterzugehen.

»Und jetzt?«, fragte Leone.

»Lotteriespiel, ich habe keine Ahnung.«

Sosehr ich Mieke finden wollte, sorgte ich mich dennoch um Pegasus und fürchtete, dass ihm etwas zustoßen könnte, während ich hier unten war. Nur hatten sowohl Opa als auch Jonas die Stallungen vorhin wieder verlassen, das verschaffte uns hoffentlich etwas Zeit.

»Kannst du mal den Boden ableuchten?«, forderte ich Leone auf.

»Warum?«

»Ob irgendwo Fußspuren zu sehen sind. Wenn Mieke hier versteckt ist, muss sie jemand durch das Gewirr der Gänge gezerrt haben. Vielleicht sieht man was.«

»Wahrscheinlich nicht«, antwortete Leone, tat aber dann doch, was ich vorgeschlagen hatte.

Sein Handylicht tanzte über den Boden. Leider brachte es uns nicht weiter.

Das änderte sich, als Leone direkt in die Gänge hineinleuchtete.

»Wow!«, sagte er. »Ich glaube, jetzt können wir ein bisschen kombinieren. Fast wie in einem Escape-Room-Spiel. Wie komme ich aus dem Kellergewölbe raus?«

»Dass du in dieser Situation noch zum Scherzen aufgelegt bist«, sagte ich.

Mir war es alles zu viel.

»Das lenkt mich von der Angst ab«, sagte er. »Dann lass uns mal genau hinsehen. Ich habe schon eine Idee.«

Ich hielt mein Handy jetzt selbst in den rechten Gang. Dort wirkte es allein wegen der Spinnweben, die von der Decke hingen, unberührt. Es sah aus wie in einem Horrorfilm. In fast jedem Netz hockte eine dicke Spinne und wartete auf ihr nächstes Opfer. Teilweise perlten feuchte Tröpfchen in den filigranen Gebilden.

»Wow, das sieht irgendwie echt cool aus, aber auch ganz schön gruselig«, sagte Leone.

Ich war nur froh, dass er nicht den Helden spielte, sondern ehrlich war und zugab, dass auch er sich nicht sonderlich wohlfühlte.

»Der nächste Gang«, meinte Leone nun und hielt das Handylicht nach vorne.

Geradeaus wirkte der Gang sauber und gefegt. Es waren deutlich weniger Spinnweben zu sehen.

»Und schau, da gibt es sogar einen Lichtschalter«, meinte Leone.

»Sollen wir versuchen, ihn anzumachen?«

Er wiegte den Kopf. »Lieber nicht. Wenn jemand kommen sollte, weiß der sofort, wo wir sind. Handylichter sind schneller auszumachen, wenn wir was hören sollten.«

»Er könnte auch denken, dass er selbst vergessen hat, das Licht auszuschalten«, warf ich ein.

»Darauf sollten wir uns nicht verlassen!«, sagte Leone.

»Hast ja recht«, gab ich klein bei.

Er schaute unschlüssig von links nach geradeaus. »Und jetzt?«

Ich wusste es auch nicht, nur mussten wir eine Entscheidung treffen. Aber ich konnte es nicht. Alles war so absurd.

Plötzlich kroch ein Kichern durch meinen Hals. Erst war es nur ein leichtes Glucksen, doch dann brach es aus mir heraus. Ich konnte einfach nicht aufhören zu lachen, obwohl mir eher nach Weinen zumute war.

»Was ist denn mit dir?« Leone wirkte mit einem Mal hilflos.

Er legte seine Hände auf meine Schultern und sah mir fest in die Augen, aber das führte zu genau dem Gegenteil von dem, was er erreichen wollte.

Ich musste noch mehr lachen. Mir liefen Tränen die Wangen herunter.

»Ich … ich … kann … nicht … aufhören«, stammelte ich. Durch das Sprechen bekam ich auch noch schlecht Luft.

Plötzlich blitzte Verständnis in Leones Augen auf. Er schien zu begreifen, dass ich nicht durchgeknallt war, sondern einfach nur verzweifelt.

Er tat genau das Richtige – und nahm mich ganz fest in die Arme. Der Druck von beiden Seiten beruhigte mich etwas. Ich konnte aufhören zu kichern – und meinen Tränen endlich freien Lauf lassen.

Ich weinte.

In diesem muffigen und düsteren Keller rollten mir die Tränen über die Wangen. Sie liefen und liefen.

Leone schwieg und hielt es aus. Mit einer Hand strich er mir sanft über den Rücken.

Ich glaube, in diesem Moment wusste ich, dass ich in ihn verliebt war und ihm immer vertrauen würde, egal, wie schräg die Bedingungen waren.

Ein Junge, der nichts unversucht ließ, um seine Nonna zu finden, und der so feinfühlig war wie er. Mich ohne große Worte verstand und in einer solchen Umgebung, wo Ratten, Spinnen und Mäuse ihr Zuhause hatten, einfach nur festhielt – der war der Richtige.

Es dauerte, ehe ich mich vollkommen beruhigt hatte. Aber danach fühlte ich mich besser. Ich konnte freier atmen, und der Druck im Bauch hatte nachgelassen.

»Danke«, flüsterte ich.

Mein Verhalten war mir unglaublich peinlich, aber Leone schien es gar nicht schlimm zu finden. Er strich mir sanft über den Kopf und küsste mich dann auf den Scheitel.

»Das musste wohl mal raus«, sagte er. »Du hast viel zu lange alles in dich reingefressen.«

Ich nickte. »Das war alles ein bisschen viel in letzter Zeit.«

»Geht mir auch so«, meinte Leone. »Aber ich bin froh, dass meine Nonna gefunden worden ist und nicht ewig im Moor bleiben muss. Womöglich wäre sie eines Tages in einem Museum gelandet und für die Nachwelt zur Schau gestellt worden. Das ist doch kein Leben. Also kein ewiges!«

Ich musste schon wieder schmunzeln und erzählte ihm kurz von meinem Traum.

Danach fühlte ich mich in der Lage weiterzugehen. »Wohin jetzt?«

»Ganz ehrlich? Ich weiß es nicht«, meinte Leone.

»Was sagt der Experte?«, witzelte ich, auch wenn mir nicht danach zumute war. Aber es ging nur mit Lockerheit, sonst würde ich durchdrehen.

»Links!«, kam es knapp, aber bestimmt.

»Warum links?«

»Wenn ich jemanden verstecken möchte, dann doch nicht da, wo sich offenkundig noch andere Menschen aufhalten.«

Leone hatte recht. Wenn es in diesem einen Gang Licht gab und er auch benutzt aussah, wurden dort vermutlich noch

Sachen vom Gutshof aufbewahrt. Also verkehrten hier noch andere Mitarbeiter.

Hier würde niemand einen Menschen verstecken, der nicht gefunden werden sollte.

»Guck mal, hier links hängen die Weben längst nicht so dicht. Könnte bedeuten, da ist schon wer durch, aber nicht so oft wie in dem Hauptgang.«

»Dann los, wir sollten keine Zeit verlieren«, flüsterte ich.

46

Wir gingen weiter und passierten mehrere Kellerräume, die mit allem möglichen Gerümpel vollgestellt waren. In einem befanden sich alte Geräte wie Spaten mit abgebrochenen Stielen, Schubkarren ohne Reifen, und in der Ecke stapelten sich kaputte Eggen und Handpflüge sowie Blecheimer und Futtertröge.

»Das stammt wohl alles aus längst vergangenen Zeiten«, meinte Leone.

»Einmal reingeworfen, dann vergessen«, kommentierte ich die Situation. »Deshalb kommt hier unten ja kaum wer hin.«

»Wo findet man bei euch denn Dinge, die irgendwo abgestellt werden müssen?«

»Wir lassen nur wenig stehen. Da sind Opa und Ralf eigen.« Es tat gut, angesichts der angespannten Situation über solche Belanglosigkeiten zu reden. »Und was nicht ständig benötigt wird, landet in der Remise oder im Schuppen an der großen Koppel.«

Wir gelangten zum nächsten Kellerraum. Hier stapelten sich alte Stühle und Tische.

»Gab es hier früher größere Feste?«, fragte Leone und ließ den Schein des Lichts über die Stapel blitzen.

»Sieht so aus. Ich kann mich an keins erinnern«, sagte ich. »Aber los, weiter!«

Ich zuckte zusammen, denn es waren Geräusche zu hören. Fast hätte ich aufgeschrien, als zwei Ratten an uns vorbeihuschten, doch sie waren es nicht, die ich gehört hatte.

»Da ist jemand«, formte ich fast lautlos mit den Lippen, und Leone nickte.

Zeitgleich löschten wir das Licht, in der Hoffnung, dass es noch keiner gesehen hatte. Wir drückten uns mit dem Rücken an die Wand und verharrten so. Hoffentlich kam der andere nicht in diesen Raum!

In der Dunkelheit konnte man kaum die eigene Hand vor Augen sehen. Dann näherte sich ein Lichtkegel, dahinter eine schlanke Silhouette. Ich zuckte zurück und wies mit dem Kopf zu den gestapelten Tischen.

»Das ist Jonas«, flüsterte ich. »Was auch immer der schon wieder hier will.«

»Das würde mich auch interessieren!«, raunte Leone.

Kurz darauf klapperte es erneut.

»Shit, da kommt noch jemand.« Leone drückte meine Hand, und ich ließ sie nicht mehr los.

Jonas' Taschenlampe erlosch ebenfalls,

Von wem wollte er denn nicht überrascht werden?

Ich hielt die Luft an, mein Herz polterte so laut, dass ich glaubte, es müsste bis auf den Gang zu hören sein.

Der Druck auf meine Hand wurde stärker. Leone war also genauso angespannt wie ich.

»Wer ist da?« Das war eindeutig die Stimme meines Opas.

Nur warum antwortete Jonas ihm nicht? Sie steckten doch unter einer Decke!

»Da stimmt was nicht«, murmelte Leone.

Inzwischen hatten sich meine Augen ein wenig an die Dunkelheit gewöhnt, sodass ich zumindest schemenhafte Umrisse erkannte.

»Wir sollten uns verstecken.«

»Aber wo?« Ich wagte die Worte nur noch zu hauchen.

»Hinter den Tischen.«

Wir robbten, so schnell es ging, zu dem vorderen Stapel und verkrochen uns darunter. Vorsichtig schob Leone einen weiteren Tisch davor, sodass wir zumindest vor flüchtigen Blicken geschützt waren, sollte jemand in den Raum gucken.

Ich fürchtete, allein die Schabgeräusche könnten uns verraten haben, aber noch waren beide Verfolger auf dem Gang.

Doch dann war hektischer Atem zu hören, und ich erkannte, wie Jonas sich in den Kellerraum schob. Seine Haltung war geduckt, und schließlich krabbelte er auf allen vieren in unsere Richtung.

Glücklicherweise blieb er etwa zwei Meter von uns entfernt und kauerte sich hinter einen Stuhl. Er war längst nicht so gut geschützt wie wir, aber da er sich nicht im Blickwinkel der Tür befand, könnte die Deckung ausreichen. Sofern mein Opa nicht gründlich suchte, waren wir alle erst einmal in Sicherheit.

Kurz darauf stand mein Großvater im Türrahmen.

Er hatte eine Taschenlampe dabei, mit der er den Raum flüchtig ausleuchtete.

Es quiekte, und schon wieder schoss eine Ratte quer durch den Keller. Ihr folgten drei Jungtiere, die merklich kleiner waren und trotzdem einen Heidenlärm verursachten.

»Ach, ihr wart das«, sagte Opa Kurt erleichtert. Er schaute sich um, kam aber glücklicherweise nicht auf die Idee, hinter das Mobiliar zu sehen.

Er leuchtete den Raum aus, und mir blieb fast das Herz stehen, als ich sah, dass ein Stück von Jonas' Schuh hinter seinem Versteck hervorlugte. Opa bemerkte es nicht. Er schwenkte die Taschenlampe noch einmal hin und her, gab dann auf.

Ich wollte schon erleichtert durchatmen, als er mich rief.

Es tat weh, seine warme Opa-Stimme durch den Keller schallen zu hören. Am liebsten wäre ich zu ihm gelaufen, hätte mich in seine Arme geschmiegt und von ihm gehört, dass das alles ein Missverständnis war und er mit alldem gar nichts zu tun hatte.

»Elsa?«, rief er. »Elsa, falls du hier unten bist, zeig dich. Ich weiß, dass du meine Briefe und das Foto hast! Lass uns reden.«

Er säuselte regelrecht, und ich war für einen Augenblick tatsächlich willens, ihm zu glauben, aber Leone sah mich eindringlich an und schüttelte den Kopf.

»Ich kann dir alles erklären«, rief Opa Kurt weiter. Seine Stimme hallte hohl durch dieses schreckliche Spinnengewölbe, aber er klang so warm. So vertrauenerweckend.

»Du wirst mich bestimmt verstehen. Es ist jedenfalls nicht so, wie du glaubst!«

Tat ich ihm doch unrecht? Der Mann, der immer für mich da gewesen war, war doch kein Entführer. Kein Mörder!

Durch meinen Kopf flackerten die merkwürdigsten Fantasien.

Wäre es nicht zum Beispiel möglich, dass Opa einen Zwillingsbruder gehabt hatte und *er* es war, der Maria Greco auf dem Foto im Arm hielt und das Kind mit ihr gezeugt hatte? Mein Opa war loyal. Er tat nichts Unrechtmäßiges, und weil er sich dafür schämte, dass sein Bruder so anders war, hatte er ihn totgeschwiegen.

Das wäre zu schön!

Und leider komplett unwahrscheinlich.

Ich musste mir eingestehen, dass ich mich selbst belog.

Opa Kurt war nicht der Mann, für den ich ihn mein ganzes Leben lang gehalten hatte.

Es blieb eine Weile still, mein Großvater schien abwarten zu wollen, ob ich aus meinem Versteck kam.

Leone ließ mich nicht aus den Augen, und ich wusste, dass die Entscheidung, jetzt versteckt zu bleiben, die richtige war. Ich durfte ihn nicht noch weiter in Gefahr bringen.

Ich wollte ja mit meinem Opa reden.

Aber nicht jetzt.

Nicht hier.

Er würde es mir erklären und dafür geradestehen müssen.

»Gut, Elsa, dann nicht!«

Die Tür klackte – und wir saßen in der Falle.

47

»Jonas, komm raus, ich weiß, dass du da bist!«, forderte Leone ihn auf, nachdem Opa Kurts Schritte verklungen waren. Er prüfte kurz sein Handy und murmelte: »Kein Empfang hier unten.«

Ich schaute bei mir nach, hatte aber auch kein Netz. Ich machte die Handytaschenlampe wieder an.

»Ihr hier?« Jonas kniff im plötzlichen Lichtstrahl die Augen zusammen. »Was macht ihr hier?«

»Das könnten wir eigentlich dich fragen«, sagte Leone. »Wie tief hängst du in dem ganzen Mist drin?«

Jonas wirkte tatsächlich erstaunt. »Ich hänge da gar nicht drin. Ich suche Mieke.«

»Und das sollen wir dir glauben?«, fuhr ich ihn an. »Du hast mich beim Distanzritt allein gelassen, und *zufällig* flog kurz darauf die Tüte vor uns hoch.«

»Nein!« Jonas klang sehr entschieden. »Opa Kurt hat mich angeschrieben, das ja. Weil angeblich Stress auf dem Hof war. Ich hätte Mist gebaut. Darum hat es so lange gedauert! Er wollte bestimmt, dass ich nicht an deiner Seite bin!«

Ich konnte die Wahrheit kaum ertragen.

»Warum hast du Pegasus allein gelassen?«, fügte Jonas besorgt hinzu. »Das alles war dein Opa. Ich habe ihn schon länger in Verdacht. Erst recht nach der Aktion beim Distanzritt. Es stimmte nämlich nicht, dass ich etwas verbockt habe.«

Es klang furchtbar, diese Realität aus Jonas' Mund zu hören. Mein eigener Großvater hatte mich also töten wollen. Nur wer hatte ihm geholfen? Doch Ralf?

»Dann machst du mit ihm also keine gemeinsame Sache?«, fragte ich sicherheitshalber.

»Nein, ganz bestimmt nicht!«

Leone wirkte zwar skeptisch, aber wir mussten Jonas erst einmal glauben.

»Wie kommst *du* überhaupt darauf, dass Mieke hier im Keller sein könnte?«, fragte ich schließlich.

»Ich habe in der Scheune ihre selbst gemachte Handyhülle gefunden, die hat er wohl verloren. In der Nähe der Kellertür. Mieke wollte dich, genau wie Herr Müller, unterstützen. Ich habe einfach eins und eins zusammengezählt und Opa Kurt beobachtet.«

»Und was hast du genau gesehen?«

»Er ist früh am Morgen in den Keller gegangen. Mit zwei Wasserflaschen. Und einem Korb mit Lebensmitteln.«

Ich wurde ganz aufgeregt. »Und hast du gesehen, wo er sie hier unten versteckt hat?«

»Leider nicht«, musste Jonas einräumen. »Ich konnte ihm ja nicht folgen, ohne dass er es bemerkt hätte. Vorhin war er wieder unten, und als er den Keller verlassen hat, dachte ich, jetzt wäre ein guter Zeitpunkt nachzuschauen.«

»Du warst aber nach ihm schon einmal in der Scheune«, sagte ich Jonas auf den Kopf zu.

»Das ist richtig. Ich hatte nur leider das Handy vergessen und musste noch mal zurück, obwohl ich eine Weile durch die finsteren Gänge geirrt bin. Ihr wisst doch, wie dunkel es hier ist.«

Leone schwieg die ganze Zeit. Ich konnte nicht einordnen, ob er Jonas keinen Glauben schenkte oder ob er nur reflektierte, was er erfuhr.

»Okay«, meinte er schließlich. »Ich nehme dir die Geschichte ab, nur frage ich mich, wie Elsas Opa das alles allein bewerkstelligt hat. Immerhin ist er ein alter Mann. Elsas Handy wurde aber gehackt. Er hat neben dem Mord an meiner Nonna – ich gehe mal davon aus, dass er auch sie auf dem Gewissen hat – auch Frau Minkner getötet. Mieke entführt und Pegasus vergiftet. Dann die Tüte … Wie soll er das denn ohne Hilfe hinbekommen haben?«

Jonas kratzte sich am Kopf. »Ich habe auch da jemanden in Verdacht.«

»Und wen?«, fiel ich ihm sofort ins Wort.

»Immer der Reihe nach«, meinte Jonas. »Software auf Handys zu spielen, sollte eine seiner leichtesten Übungen sein. Auch wenn Opa Kurt alt ist, so kennt er sich mit der digitalen Welt besser aus als so manch junger Mensch.«

Das konnte ich bestätigen und hob die Hand, weil ich bemerkte, dass Leone ihn unterbrechen wollte.

»Aber die anderen Dinge, da hat er sich mit Paul zusammengetan.«

»Paul?«, fragte ich ungläubig, denn den hatte ich gar nicht im Visier gehabt. »Der ruhige alte Paul?«

Jonas nickte. »Ich habe mit meinem Opa gesprochen und ihn mal ein wenig über früher ausgequetscht. Er hat mir erzählt, dass Paul in großer Abhängigkeit zu deinem Großvater steht.«

»Wieso das?«, fragte ich.

»Weil Paul …« Jonas stockte.

»Weil er was?« Langsam wurde ich ungeduldig.

»Opa Kurt hat Paul aus der Patsche geholfen. Und ihn gedeckt, denn er hat früher mal einen Wagen gestohlen und damit eine Spritztour gemacht. Leider hat er dabei einen Mann totgefahren, und er wäre richtig dran gewesen, wenn das herausgekommen wäre.«

»Und mein Opa hat das mitgemacht?«

Ich glaubte in dem Moment, meinen Großvater nicht mehr zu kennen. Er war mir so fremd, wie er mir zuvor nah gewesen war.

»Er hat Paul erpresst.« Jonas spitzte die Lippen.

»Und der hat dann Frau Minkner umgebracht?«, fragte ich.

»So vermute ich es, ja«, erklärte Jonas.

»Aber wenn dein Opa von der Fahrerflucht wusste, warum hat er das nicht gemeldet?«, fragte Leone. »Das ist doch hochgradig kriminell.«

»Wir leben in Mückemoor!«, erwiderten Jonas und ich wie aus einem Mund.

»Ach so«, antwortete Leone, der das natürlich nicht verstand.

»Hier verpfeift man sich nicht«, erklärte ich.

»Das haben eure Mückemoorer dann wohl auch nicht getan, als Opa Kurt meine Nonna getötet hat?« Leones Stimme wurde dünner.

»Möglich ist es. Hier hält man zusammen. Vor allem Fremden gegenüber«, gab ich zur Antwort, denn warum sollte ich ihn anlügen? Das machte die Sache auch nicht besser. »Vermutlich hat Tant' Gerdes Opa sogar in dein Zimmer gelassen. Zuzutrauen wäre es ihr.«

Leone schüttelte den Kopf. »Ich kann das alles nicht glauben.«

»Lasst uns endlich Mieke suchen!«, schlug ich vor, doch wir mussten schon bald aufgeben, denn unsere Handylampen gaben nach und nach den Geist auf, und wir beschlossen, dass wir besser Licht sparten. Frustriert ließen wir uns einfach in einem der Kellerräume nieder.

48

Ich wusste nicht, wie lange wir schon hier unten ausharrten, denn es gab kein Fenster, durch das wir die Tageszeit wenigstens ungefähr hätten einschätzen können. Die Eisentür war fest verschlossen, die bekamen wir nicht geknackt. Das hatten Jonas und Leone schon versucht. Wir mussten es ertragen und hoffen, dass uns irgendwann jemand fand. Jemand, der nicht Opa oder Paul war.

Mir knurrte der Magen, und ich hatte Durst. Außerdem sorgte ich mich um Pegasus. Jonas war mit uns gefangen, und mein Pferd war nun Opa Kurt und Paul ausgeliefert. Ich beruhigte mich damit, dass die beiden keinen Grund mehr hatten, ihm etwas anzutun, weil ich und Leone verschwunden waren.

Irgendwann schliefen wir drei vor Erschöpfung aneinandergekauert ein.

Ich schrak hoch, weil meine Zunge am Gaumen klebte und ich vor Durst kaum schlucken konnte.

Ich ruckelte mich hoch und stand auf. Vielleicht gab es irgendwo einen Wasserhahn. Leise schlich ich mich in den nächsten Kellerraum, doch ich fuhr zusammen, als ich ein Klopfen hörte. Sofort lief ich zurück und weckte Leone und Jonas, die eine Weile brauchten, um sich zu sammeln.

»Kommt mit, da ist was!«

Sie folgten mir gähnend in den anderen Raum.

»Hört ihr das auch?«

»Was?«, fragte Leone.

»Da klopft doch wer!«, sagte ich.

Jonas rieb sich die Augen. Konzentriert lauschten wir in die Dunkelheit. Ich hatte mich nicht getäuscht, jemand hämmerte in unregelmäßigen Abständen gegen die Wand.

Leone stand auf. »Das kommt von dort«, sagte er und leuchtete mit dem Handy zu einem Regal in der hinteren Ecke. Das Licht war aber schon schwach, und plötzlich wurde es dunkel im Raum.

»Shit, Akku leer«, sagte er.

Ich machte meine Lampe an, aber die hatte auch keine volle Leistung mehr.

»Mach das Handy aus, damit wenigstens eins geht«, schlug Leone vor. »Wie viel Akkuladung hast du noch?«, fragte er Jonas.

Der schaute sofort nach. »Vierundzwanzig Prozent.«

»Dann nehmen wir deine Lampe, und Elsa schaltet ganz aus. Wir müssen sparen.«

Jonas leuchtete nun die Regalwand ab, und Leone prüfte, ob etwas dahinter war. Gemeinsam rückten wir das Holzteil ein Stück beiseite und legten eine Tür frei. Sie war leider abgeschlossen, alles andere wäre auch zu einfach gewesen.

»Mieke, bist du das?«, rief ich und hämmerte dagegen.

Ein schwaches »Hier!« erklang.

»Hauptsache, du lebst!«

»Ja! Aber mir geht es nicht gut.«

Wir klopften und klopften. Hämmerten und riefen.

Aber es gab kein Entkommen aus dieser Finsternis.

Natürlich versuchten wir auch, die Tür zu öffnen, aber es war aussichtlos. Das Schloss war nicht zu knacken, und selbst mit vereinten Kräften schafften wir es nicht, sie einzutreten. So lässig, wie es im Fernsehen immer geschah, funktionierte es leider nicht.

»Meine Schulter ist sicher blau«, meinte Jonas, und Leone drehte mit schmerzverzerrtem Gesicht seinen Fuß hin und her.

»Mieke!«, versuchte ich, meiner Freundin Mut zuzusprechen, sie durfte nicht aufgeben. »Wir sind hier, und wir werden dich da rausholen. Irgendwie.«

Ich hatte zwar keinen Plan, aber wir mussten so schnell wie möglich eine Lösung finden, Mieke zu befreien.

Jonas hatte schließlich eine Idee. »Wir warten ab, bis dein Opa das nächste Mal kommt, um sie zu versorgen. Zu dritt können wir ihn leicht überwältigen. Dann sind wir frei und Mieke auch.«

Leone und ich stimmten zu, eine andere Wahl hatten wir schließlich nicht.

Ich erzählte Mieke von der Aussicht, aber sie antwortete nicht mehr. Ich machte mir wirklich große Sorgen. Sie musste nach der langen Zeit im Keller schon sehr schwach sein, auch wenn Opa sie mit Wasser und Lebensmitteln versorgt hatte.

Schließlich ließen wir uns ermattet auf den Boden fallen und wärmten uns gegenseitig. Die Zeit verstrich so unendlich langsam. Ich wurde immer schläfriger, der Durst quälte mich, und ich hätte am liebsten die Wände abgelutscht.

Jonas raffte sich auf und machte sich auf die Suche nach einem Wasserhahn, aber der einzige, den er fand, war abgestellt.

»Wir müssen uns wach halten«, meinte Leone. »Wenn wir einschlafen, ist alles verloren. Dann überwältigt uns Opa Kurt und nicht umgekehrt.«

»Aber wie?« Ich gähnte und konnte meine Augen kaum noch offen halten.

»Was steht denn jetzt eigentlich genau in den Briefen?«, fragte Leone. »Ich weiß nicht, ob wir aus diesem Verlies wirklich lebend herauskommen werden, aber ich wüsste doch gern, was meine Nonna deinem Opa geschrieben hat. Lasst uns das letzte Licht dafür nutzen.«

Ich stimmte zu. Es lenkte uns schließlich eine Weile ab.

Ich holte alles aus meinem Ärmel hervor, und gemeinsam betrachteten wir das Foto von Opa Kurt und Leones Nonna. Sie saßen an einem See und strahlten sich verliebt an.

Ich drehte das Bild um. Dort stand etwas geschrieben, eindeutig Opa Kurts Schrift.

Maria und ich im Glück.

»Er hat sie offenbar geliebt«, sagte Leone verwundert.

»Ja, aber warum musste sie dann sterben?«

Ich faltete die Briefe auseinander. Sie waren datiert, sodass wir sie chronologisch lesen konnten.

Lieber Kurt,

ich bin so glücklich, dass wir uns kennenlernen durften. Ich werde dir eines Tages meine Tochter vorstellen. Sie ist ein so entzückendes Mädchen, du wirst sie mögen.

Ich bin froh, dass du mir deine Liebe gestanden hast. Das hat es mir leicht gemacht, mich dir hinzugeben.

Deine Maria

Ich faltete den Brief zusammen.

»Er hat gesagt, dass er sie liebt, sie hat sich ganz auf ihn eingelassen, und er … hat sie fallen lassen wie eine heiße Kartoffel«, fasste Leone zusammen. »So hätte es meine Oma gesagt.«

»Wart's ab!«, sagte ich und nahm den nächsten Brief.

Ich klopfte noch einmal gegen die Tür, aber von Mieke kam kein Lebenszeichen.

Jonas polterte stärker, und er bekam eine schwache Antwort. Mehr konnten wir nicht tun.

Der nächste Brief war kurz.

Lieber Kurt,

du hast dich länger nicht blicken lassen, ich habe gehört, du bist verlobt? Bitte antworte mir!

Deine Maria

Er war also tatsächlich zu der Zeit schon mit meiner Oma liiert gewesen. In mir krampfte sich alles zusammen. Das Licht der Handylampe wurde schwächer, ich musste mich beeilen, damit wir auch den letzten Brief noch lesen konnten.

Zwischen den Briefen lag, dem Datum nach, eine längere Zeitspanne.

»Sieht so aus, als ob ein Brief fehlt«, sagte Leone. Das schien sich zu bestätigen, als wir ihn lasen, denn die beiden hatten sich offenbar wiedergesehen.

Lieber Kurt,

ich bekomme dein Kind.

Jetzt werden wir eine Familie. Ich, meine Tochter und das Kind unter meinem Herzen.

Lass uns ein Treffen vereinbaren, das genauso schön wird wie das letzte. Seit du mir gesagt hast, dass du deine Verlobte für mich verlassen willst, tanzt mein Herz. Ti amo!

Wieder im Moor?

Deine Maria

»Das Treffen hat sie dann wohl nicht überlebt«, sagte Leone mit düsterer Stimme.

Ich antwortete nicht.

Wäre Leone nicht nach Mückemoor gekommen, hätte mein Opa dieses schlimme Geheimnis mit ins Grab genommen. Niemals hätte irgendwer auch nur vermutet, dass er zu einer solchen Tat fähig war. Mein Opa! Mein geliebter Opa.

Das Handylicht erlosch, und mit ihm schwand auch unsere Hoffnung, dieses Gemäuer je wieder verlassen zu können. Wir waren lebendig begraben.

Zwar hatten wir Nonna Maria gefunden, aber wir selbst würden wohl nie wieder auftauchen.

Ich wurde so unsagbar müde, und meine letzten Gedanken waren zwei Worte: Finde mich!

Damit fühlte ich mich Leones Nonna so nah. Sie hatte bestimmt dasselbe gedacht. In jener Nacht im Moor, als sie auf Liebe gehofft und Ablehnung erfahren hatte.

Sie war wie wir alle auf Opa Kurts Lügen reingefallen. Hatte einen Vater für ihr Kind gewollt, und er hatte sie im Stich gelassen.

Finde mich.

Bitte finde mich!

49

Ich konnte mich an unsere Rettung kaum erinnern. Plötzlich waren viele Menschen um uns herum, plötzlich fühlte ich Hände an meinen Armen. Ich war so müde und konnte nicht mehr erfassen, wer das alles war. Aber ein Gefühl blieb. Erleichterung und das sichere Wissen, nun würde alles gut werden.

Ich sah, wie sie Mieke aus dem Kellerraum trugen und sie mir schwach zuwinkte, ich spürte die Trage, auf die ich gelegt wurde. Und dann schlief ich ein.

Aufgewacht war ich in einem Krankenzimmer, das schien langsam zu einer Gewohnheit zu werden.

An meinem Bett saß Mama. Sie war blass und hatte geschwollene Augen, wahrscheinlich hatte sie viel geweint.

Den ersten Tag hielt sie nur meine Hand, aber am zweiten war ich schon wieder recht munter, und mir brannte es unter den Nägeln zu erfahren, wie sich alles genau zugetragen hatte.

»Ich habe einen Abschiedsbrief von Opa gefunden«, sagte sie mit trauriger Stimme.

»Wo ist Opa?«, fragte ich und ahnte, was nun folgen würde.

»Fort. Er wird nicht zurückkommen. Es war zu viel.«

Ich brauchte einen Moment, um die Tragweite dieser Aussage zu verstehen.

Dann musste ich schlucken und hatte große Mühe, den dicken Kloß im Hals in den Griff zu bekommen. Opa war also tot. Ich war hin- und hergerissen zwischen meiner Trauer und der Wut auf ihn, weil er uns das alles angetan hatte.

Gestorben war ohnehin ein anderer Mann als der, den ich gekannt hatte.

Und um den trauerte ich. Meinen Opa, dem ich vertraut hatte wie keinem anderen Menschen auf der Welt.

Mir liefen die Tränen über die Wangen, ich schluchzte haltlos, und ich war froh, dass Mama da war. Ich freute mich sogar über Ralf, der sich unerwartet sensibel zeigte. Wenn Mama sich ausruhen musste, saß er an meinem Bett und las. Brachte mir was zu trinken und laberte keinen Bullshit wie sonst.

Als ich endlich nicht mehr ständig weinen musste, sagte er: »Es tut mir leid, Elsa. Nicht nur das mit Opa Kurt, auch, dass wir so schlecht zueinanderfinden. Ich wünsche mir, dass es anders wird.« Er senkte den Blick. »Gib mir bitte noch eine Chance. Ich mach auch keine blöden Sprüche mehr, versprochen. Und ich mische mich nicht weiter in dein Leben ein. Du bist ein tolles und starkes Mädchen, das hast du mehr als bewiesen.«

Ich sah ihn erstaunt an, diese Worte mussten ihm sehr schwergefallen sein.

»Okay«, sagte ich mit einem Lächeln. »Dann ist heute Tag 1. Moin, ich bin Elsa!«

»Ralf. Ich liebe deine Mutter und möchte eine harmonische Familie.«

»Gute Idee. Fangen wir mit einem Eis an?«

Ralf sprang sofort auf und kam eine Viertelstunde später mit zwei Bechern aus der nahe liegenden Eisdiele zurück.

Es war ein gutes Gefühl. Es gab als Familie schließlich nur noch Mama, ihn und mich.

Wir ließen es uns schmecken. »Du, Ralf?«, fragte ich ihn schließlich. »Mama sagte, es gibt einen Abschiedsbrief von Opa Kurt. Sagst du ihr bitte, ich bin jetzt so weit?«

»Sicher?«

»Ganz sicher!«

Ralf hatte Wort gehalten, und Mama kam schon am Nachmittag mit dem Brief.

»Es wird schwer für dich«, warnte sie mich vor.

»Das weiß ich«, gab ich zurück. »Nur nützt es ja nichts, vor der Wahrheit davonzurennen.«

Sie seufzte. »Nein, das nützt nichts. Wollen wir?«

Ich nickte tapfer und griff nach dem Papier, das sie mir mit zitternden Händen über die Bettdecke schob.

Meine Lieben,

nun ist nach all den Jahren doch noch alles aufgeflogen, und es tut mir so leid, dass ich euch diese Grausamkeiten zumuten musste.

Ich bin kein böser Mensch, und ich habe Maria Greco geliebt. Jetzt kann ich es ja sagen, da meine Frau tot ist, denn auch sie war mir wichtig. Ich wollte niemanden verletzen. Es war eine wilde Zeit, sie glich einem Tanz auf dem Vulkan. Ich konnte nur abstürzen oder mich verbrennen.

Egal, welche Entscheidung ich getroffen hätte, sie wäre verkehrt gewesen.

Am Ende habe ich mich für den Weg des geringsten Widerstandes entschieden. Und für die Feigheit.

Maria erwartete ein Kind von mir und wollte heiraten. Aber du, liebe Tochter, warst doch auch schon unterwegs! Ich habe an zwei aufeinanderfolgenden Tagen von zwei Frauen erfahren, dass ich Vater werde.

Wie ich mich entschieden habe, wisst ihr – wegen des Hofes, der Mückemoorer. Aus Anstand.

Bedauerlicherweise musste ich dafür anderweitig unanständig werden.

Ihr müsst mir glauben, wie schwer es mir gefallen ist, Maria zu sagen, dass wir keine Zukunft haben. Ja, ich war feige, gemein, und ich schäme mich bis heute. Was blieb mir anderes übrig? Es hätte einen Skandal gegeben. Ein verlobter Ur-Mückemoorer und eine Gastarbeiterin!

Ich habe mich mit Maria im Moor getroffen, nur dort waren wir ungestört. Ich habe ihr gesagt, dass ich ihr Geld gebe, sie aber nicht heiraten kann.

Sie ist so wütend geworden und ist davongerannt.

Ich bin ihr nach, aber es war stockdunkel, und ich habe Maria schnell aus den Augen verloren. Als sie aus der Ferne gerufen hat, ahnte ich, dass sie in Gefahr war.

Doch ihr kennt das Moor. Bei Nacht ist es noch schwieriger, sich zurechtzufinden. Ich bin umhergeirrt, doch es war zwecklos.

Und als es still wurde, wusste ich, es war zu spät. Nun ist sie im Moor geblieben – und ich habe geschwiegen. Ihr nicht geholfen, nicht alles getan, um sie zu retten.

Meine Schuld ist groß.

Ich hatte Angst, als Leone kam, denn ich wollte auf meine alten Tage nicht als Mörder dastehen und womöglich noch ins Gefängnis wandern.

Also habe ich Warnungen an ihn verschickt. Tant' Gerdes war mir eine große Hilfe, als ich in sein Zimmer musste.

Paul stand tief in meiner Schuld. Ich habe ihn erpresst, damit er mir hilft. Frau Minkner sollte er nur erschrecken, denn ihr »Unfall« ein halbes Jahr zuvor war mir schon zu viel. Paul ist damals übers Ziel hinausgeschossen, das hätte mir eine Warnung sein sollen. Nur wäre ich ohne ihn nicht weitergekommen. Was muss er sich vor mir und meinem Wissen gefürchtet haben, denn er hat nicht einmal vor dem Mord an Frau Minkner zurückgeschreckt.

Paul ist krank, und er fürchtet das Gefängnis noch mehr als ich. Nun wird er dort sterben. Einsam und mit dieser Last.

Hätte ich ihn verpfeifen sollen? Dann wäre ich doch selbst aufgeflogen.

Ich schäme mich so sehr. Denn Leone habe ich durchaus erschrecken wollen, und ich musste wissen, was ihr plant, weshalb ich Elsa überwacht habe.

Ich habe Paul gebeten, vorsichtiger zu sein, aber ich hätte deutlicher werden müssen. Er wollte alles richtig machen, sich um jeden Preis schützen – und dabei ist er zu einem Monster mutiert.

Liebe Elsa, ich habe ihn weder beauftragt, dich beim Distanzritt zu verletzen noch dein Pferd zu vergiften. Ich liebe dich und alle Tiere. Das würde ich niemals tun.

Wir haben uns deswegen sehr gestritten, das musst du mir glauben.

Dennoch liegt alle Schuld bei mir. Hätte ich den Stein nicht ins

Rollen gebracht, würde Frau Minkner noch leben, und ich hätte dich und Pegasus nicht in Gefahr gebracht.

Und Mieke?, werdet ihr jetzt fragen.

Mieke ist einfach so passiert. Sie hat die Briefe und Bilder gefunden, und es musste eine Lösung her, damit sie mich nicht verrät. Da blieb erst einmal nur, sie wegzusperren. Ich konnte sie nicht töten! Sie ist deine Freundin, und ich kenne sie seit ihrer Geburt.

Paul wollte sie loswerden, aber ich habe ihn Tag für Tag hingehalten und wusste doch, dass es nur zwei Möglichkeiten gab. Sie oder ich.

Ich war beinahe froh, als ihr uns auf die Schliche gekommen seid, denn nun hat das Schicksal entschieden, und ich werde die Verantwortung für mein Tun und mein Versagen übernehmen.

Es gibt keinen anderen Weg für mich als den ins Moor. Dort werde ich Sühne tun und das durchmachen, was ich Maria angetan habe.

Sucht mich nicht, nur das Moor kann meine Schuld tilgen.

Euer Papa und Opa Kurt

Nachdem ich den Brief gelesen hatte, weinten wir wieder. Eine Stunde, eine zweite. Aber wir hatten immer noch uns, das war doch viel.

Eine Woche später

Ich bin zurück in Mückemoor, und wir wollen uns alle zum ersten Mal wieder außerhalb vom Krankenhaus treffen.

Mieke und Jonas, Leone und ich.

Ein bisschen bin ich aufgeregt, denn wir haben eine harte Woche hinter uns.

Sogar eine Psychologin war da und hat mit uns gesprochen. Es war alles sehr steif und unpersönlich dort.

Ich zupfe mein Haar unter der Pudelmütze zurecht und gehe zuerst noch in den Stall zu Pegasus. Er wiehert freudig, als ich reinkomme.

Zum Glück hat er alles gut überstanden. Ralf hat ihn richtig gut umsorgt. Etwas hat sich seit der Nacht im Keller zwischen uns geändert. Ich glaube, wir werden künftig gut miteinander klarkommen.

Wenigstens dazu war das alles gut.

Er ist es auch gewesen, der die Polizei eingeschaltet hat, weil Opa Kurt und Paul ihm verdächtig vorkamen.

Als ich aus dem Stall komme, wartet Leone auf dem Hof.

Meine Wangen werden sofort ganz heiß, aber er nimmt mir

die Verlegenheit, indem er auf mich zuläuft und mich einfach in die Arme schließt.

»Elsa! Ich bin so froh, dich zu sehen.« Er wirbelt mich herum. Dann hält er kurz inne, und unsere Blicke verschmelzen ineinander. Langsam nähern sich unsere Lippen, und endlich – endlich finden sie sich. Leone küsst weich und zärtlich. Er riecht herb und vertraut.

Es dauert, bis wir voneinander lassen können.

Ich drücke mich an ihn. Er tut mir gut, und eigentlich finde ich jetzt sogar seinen Ledermantel gar nicht so schlecht.

»Schon was von deinem Opa gehört?«, fragt er dann.

»Nein. Sie suchen ihn noch.«

Paul sitzt derweil schon in Untersuchungshaft. Ihm wird wegen des Mordes an Frau Minkner der Prozess gemacht. Und wegen seines alten Vergehens steht eine Ermittlung wegen fahrlässiger Tötung an.

Echt eigenartig. Da wohnt man jahrelang mit Menschen Seite an Seite, und plötzlich eröffnen sich ungeahnte Abgründe. Niemals hätte ich so etwas für möglich gehalten.

Aber irgendwann holt einen die Schuld ein. Immer.

Leone nimmt meine Hand. Wieder küssen wir uns, ich würde am liebsten gar nicht mehr damit aufhören.

Doch uns kommen Mieke und Jonas entgegen. Sie lächeln sich glücklich an.

Wir treffen uns in der Mitte vom Weg und gehen dann in dieselbe Richtung.

Wir müssen nach vorn sehen, nur dann kommen wir voran.

Im nächsten Sommer verlassen wir Mückemoor. Sobald Mieke und ich das Abi in der Tasche haben.

Ich will die Rufe von Opa Kurt nicht hören, wenn sie eines Tages aus dem Moor schallen und nach mir rufen: *Finde mich. Bitte finde mich!*

Aber diese Nacht verfolgt mich. Eines Tages werde ich diese Gedanken los sein, aber noch vergeht kein Tag, an dem die Bilder nicht kommen. Die Bilder von damals im Mückemoor.

Damals

Wenn etwas still ist, dann das Moor bei Nacht. Es ist nicht lautlos, nein, es gleicht einer stummen Diva, die nur hin und wieder ein vorsichtiges Schmatzen von sich gibt. Die Geschöpfe des Moores sind vorsichtig mit dem, was sie tun, als wollten sie keinesfalls den Zorn auf sich ziehen.

Es wäre besser gewesen, von hier fernzubleiben. Ihm nicht zu vertrauen. Ein Fehler, ein folgenschwerer Fehler! Er ist ein Spieler, sie hat es gewusst und sich darauf eingelassen. Aus Liebe.

Wer aber schaut genau hin, wenn das Herz vor Freude tanzt, die Luft ringsum nach süßer Marmelade schmeckt und jeder Schritt sich anfühlt, als würden die Füße auf Federn wandern?

Sie kann kaum die Hand vor Augen sehen.

Neben ihr, dort, wo der Boden noch fest ist, raschelt es. Sicher ist es eine Kreuzotter auf der Suche nach Beute. Sie wird sich nicht für sie interessieren.

Am liebsten würde sie rufen, sich die Seele aus dem Leib schreien, doch sie wagt es nicht, die Ruhe zu durchschneiden. Erst einmal schauen, ob sie den Weg zurückfindet. Vielleicht wird er ihr ja folgen und sie retten. Vielleicht … aber auch nicht.

Er hätte sie ja gar nicht erst in diese Lage gebracht, wenn er das vorhätte. Er will sie loswerden. Sie, das störende Insekt in seinem Leben, nachdem er sich zuvor an ihren schillernden Flügeln erfreut hat.

Es ist wichtig, sich jetzt zu konzentrieren und bloß keinen falschen Schritt zu machen. Falsche Schritte sind im Moor das Verderben. Sie sieht sich vorsichtig um, muss auf dem Weg bleiben, dann kann nichts geschehen. Einfach nur auf dem Weg bleiben und versuchen, ins Dorf zurückzukehren. Dort wird sie ihre Sachen packen, so unauffällig wie möglich verschwinden und alles hinter sich lassen. Ihre Kleine wartet auf sie. Nur das zählt. Nicht das, was er gesagt hat. Sie muss ihn vergessen.

Sie richtet den Blick starr nach unten und tastet sich Schritt für Schritt weiter.

Zäher Nebel liegt wie eine Schicht aus Spinnweben über dem Moorsee. Nur dem Mond gelingt es, sich mit einem schmalen Streifen hindurchzukämpfen und die ruhige Oberfläche zum Glitzern zu bringen.

Sie ist unentschlossen, wohin sie sich wenden soll. Ist sie von rechts gekommen oder von links?

Zitternd betrachtet sie die Umgebung. Ein entferntes Leuchten fängt ihren Blick ein. Ist dies eines der Irrlichter, vor denen alle warnen? Sind es die Seelen der Verstorbenen, die sie locken, eins mit der Ewigkeit des Moores zu werden?

Oder ist er das, um ihr doch zu helfen? Ist er ihr gefolgt?

Jetzt will sie ihn nicht mehr. Würde freiwillig gehen, wenn sie nur wieder in Sicherheit wäre.

Bestimmt ist das seine Absicht. Ihr Angst machen, damit sie dorthin verschwindet, woher sie gekommen ist.

Noch scheint der Mond, noch kann sie etwas sehen. Ein entferntes Donnergrollen sagt ihr, dass es vermutlich bald nicht mehr so sein und heftiger Regen sie durchnässen wird.

Ihr bleibt keine Wahl, sie muss eine Entscheidung treffen, irgendetwas tun. Also macht sie einen Schritt nach rechts. Erst nur zaghaft – *fühlt sich sicher an* –, dann gezielter.

Ein weiterer Fehler. Denn ihr Bein steckt plötzlich in einem schlammigen Loch, das kurz aufgluckst, als wolle es sie begrüßen.

Bald gehörst du mir. Hier findet keiner raus. Niemals!

Sie versucht, den Fuß anzuheben, dabei gleitet sie ab, und nun steckt auch der andere im Schlamm.

Ich muss mich an den Grasbüscheln festhalten, denkt sie, doch jede Bewegung zieht sie tiefer und tiefer ins Moor. Das passiert nur zentimeterweise, aber unaufhaltsam und stetig.

Es gibt kein Entkommen.

Niemals!

Schnell ist sie bis zum Knie versackt. Sie ruft nach ihm. Einmal. Zweimal. Wartet und versucht es ein drittes Mal.

Sie lauscht. Hat er geantwortet?

Nein, er ist fort. Hat sie allein gelassen. Hier im Moor. Auch wenn es keinen Sinn ergibt, kämpft sie gegen den Sog an und versucht mit aller Kraft, aus dem Morast herauszukommen. Doch das kalte Moorschlammloch umklammert sie und ist nicht willens, sie wieder loszulassen.

Ein Frosch quakt klagend sein Leid.

Du bleibst bei mir.

Der Ruf des Kauzes hallt durch die Finsternis, und sie zuckt zusammen. Dem Aberglauben nach wird jetzt jemand sterben. Ihr ist klar, dass es dieses Mal kein Mythos ist. Sie wird gehen.

Tausende Mücken umtanzen sie. Sirrend umrunden sie ihren Kopf, krabbeln in ihr Ohr, bohren den dünnen Stachel in ihre schutzlose Haut und saugen ihr Blut.

Wieder quakt der Frosch.

Die Lebewesen sind sich alle einig: Sie wird spurlos verschwinden in diesem Sumpf, der keinen wieder ausspuckt. Das ist Gesetz.

Er hat das gewusst, als er sie hat gehen lassen. Und es in Kauf genommen.

Der Feigling!

Lieber Tod als Wahrheit.

Sie will aber leben!

Um jeden Preis.

Sie kämpft weiter gegen den Schlamm und die furchtbare Kälte, die sich bereits durch ihren Körper frisst. Nie hätte sie geglaubt, wie brutal das sein kann.

Sie kämpft um ihr Leben und wird doch mit jeder Sekunde ein Stück tiefer gezogen. Jede Regung verursacht ein unheilvolles Blubbern.

Ihr letzter Versuch, doch nach ihm zu rufen, scheitert an ihrer Stimme, die sich weigert, mehr als ein Krächzen hervorzubringen. Es ist ohnehin gleichgültig, was sie tut, denn sie weiß jetzt sicher: Er wird nicht wiederkommen, weil er nie vorgehabt hat, das zu tun. Sie soll hierbleiben. Im Mückemoor.

In seiner Nähe, aber nicht an seiner Seite.

Keiner wird nach ihr suchen. Dazu ist sie zu unwichtig. Zu wenig gewollt im Dorf, das sich den Namen des Moores einverleibt hat.

Der Matsch umspielt nunmehr ihren Po, und die Kälte wird übermächtig. Es ist, als fröre sie von unten her ein. Ihre Gedanken verlangsamen sich, was sie eher beruhigt, als dass es ihr Angst macht. Etwas streift ihre Haut.

Sie schließt die Augen.

Träumt sich zurück in glückliche Stunden. Sieht die Sonne. Sein Lächeln mit den freundlichen Falten um die Augen, die das Blau des Meeres haben. Sie liebt ihn. Noch immer.

Er, sie, ihr kleines Mädchen und … Es hätte so schön sein können.

Ihre Hand fährt zum Bauch und streicht sacht darüber. Das wollte er also auch nicht. Ihre Zehen krampfen sich zusammen. Weich umschlingt der Moorschlamm sie, als wollte er ihren jungen Körper umarmen. Doch der Schein trügt, denn die Kälte beißt sich immer kräftiger in ihre Haut. Tiefer wird sie nicht sinken, das hat sie mal gelesen. Keiner ertrinkt im Moor.

Sie schließt die Augen. Sie muss es geschehen lassen.

Es dauert nicht lange. Bald möchte sie nur noch schlafen. Bevor sie die Augen schließt, denkt sie: Finde mich! Bitte finde mich!

Finde mich …

Literaturhinweis:

Hedemann, Birgit: Moore in Deutschland – Schatzkisten der Natur. Biber & Butzemann 2021.

Ebd.: Verein Deutscher Distanzreiter und Fahrer e.V. (VDD). Url: https://vdd-aktuell.de/reglement/
Abgerufen am 18.8.2022.